国家坐骑

李学辉 著

敦煌文艺出版社

图书在版编目（CIP）数据

国家坐骑 / 李学辉著. -- 兰州：敦煌文艺出版社，2018.4（2021.9重印）
 ISBN 978-7-5468-1559-6

Ⅰ. ①国… Ⅱ. ①李… Ⅲ. ①长篇小说－中国－当代 Ⅳ. ①I247.5

中国版本图书馆CIP数据核字（2018）第062757号

国家坐骑
李学辉 著

责任编辑：杨继军 李恒敬
封面设计：弋 舟

敦煌文艺出版社出版、发行
地址：（730030）兰州市城关区读者大道568号
邮箱：dunhuangwenyi1958@163.com
0931-8152198（编辑部）
0931-8773112 0931-8120135（发行部）

北京一鑫印务有限责任公司印刷
开本 880毫米×1230毫米 1/32 印张 9 插页 2 字数 226千
2018年4月第1版 2021年9月第5次印刷
印数：10 601~12 600

ISBN 978-7-5468-1559-6
定价：38.00元

如发现印装质量问题，影响阅读，请与出版社联系调换。
本书所有内容经作者同意授权，并许可使用。
未经同意，不得以任何形式复制。

一

　　光绪十九年的凉州咳嗽了一声，便把除夕唾到了城门边上。三三两两的人们走出城外，又陆续返城。他们走一阵，停一阵，嘴里唤呼着祖先的名字，邀请他们回家过年。到得家里，他们在清扫干净洒水焚香的堂屋门前停住，磕磕脚上的尘土，在旁边的盆里净了手，倒缩着进屋，在供桌前转身，燃三炷香，跪下磕头，挂在墙上的祖先们面无表情，依旧像往常一样冷峻。

　　出了堂屋，人们长吐一口气，脸上变得活泛起来。

　　请来了祖先，这个年就真正是年了。

　　马街的马户们排了队，向马神庙进发。出街口的时候，马户头举起手中的木棒，向挂在牌坊下的一只铁马掌敲了一下。他们寒肃着脸，在铁马掌下稍作停留，又开步向前。

　　铁马掌锈迹斑斑。

　　马神庙在城南。出了马街，马户们需绕过北街东街，然后转向南街。东街上的对联已上门，大多为描金字，尽管是财源滚滚、福如东海之类的俗对，气派是一眼就看得出的。北街的气象虽然较东街有点逊色，但仍泛着一股财气，爬在门环上的红丝带上串着的铜钱，亮亮的。一到南街，对联窄了不少，门口也有喜气，但弱弱地缩头。

　　马户们叹一声。

金东街，银北街，破铜烂铁的西街南街。

还有，半人半兽的马粪街。

马户街是马户们自己的街。把马户街叫马粪街的是城中的其他居民。

从怀里掏出钱，马户们把它们丢在马王神前的功德箱中。三牲是早已送来的：羊头在中，猪头在左，鸡头在右。庙祝提了马尾巴做的拂尘，向跪着的马户们背上扫了几下，喝道：拜马神。

一行人立起又跪下。

马王神脸上多出的那只眼睛被庙祝描得熠熠生辉。

马户们怀了虔诚，许愿等到正月初六马日那天，好好抬了马王爷去巡游。这是他们在一年中最为长脸的时候。

韩骧把妻子怀孕的事告诉了庙祝，庙祝笑了：先别告诉马政司的那班老朽们。待生个龙驹，马户有幸，国家才有幸啊。

韩骧点头应了。

马户们出了城，接祖先的人们发现马户们的脸依旧很长。他们在城南的荒草中停了脚步，每人拔了一根草，横衔在嘴里，拜天，拜地，拜祁连山。折转回城时，除夕已把黄昏裹在了怀中。

守城的兵丁被浓浓的年味压迫得捏了鼻子。看看天色，他们推起了沉重的城门。

除夕夜，要宵禁。城门比往常要早关两个时辰。

门推了一半的时候，一阵风扫过，一匹马风驰电掣飞进城门，推门的兵丁被风扫倒，大张着嘴，叫不出声来。

凉州城里的年味被搅成了一锅烩菜。

就着黄昏的影子,马户们开始贴对联。这是规矩。贴在其他人家门口的叫人对,贴在马户门前的叫马对。

巷口挂的对板联是木制的。每年腊月三十的下午请出,细细地拭擦,擦得体态透亮后,挂了,上面的字有一种大大咧咧的意味,字势天马行空。上联为:良骥长昭君子德;下联是:神机独会智人聪。

贴在马户门上的常规对联有:

千百马来谁出众;五侯家兴独起群

良马行千里;龙驹走万程

日行千里;夜奔八百

等等。

草料房门的对联则写得规规整整:

草上千捆年年剩;稳过万背季季余

二

马蹄得得,溅碎一城年影。

家家的灯笼高挑了出来。那匹飘进城的马在灯影中,隐约地飞成一束光。

丢下年夜饭的碗盏,凉州城的居民立在门前,新帽新衣新鞋。小孩子手中捏了炮仗,紧张地缩了脖子。马政司的官员们兴奋起来。县衙府衙的官员们聚拢,议论着那匹依稀见得影子的马。马政司的官员们言辞凿凿：是龙驹。身上流红线。汗血宝马。国家积贫，人丁羸弱，马显疲态，挡不住坚船利炮。龙驹一出，天下大兴。

国有兵才稳，兵有马才胜，家无马不兴。

马政司的官员们长声慨叹。

过了官驿巷、海潮寺巷、西海子巷、大云寺巷、东城墙巷、李府巷、李府背后巷、白家巷、杨府巷。

再报：过了福禄巷、学巷、蒋家十字、安国寺井、佘家巷、相国寺巷、大城门、小关帝巷、赵府门、卷烟巷；

又报：过了杨司井、监狱巷、流水巷、红沙蜡巷、黑沙蜡巷、踏马巷、达府司街、天主堂街、白云观巷；

继续飞驰。

过了仓巷、铁鞭巷、王府街、玉皇庙街、仙姑街、西巷子、太平巷、地藏寺巷。

到了马街。一声唤呼。

马政司的官员们奔马街而来。

马稍稍收蹄，长嘶一声，又扬蹄飞奔。

官驿巷裹在暮霭与尘烟中。

马政司的官员们寒了脸，叫来庙祝。庙祝摇摇头：天意。

便告诉了马政司的官员们韩骧妻子怀孕的事。

第二圈。马在马街又长嘶一声。

让韩骧的妻子立在马街口，叫刽子手，再拉一条白狗来。

庙祝把拂尘拍打几下。

马驰奔第四圈至马街口时，刽子手操起刀，一刀剁下白狗头。

马骤然停步。

一城的人舒了一口气。

马政司的官员们提着灯笼摸马，手掌上的血隐隐呈现。

汗血宝马。马户有幸，国家有幸啊。

马户们排了队，每个人都在马身上摸了一下，而后在韩骧妻子的脊背上拍打一下，手轻而柔，韩骧妻子的衣服暗红起来。

打开南城门。府台衙门里传出了声音。

夜已把城门收紧，马户们排了队，立在城门两侧，马伸头在韩骧妻子的胸脯上拱了几下，竟流下几滴泪来。

韩骧的妻子抚摸着马头，马打个响鼻，后退几步，转身离去。

风一样消失了踪影。

马政司的官员们打开记事本，相互对望着：光绪十九年除夕。汗血宝马驰凉州。绕街巷四周。矻白狗。立。奔而去。

三

年味被马蹄搅成碎片，凉州城的人抢拾着摔破的碗盆。不过初三，是不能动笤帚的。碗盆的碎片硌人，便扔在院中的筐中，待破五后与其他废弃物一同倒进护城河。

大年初一，马语流行。有人沿了马跑过的地方，一一查看，竟发现蹄印很深，蹄印里爬着一点两点的血，与土混在一起。用手一捻，便捻出一股味道来。不浓。

来马神庙里上香的，比其他庙里的人少。早香是马政司的官员们上的。马户们上香，集体而来。一群脸长的马户聚在一起，成一片脸林。

一拨一拨的人赶到马神庙，有上香的，大多是来看热闹的。有孩子准备科考的，拜了文庙，也来拜马神。

马神又称马王爷，有三只眼，中间那只眼是慧眼。

相传的马王神是东汉的马援，而凉州城中马神庙里塑的是金日磾。地道的凉州人。西汉时匈奴的王子。战败后被掳于长安。喂马就喂马，值夜便值夜。汉武帝兴游马苑，绫罗绸缎簇拥着一大帮后宫佳丽，金日磾硬是不斜一下眼，引起了刘彻的注意。便招来问询。

"罪臣的眼里只有马，没有女人。"汉武帝便笑了。那时的刘彻，被后宫还未掏空身子，就庄严地让金日磾入宫。这一入，便入出了名堂。待莽何罗行刺武帝时，金日磾的一身马力让莽何罗全身桶似的上了箍。汉家的马、汉家的天下，便和金日磾有了关联。千丝万缕的东西一扯，便扯出天苍苍、野茫茫的雄阔。金死后，汉家王朝传至何代，不关老百姓的事。老百姓眼里的金日磾不是战神，而成为马神。

说古的在马神庙前支了摊。大年初一，赚几个小钱，赢几点彩头，更赚的是心气，图个乐和。

与马有关的日子，是正月初六。那是马日。

马日是马的日子。有关马的祭祀活动，需在马日完成。

大年初二"出行"的活动，有牛，有羊，有猪，有狗，有鸡，没有马。

时年初一，凉州人把马影摁在碗里。有小孩洒了碗里的汤，大人一骂，小孩就说，让马喝。大人们便一笑了之；掉了饭粒，说让马吃了，大人们屈了中指，在小孩的脑门上弹一下，小孩吃疼，揪掉一把泪，扔下碗跑了。

初二初三走亲拜友。马的话题便串联起来。有姑娘的人家便告诫姑娘：嫁了人，怀了孕，不要吃驴马肉，尤其是马肉。马肉性凉，吃了不坐胎。不坐胎的女人，不如骡子。

说着说着便谈论起了除夕狂奔而消失的马。那马，卵子极大，一跑，左甩右荡，是真正的龙卵，是奇珍之物。割了，煮着吃了，男人会虎虎生威。有人端杯喝水，嘴咬住杯沿，听着吃了马卵后野合时能百战不疲，牙便咬住了杯沿，一用力，杯沿被咬下一块。众人一惊，又笑。那人便讪了脸，到一边去了。

说古的人一抖衣袖：傻样，我说的马是白马，只有白马的卵才能称为龙卵。除夕跑进城的马，是汗血马。

四

正月初六的凉州城胖了起来。

马日。全城的马和方圆百十里的马闻到了熟清油的香味，吃到了滚圆的豆料，喝到了去年腊八节打来的冰块消融后的涝池水，得到了扎得肥大的红花朵。

这一天，不管路程多远，人们绝对不能骑马。

马户的年从正月初六开始。

驻守满城的八旗骑兵懒洋洋的。选派出的马和人一样，如弃在风地里的洋芋，皱皱巴巴。甲衣和马鞍上锈渍斑斑。马走路时甩着虚蹄，人左摇右晃，似乎还醉在年酒里。满城离凉州城一里路，马政司的官员们仿佛等了他们一个世纪。

"还是大爷！"有人看到满城营的兵丁和马匹，咕囔道。

"这样的兵和马，能打战，还要打海上的铁疙瘩（军舰）和陆地的高鼻子深眼睛？"

嘴闲的人将这句话滑出口后，忙捂住了嘴。周围的人闻到了臭意，都捂住了鼻子。

各营堡的马队在城外等得烦躁，待满城的八旗兵马进城后，按镇标中营、左营、右营、前营、后营顺序依次进城，各镇标的马精神地甩动尾巴，拉马的兵丁甲衣虽少了光鲜，气势还有，马走得不急不缓，人走得有模有样。

各营堡的马队依惯例进入校场。

马户们排了队，他们抬着糊好的纸马，头上戴着马头帽，身上披着画有马样的大袍，手里捏着马尾巴毛，迈着马步，在校场中行走。

中间挟裹的，是韩骧的妻子。韩骧妻子身上披着的大袍上画的马很有张力，眼尖的瞅到了斜缀在她胸前的马的生殖器，硕大而饱满。

各乡派出的马队，马头上戴的花和马身上搭的红绸带都是新的，拉马的也是精心挑选的，壮实、灵动。他们是富户和乡绅们的体面。

穷人们没马，多的是热闹的心情。他们立在旁边，不远不近，瞅的是富户和乡绅们带来的供品。马日，是马的节日，他们管的则是自己的肚子。他们的眼从酒坛中穿过去，猜度着酒的成色，又在柳条筐里扫来扫去，掂量着里面的肉食。

庙祝一动不动地望天。

天一晴无余，庙祝的心情也一晴无余。

好天年。马政司官员们的心情更是一晴无余。

马日天晴，预示本年度风调雨顺。

风调雨顺则草木葳蕤。

草木葳蕤则秋高马肥。

秋高马肥则马兴丁旺。

"好兆头。"庙祝默然叹道。马政司的一官员将锣敲了三下，锣声悠远，校场里的马静了下来，人也静了下来。

"游马，把供品请到南门外的草场。"

顺序是早已排好的，年年如此。

先游马神庙，然后是七寺、八庙、九台。

七寺：海潮寺、永安寺、竹林寺、相国寺、罗什寺、地藏寺、安国寺。

八庙：玉皇庙、阎殿庙、三官庙、大庙、白云庙、勒马庙、小关帝庙、老君庙。

九台：松林台、大云寺台、清应寺台、灵钧台、皇娘娘台、凤凰台、张轨祠宫台（雷台）、东岳台、狄台。

七寺、八庙、九台布列在城内城外，游过七寺八庙，领头的满城营兵丁步履蹒跚起来，跟在旁边的闲汉们便一拥而来，从他们身上卸了衣甲，披在自己身上，拉起马来替代他们。按规矩，拉马的会得到犒赏，藉此，不仅能展现他们强壮的体格，还能得到酒肉。赏钱虽不多，也能赌几天小庄。

他们也高兴。

马走走停停，闲汉们顾忌少，军马走得慢了，便折转身，拍军马一掌，闲汉们觉得这些马走起路来还没有他们来劲。

到下午三时，领头的满城营马队才到。马政司的官员们看到歪盔斜甲的闲汉们牵了马来，便在心里长叹：大清啊！大清。

祭马。

庙祝一吆喝，马户们便排列上前，做马状跪下。

马政司的官员们抖擞精神，读着祭文。

国有兵才稳，兵有马才胜……

祭文被马政司的官员拉得调长音圆。

将兵马安顿到一旁的草料场，现场清静了不少。满城营的兵丁们坐了首席，然后是各营堡的兵丁，然后是各富户、乡绅所雇的拉马人。闲汉们也分了群，站到满城营马队前，等着领赏。

满城营的兵丁吃喝得高兴，忘了替代他们的闲汉。闲汉们上前，伸出了手。一满脸胡茬的把总站起来，把一个布袋扔了出去。闲汉们挤搡着抢夺，抢到手的一瞧，是铜钱，便扔了，涌到席桌前，将桌上的酒肉卷了，跑到另一边，边吃边喝边骂。

马户们的吃食是自带的。他们带的都是素食。

韩骧从袋中抽出马鞭。马鞭重约30斤，长7米。沉睡了一年的马鞭醒来。他用手拃着鞭，马鞭蛇般弯曲在他身前。

扮马者扶正了纸糊的马头，把"将架"背了起来。

将架上披红挂绿，四角缀着铜铃。将架三面绘着关羽、张飞、黄忠的肖像。绘像者手艺一般，但三人的胡子神气逼人。关羽的红，张飞的黑，黄忠的黄。

扮演刘备、诸葛亮的人也是从马户中挑选出来的。

韩骧的巨鞭一甩响，周遭静了下来。扮武士的列成墙队，围起了背将架的人。

第二鞭响起，列成墙队的人便跟着背将架的人拜刘备。

第三鞭响起，拜诸葛亮。

第四鞭响起，背将架的便随鞭声转动。拜关羽时转关羽像，拜张飞时转张飞像，拜黄忠时转黄忠像。

拜祭仪式结束，韩骧一展长鞭，墙队的武士便列阵。长鞭东甩，墙队东走；长鞭西甩，墙队西奔。鞭梢、人脚甩踏，尘土飞扬，伴着背将架的人的嘿声，把草场搅成了一锅粥。

马舞一停，庙祝指挥马户们跪在马王神前，三拜九叩，完后焚烧了纸马。庙祝撮了点纸灰，取了一只碗，倒点水，摇摇，让韩骧妻子喝下。庙祝给她递碗时，看到斜缀在大袍上的马的生殖器在晃动，把挤出的笑凝在脸上。

韩骧收了鞭，泥般瘫在地上，被马户们背回了家。

马政司的官员们盯着韩骧妻子的肚子。接下来的日子，他们便扳着指头算着：这个"马儿"生下来，能否成神驹呢？

五

农历二月二，马户街的男丁相约来到马神庙。

他们来剃头。

北方没有早春二月。马户们紧紧勒在腰间的皮绳，他们的头发都披散着。风一吹，头发柳枝一样动起来，遮眼撩鼻。庙祝旁边的铜盒里的水还有温气。韩骧坐在没有靠背的凳子上，庙祝嘴里的浊气喷出，他的脖子痒痒地扭动。

"坐稳，别动。打理好头发。你的女人如果生个龙驹，这辈子你就值了。二月二，龙抬头。剃了头，你把自己的头发收拾了，回家洗干净，烧成灰，和了水让女人喝了。"

韩骧的头上有冷风掠过，庙祝手里的剃刀游动在他头上。剃到耳根，韩骧的几缕头发竖了起来，庙祝停了刀，把那几缕头发捋直，头发有点扎手，像马鬃。庙祝望了一眼马王神塑像，扑到蒲团上，恭敬地叩了头。

其他马户静静地望着。

"马鬃竖起，必得龙驹。"庙祝把剃刀放入盒子，重新挑了一把剃刀。

韩骧收拾了头发，向庙祝辞别。庙祝正了身，操起拂尘，在他背上扑打了几下。

"好去好去好好去，好来好来好好来。"

韩骧不明白庙祝在唠叨什么，望着庙祝。庙祝把他送到庙门外，目送他离去。

"排好队。"庙祝对着其他马户斥喝。

"道爷，水凉了。"有人打着激灵，央告道。

"见过马用热水洗头的吗？噤声，二月二，乱说话，惹龙王呢！"庙祝操起刀，在马户们的脑门上扫几刀，在耳根边刮几刀，吼一声："下一个。"

便有人替补上来。

春风一到，马户们便出了城。

马户们有马田。马田的土地肥润。青草的气息从马田窜出，惹得马户们躁动不已。他们用手刨开土层，把耳朵附在草尖上，听青草们呢喃。歇在地头的牛甩动着尾巴，土地泛出的清香味让闲了一冬的牛也有了快意，它们抬起蹄子，又踏下。相对于其他地主和富户的牲口，马户们的牛清闲多了。地质软松，犁一插便能抬蹄奔走。马田是公田，马户们不用争，也不用抢。马户头安排种哪块地，他们就种哪块地。韩骧待在地头，马户头吩咐他只管看天，看其他马户种田。

马户们不嫉妒，也不敢羡慕。这是场赌局。若生得龙驹，韩骧就会游手闲荡，和龙驹一样，成了供养人；若生下的孩子不能成为龙驹，韩骧则会像牛一样，供马户们役使，不得反抗。

这是马户们的命。

种完田，马户们便在附近的土地上浪逛。其他农户看到马户来，便会停了犁，和马户们扯扯庄稼、农事。农户们看到马户们身后的马，便去摸摸。在他们眼里，马户们喂马养马，是给国家用的。生下孩子，也是国家的。国家大于天。农户们往往会给马户们端来水，陪着小心。马户们则敞开怀，任春风在胸前浩荡。他们目力所及的地方，是巍峨的祁连山。祁连山下，是无尽的草场。

一个春天，马户们不能回家，他们种完庄稼，便住在草场。草场里去年储存的干草，还有余香。这些草，成为春天里马的爱物,也是马户们的爱物。一到秋天,马政司的官员们便来验马,他们挑出符合条件的马,让马户们把马饱餐一顿,便有专人来运走。去了哪里,不是马户们所管的事。喂马的差事属于那些做了马户但没有生出龙驹的人。

一俟立夏,草场大敞,马户们便轮流回家。他们要去种龙驹。

进了凉州城,他们有了一点陌生。遇到人,他们便避到一边。到了马街,他们的心松弛下来。在斫白狗的地方,他们站住,仿佛一腔狗血又冲上天际,那只狗头,升腾而去。到马神庙里许了愿,迎受着庙祝的白眼,他们也不以为意。回到家,他们挤紧门闩,把太阳关在门外,让女人脱了衣服,查看画在女人肚子上的马。

马画得很粗糙,在女人肚子上像个王八。

然后洗马。洗那匹画在女人肚子上的马。

他们洗得很虔诚。拿红布蘸了水,先拭马腿,一拭一个黑团。拭马身时,马头也被染成黑团。女人肚子上黑黑的一团,令马户沮丧。他们便拿来白布,一遍一遍地擦。女人身下水渍一片。女人一动不动,任凭马户揉擦,待一个雪白的肚子呈现出来后,马户抱起了女人,把她放在马槽里。

窗外一片白亮。

马户回到供桌前,燃了香,把手伸进一红木匣中,供在匣中的马鞭已成胡萝卜干,但外表还滑润。摸着摸着,男人觉得自己成了马,很亢奋。便转身回到马槽。

胡天胡地一番,男人叹气:韩骧也就那样,为啥他们就判定他的女人会生出龙驹呢?

又望望女人的肚子。女人拿衣服盖了下体。马户缓过神来,把女人抱上炕,从供桌上请了毛笔,又在女人肚子上画了一匹马。然后抽了一支细笔,在马眼上点了朱砂。

女人呻吟了一声。

抽掉门闩,一屋的阳光扑进来。马户坐在门槛上,靠着门框,扳着指头推算日期。过了端午节,马户拍拍手,出门去了。他们要赶到草场,去替换其他马户。让他们也来种龙驹。

六

多年未出龙驹,马政司的官员们脸面无光。相马师手中敲骨的木槌失了光泽,懒懒地躺在匣中。各种迹象表明,韩骧妻子怀的可能是龙驹,马政司官员的企盼牵牛花一样攀缠在木槌上,一遇晨露,便舒身展肢。

相马师出了厢房,他怀里揣着的《马经》春意萌动。在马街,相马师瞅着那块铁马掌。他用手去触摸,够不着,便喝令晒太阳的两个闲汉抱来几块土坯。相马师踩脚上去,手触到了铁马掌,小腿突突地抖了起来。两个闲汉笑了:还相马师呢,踩个土块都腿抖,相韩骧女人肚子里的崽是不是要抖第三条腿?

看相马师变了脸,两个闲汉拔腿跑了。

马街的马气大于人气。马街男人们去了牧场,留下的女人们坐等收胎和料理家务。到了韩骧门口,相马师嘘嘘几声,韩骥的妻子迎了出来，让他进门。他摆摆手，瞅了一眼韩骥妻子的肚子，让她坐在门前的小凳上，为她把脉。细切之下，脉象中有一点躁气。相马师瞧瞧韩骥妻子的脸，望望她的肤色，松了手，从怀里掏出《马经》，看看，揣了，又从布袋中掏出一书，是贾思勰的《齐民要术》，他翻到相马篇，高声诵读起来。

　　马头为王欲得方

　　口为丞相欲得光

　　脊为将军欲得强

　　腹臀为城郭欲得张

　　四下为令欲得长

　　头欲得高峻，如削成

　　头欲重，宜少肉，如剥兔头

　　目欲满面而泽，欲大而光

　　耳欲得小而促，状如斩竹筒

　　鼻大则肺大，肺大则能奔

　　口欲红白色，如穴中看火

　　牙欲去齿一寸，则四百里；牙齿锋，则千里

　　至瘦欲得见其肉，至肥欲得见其骨

　　尻欲颓而才

　　胸欲直而出凫间欲升

　　腹下欲平满

　　……

　　相马师读着读着，伸手攥住了韩骥妻子的手腕。顿挫的声音豆子般在嘴里滚动，身子一扑一倾。满嘴的唾液乱飞，有的溅在韩骧妻子的脸上,她闻到了与韩骧不一样的味道。她觉得相马师的舌头如蛇芯一般乱颤,从牙齿中飞出许多饱满的颤音。那种声音浑厚而悠长,比庙祝的乌鸦声悠扬。她有了酣睡的欲望,待相马师胳膊一动时,便倒在了他的怀里。

相马师一惊,身子一侧,栽倒在地上。他忙用身子挡住了韩骧的妻子。相马师转眼急瞅,周遭无人,便长吁一口气,又向韩骧妻子解释了半天,要她把他刚诵读的东西背下。韩骧妻子说她不识字,那么多东西她也记不清楚。相马师沉了脸:叫韩骧来,让他教你背。事体重大,绝不能姑息。

吃啥补啥,念啥有啥。相马师扔下一句话,背手走了。韩骧的妻子目送相马师远去,她的眼里,相马师走得也是马步,那只布包,像一条尾巴,在他身后晃动。

出了马街,两个闲汉挡住了相马师。

"相马爷,我们给你背诵个东西,看看和你刚才对韩骧女人说的话是不是一样?"

相马师把布包垫在街边的石头上,盯着两个闲汉的嘴。

"你肚子里怀的是不是龙驹?"一个闲汉拉长了声调。

"是不是龙驹,我不知道。如果你相马师想知道,就钻进我的肚子里去看一看,再出来不就知道了。"另一个闲汉捏了鼻子,学着韩骧妻子的语调,扭捏着身子。

相马师回过神来,两个闲汉已经跑了。站起来,扑打几下布包,回望马街,他蓦然发现,那块铁马掌上缀了两只马眼,在怔怔地望着他。

念啥有啥,有人想得到什么,就得时时想什么。他决定,让韩骧的妻子也到马场,听马的嘶叫,看马的驰奔,并对着太阳、天空和疯长的青草，让她把《相马篇》背熟，熟得应该跟黄了的青草一样，一上脚就能捻成粉末。

七

凉州的牧场称马场。傍祁连山的叫大马场，离凉州城近的叫小马场。小马驹们在小马场出生，断奶后，便放逐到大马场。

马户们祭祀、过马日都在小马场。

小马场属绿洲平原地带。用木栅栏立了围墙。

韩骧的妻子拖怠的躯体移动出的兴奋和疲惫挂在路上。路人从她的装束上，知道是马户家的人，不便搭讪。路过人家门口，有人端了水，递给她，她喝了水，道一声谢，继续赶路。仲夏的凉州，花啊草啊的都在较劲。在马户街受许多禁忌限制的韩骧妻子，把自己当成了一朵花，游弋在去小马场的路上。一抹夕阳泛红的时候，韩骧看到妻子进了大门，沿着一条小路挪了过来。她径直走向一形似马棚的房子，在一根柱子上拍打了几下，拉起柱子上的绳子，拽了拽，绳上的小铃铛懒散地响了起来。炕不大，炕上铺的麦草是新换的，炕上的被褥也是新换的，她有了当新娘的感觉。

一觉醒来，天亮得咧嘴。用了饭，她便出门。这是每日必做的事。小马场里种的不全是草，苜蓿在努力地摇晃着绿意，她掐了苜蓿尖，放进嘴里，咀嚼出了香甜。谷子刚刚冒头，绿绿地铺陈在一块又一块的田地。供马们吃草嬉戏的地方也有一簇一簇的绿和一点一点的红。韩骧跟在后面，忠实地抱着一个垫子和一条褥子，待她走乏了，便在空地上铺了褥子，垫上垫子，她躺在上面，看跑来跑去的云，飞来飞去的鸟，爬来爬去的蚂蚁，闻飘来飘去的草香。立在旁边的韩骧像木桩。她示意他坐下，韩骧摇摇头："规矩不能破。"

她不再坚持。望天累了，她说如果天上有草，她就上天去，免得韩骧站着劳累。韩骧说只有天马才能行空。人的胳膊不是翅膀，伸开只能挡挡风。望地累了，她说如果她能吃草，她就天天吃草，免得韩骧伺候她嫌麻烦。韩骧说马吃草人吃饭，不人不马吃大餐。做了马户，这是命。养马是本分，生龙驹才能光宗耀祖，几代可以出千里马，几代未必出一个龙驹。过几月若能真生出龙驹，你就成了马神娘娘。

幽幽地把一根青草放在嘴里咀嚼，汁水染绿了牙齿：我宁可不生龙驹，也要像正常人一样，该笑的时候笑，该哭的时候哭。

韩骧垂手劝阻妻子。小马场的绿被泪洇开，生出蒙蒙水气，韩骧的眼前模糊起来，妻子仿佛变成了一匹母马，正在努力地孕育马驹。

韩骧倚在门框边，看那轮太阳在云层分娩。太阳挣脱云层往上升的时候，他感到了门框上的一点热意。露水在阳光的促使下，化于无形。他叫起妻子，开始沿小马场的石子路拄地游走。相马师说这样生出的龙驹才能赋予马的特质。小石子硌得手掌生疼，她忍着。弯腰时，肚子里的东西便踢腾，她伸长身子，把手掌做马蹄状往前移。粗重的呼吸击打着韩骧，他让人把此情形告诉了相马师。

相马师正在大马场游巡。他背着手,脚踩在绿浪上,浪尖上的圆润吸引着他。绕场一周,他的手里多了一把青草。他坐到地上,一根一根地用手搓摩,把有手感的青草放在袋里,摸不出感觉的便扔了。飞出去的青草鸟般落下,他感到了一丝快意。

来到小马场,相马师嘱咐韩骧,把他带来的青草熬成汤,让他的妻子一日喝三次。韩骧守着砂锅,闻着升腾上来的青草香味。汤汁绿绿地泛着一股涩味,他舀出一点,舌尖与汤汁对触,有点鲜,有点涩,还有点什么味,他说不出。盛半碗给妻子,妻子皱了眉,闭着眼睛喝下了汤汁。

韩骧的一滴泪下来,滴在碗里,碗很平静地接受了这滴泪。他抬起衣袖擦了泪。相马师拍拍手中的布包,瞪了他一眼:回马街。

八

相马师进马街时,立了脚尖,敲敲铁马掌。韩骧进门时,头磕在了门楣上。相马师一脸寒肃:规矩。人造人,马造马,马化形,人成人。韩骧听不明白,看着相马师检查炕上的被褥炕席等物。相马师拨拉着炕上的麦草:抱着扔了,到大沙河去拉沙子。

套了车,韩骧去了大沙河。大沙河在城东。出东城门二里地,有一条河,河底浅,水清澈,河底的沙子细、软,不硌人。韩骧用手往袋中刨沙子。沙子温热。他装了两袋沙子,抱到车上。拉车的驴，嘴呲了一下，撒开蹄子，在小土路上跑起来。路旁的一个土岗楼兀立着，夯筑的土墙被岁月淘涮得沉重而厚实，一点也不颓废。土岗楼下的草能藏匿人身。一到清早，晨雾弥漫，土岗楼下的草们便升腾出一种轻袅，婀娜于土岗楼。雾升至岗楼顶，会挤出几点水，吧吧地往下掉。说古的经常诉道，那是双阳公主的泪。当年狄青征讨西夏，大获全胜，但被佞臣所谗。为堵绝狄青回朝之路，大宋皇帝诏令沿途每隔三十里修一土岗楼，让他待之三个月。凉州的土岗楼上，狄青居狭小一隅，每日南望，被时人称为望京台。双阳公主劝狄青留在西夏，狄青坚辞。公主一行泪滂沱而下。狄青离去，被当地人称为狄台的土岗楼便发生了奇异之事，本来寸高的草疯长起来，每至清晨，雾雨并行，幻象顿生。久而久之，便形成了凉州一景。称狄台烟草。

韩骧坐在车辕上，任驴不缓不忙地奔走。两岸的庄稼正在孕期，散发着少妇的味道。若是农人，他会徜徉于地头，听夏虫的鸣叫，摸摸拔节抽穗的麦子，憧憬麦子收获后的喜悦。但他是马户。马户视野里拉长的是草，眼中装的是马，一生中的第一要事是让女人能努力地生出龙驹。

东城门楼的匾额中的"大好河山"四字在太阳炙烤下有点发胖，韩骧老觉得"河"字的三点水要跌下来，那三点逼真得老让他想把手接在下面。若接住了三点水，他就会成马户中肚里有墨水的人。城门匾下面所雕刻的二龙戏珠是凉州石家的手艺。给石龙点睛时，万人空巷。据传八仙过凉州，石龙张爪喜狂，铁拐李吹一口气，二龙间的石珠倏忽间转动，玄幻成凉州奇观。

后面的人吆喝起来，骂他挡了主道。韩骧跳下车辕，把驴车拉到路边。到了马街，相马师打扫干净马槽，让他把沙子倒进槽中，令他用开水烫了。

滚烫的开水倒在沙子上，沙子们缩了身子。裸着的沙子清凉、干净，它们想象着韩骧妻子身上的白和她生龙驹时的神态。

沙子们在水中集体合唱。

妻子有了分娩的迹象。韩骧守在门口，听妻子在一声又一声地呼唤。他竖起耳朵，耳朵里传来的竟是母马的嘶鸣。

马政司里的气氛开始紧张。相马师和县衙的师爷拍着双手，其他人坐在一边，听他们对课。师爷的一绺山羊胡子翘动。相马师出左掌，师爷拍右掌。

一马当先。相马师拍了一下掌。

千军万马。师爷回击了一掌。

老马识途。

金戈铁马。

秣马厉兵。

马到成功。

车尘马迹。

代马望北。

路遥知马力，

日久见人心。

草枯鹰眼疾，

雪尽马蹄轻。

山回路转不见君,
雪上空留马行处。
云横秦岭家何在?
雪拥蓝关马不前。
好山好水看不足,
马蹄催趁月明归。
夜阑卧听风吹雨,
铁马冰河入梦来。
……
俩人唱得紧,转得也急。师爷年长,转着转着栽倒在地。
众人把师爷抬到耳房,师爷摆摆手:快去,生了?
一声锣音,马街那边,韩骧可着嗓子吼了一声:生了。

九

一块红布挂在门楣右侧。韩骧坐在马棚边,拿着一把木柄锤,砸着麦草和干青草。麦草和干青草经水浸润,柔软而有韧性。他砸得很有耐心。麦草和干青草的骨头被砸碎,用手一摸,绵绵软软。抱了麦草和干青草的碎物,把它们铺在沙子上。他又从柜子里拿出一个小棉被,盖在草上。

相马师的焦虑霜一样挂在脸上。他揣摩着那把木槌。这把木槌传到他手里后,还没有真正发挥过作用。木槌头上的清凉金属般严肃。

判验"龙驹"的首关是"敲骨",需在"龙驹"出生三天以后。

拜了马王神，相马师和庙祝到厢房中用茶。庙祝常年喝的是桑叶茶，是每年经霜杀后的桑树叶熬制而成的。茶味中有玫瑰、牡丹、菊花的混合清香，还夹带着蜂蜜的甜。庙祝耳朵不聋，眼睛不花，全赖成年喝桑叶茶的缘故。

相马师慢慢平复了躁动，和庙祝谈起了敲骨的节奏。

"要敲出铜音的味道来，这是门功夫。"庙祝的手在桌上敲打着节奏，"要拿捏得准。"

"向前敲瘦骨，犹自带铜声。"相马师吟诵了一句诗，拿木槌在自己胳膊上敲打了起来。

"其实这是一种感觉，邦邦，嘭嘭，铛铛，就像试音师在调琴。"

"邦邦，嘭嘭，铛铛，要听到余音。那种余音要通过木槌传出，令人痒酥。这是老相马师传授的经验。"

"任何经验都有失误的时候，要静耳、静心，凝神屏气，手落槌起，判定是哪种嗡声。"庙祝在壶中继了水。"千年出老参，百年出龙驹。看来，你是有幸的。按各种迹象，韩骥家的这个应该是龙驹。"

出了马神庙，相马师来到了小马场。马户们各忙各的，眼里的目光探寻者，想从相马师的脸上看出点端倪。相马师不和马户们搭讪，沿着小马场的路慢慢调理情绪。青草的味浓得滚成一团，齐齐扑向他的鼻子。他从包里摸出木槌，边走边在自己胳膊上敲了起来。

"邦邦，嘭嘭，铛铛。犹自带铜声。"相马师兴奋地在草地里奔跑。

连续两个晚上，相马师搂着木槌睡觉。他的体温和木槌的体味渐渐融合。第三天的鸡叫，唤醒了相马师。他出门时，庙祝和马政司的官员们立在门口，庙祝用手在木槌头上一摩挲，手上的温度猝升，他拉过相马师，"你是不是搂着木槌睡的？"

相马师点点头。

"敲骨的木槌，要阴阳适中。赶快找个十六岁的姑娘，把木槌在她怀里揣三个时辰。"庙祝望望天。

"找什么样的合适？"相马师有点茫然。

"你去问问你的相好，看杏花干净着没有。"

"你怎么侮辱人呢，杏花可遵从妇道，是清白女子。"

"啊呸！"庙祝瞪了他一眼，"想什么呢？这事你不懂，女人懂。搂过木槌的女子以后会旺夫旺子，你不愿意，我重找人去。"

相马师不再接言，跑到相好家一说，相好笑了，便要接木槌。

"你不要摸，我要亲手交给杏花。他们都在门口盯着呢。"

女人娇羞了一下，便叫女儿。

杏花抱着木槌，转身进屋，"你去盯着，要把木槌放在两个东西之间。"相马师指指相好的乳房。

相好没有搭腔，进屋去了。

三个时辰难说长短，各人都想着心思。庙祝的眼前出现两个葫芦样的东西，他端着的茶碗在突突抖动，茶水四溅，惹来了一片眼光。他笑笑，放下茶碗，撩起道袍擦了。相马师瞧着庙祝裆前的道袍在搐搐发颤,没吭气,紧盯了自家屋门。

日影移位,庙祝推推相马师,相马师望望太阳,急步到门前,隔门从杏花手中接了木槌,一行人便进了马街。

一个粉嘟嘟的婴儿展现在面前。

相马师抽掉婴儿身下的粗棉布小褥。婴儿的眼睛明晃晃的,滴溜转动。他放展婴儿,从左臂慢慢敲击,四周的空气凝固着,木槌从左敲到右,从胳膊敲到腿。敲一下,他把木槌头对到耳边听一下,一开始的声音混杂,逐渐变得清纯。敲第二遍时,耳朵边嗡地响了一下,相马师的耳膜兴奋地抖动着。他按捺住兴奋,又细细地敲打起来。嗡嗡的声音连绵不断,相马师的耳边充斥着铜器发出的颤音。

"龙驹!"他举起木槌冲到门外。

"龙驹!"相马师双泪纵横。

十

圉人叫来老木匠,交给他一张图样。老木匠锁了眉头,盯着看了一阵,把眉一展,"能行,是要打张能立起来的娃儿床?"

圉人拍拍两块榆木板材,"打好圉床,再做个夹板。"

"做啥用场?"

圉人哼了一声:"夹头。"

老木匠用刨子刨着木头。刨花轻柔,卷出各种图样。圉床不大，形似耙耧。耙耧装谷播谷，囿床要睡人。龙驹出世的消息传得一城皆知。为龙驹做床，是他这辈子最荣耀的事。卯、楔是项功夫活，老木匠做完一件，用手指捋过去，每一块都滑润，手触上去，似在绸缎上游动。

囿床摆放在太阳下，舒展着。囿人用手掌搓摩每一块地方。木质表面光滑，柔嫩。他拉过老木匠的手，抬起来，对着太阳看。老木匠慌乱地抽出手，往衣袖里一缩。囿人摸过许多手，老木匠的手是令他最惊异的手。初摸时如深海，水面平静，没有风浪，用力一推，有一股反弹之力。那种力不霸道，如风掠过花叶。囿人有了在他死后请老木匠打寿棺的想法。老木匠打出的寿棺，人睡在里面会如睡在丝绸中，那是活人无法享受的一种意趣。

做夹板时，老木匠的手被蹭掉一块皮，几滴血洒在榆木上，花样般开放。他叹口气，抓了撮土，摁在伤口上。老木匠双手扯钻，在夹板上凿洞眼，钻绳一缓一舒，一松一紧，一个圆洞笑模笑样地闪现在他眼前。他用嘴一吹，洞里的粉末快活地四溅。

皮绳韧性足，老木匠攥紧皮绳，用双手搓。皮绳有了温度，面条般扭动。皮绳穿进榆木板上钻出的洞眼，他把双板一拍，悦耳的声响令老木匠亢奋不已。

结工钱时，老木匠摇摇头，背了工具箱，步履轻快地出了马街。

囿人让韩骧把囿床搬进屋中，把孩子塞了进去。韩骧的妻子要在囿床上铺点衣物，被囿人阻挡。她把眼泪夹在眼眶，用手搓摩圈床，从里搓到外，床面和扶手绸缎般光滑。夹板夹在孩子脸上时，她撕扯自己的头发，韩骥拉住她的手，让她搓搓夹板，她搓出了奶汁的芳香。

"这是他的命，要做龙驹，吃义马粮，他就得像马一样，从娘胎里爬出来，一生都得站着睡觉。"

"夜里总得盖点东西吧？"

圈人说："行，但不要和皮肤接触。"

"喂奶时取不取夹板？"

圈人让她抱起孩子，"这一点，木匠早已考虑到了。龙驹是为国家而生的，不是你的私物。三个月之内，不许除掉夹板，待三个月后，他的头若成马头形状，就可以除夹板了。人是人的头，马是马的头。"

圈人拍拍韩骥的肩："国家的，明白吗？等三个月后测马仪程结束，你就能恢复成人户了。"

九月的巴子营，天稠的像韩骥妻子的奶汁。

夹在大马场与小马场中间，巴子营是个歇脚点。这个歇脚点和别的歇脚点不一样，是专供马户歇脚的地方。巴子营左侧有一个天然的草场，草嫩而汁多，高矮适度。马吃草时，一低头就会触到草尖。头天被马掠了的草尖，第二天就会恢复原状。草一直保持着齐整的姿态。秋高马肥时，别的草场里的草都会被收割，巴子营草场的草不受刀镰的侵袭。一到冬天，天若下雪，雪顶在草上，努力出一朵一朵的绒花。经风一吹，绒花摇曳，落出一方白绿相间的世界。待到春风一拂，固有的草身一夜间变绿，绿出别样的一个春天。

这种草，年久而奇特，据传汉代时就有，巴子营人称它们为汉草。

在圈床上躺着睡觉的"龙驹"白白胖胖，圈人天天来查看。

三个月一到，圈人和相马师去找庙祝。庙祝在马王神像前燃了香，悠然扯出一声道号："无量天尊！农历正月初六，天晴，风正，主今年马兴。龙驹一出，正应此数。农历八月初六，巴子营草场的草开始变色，季换草代，利于测马。"圈人和相马师把庙祝的话告知了马政司的官员。马政司的官员禀告了知县，知县禀告了知府。凉州城内外，"八月初六，测马"的消息卷来卷去，大、小马场的马户相约到大权河，洗了澡，等待着那个庄严的日子。

韩骥和妻子揪着心。敲出铜声是相出龙驹的第一关，测试为第二关。巴子营草场的中间有一块空地，叫测马地。相传天马驰过天际，回蓦一瞧，发现了巴子营草场的奇异，便落下身子。在饱餐一顿后，它打了几个滚，草场中间的这块地的草再不生长，成为一块空地。历代相马师就把这块空地作了测马的地方。

圈人把"龙驹"从圈床上抱了出来。在圈床上站了三个月，一放到平地，"龙驹"在地上翻了一个滚，瞅着这些高高矮矮胖胖瘦瘦的人。

解除了榆木夹板的"龙驹"的脸已扁平。相马师撑起他的头，嘴里默念着：直头、兔头、半兔头、凹头。他在找一种最合适的头型叫法。他扳开"龙驹"的眼睛，"龙驹"吃疼，蹬了一下腿，他又捏捏"龙驹"的鼻子，把手往他颚前一收,"龙驹"张开了嘴,冒出一股人乳的清香。他揪起"龙驹"的双耳,"龙驹"晃动着脑袋,想挣扎开相马师的双手。相马师提起"龙驹","龙驹"呲了一下嘴。

兔头,相马师吆喝了一声。

相马师相完头,让围人把"龙驹"放置到围床上,"龙驹"安静了许多。他瞅了半天,从"龙驹"脖颈的中轴与地平线形成的角度望去。斜颈、水平颈、垂直颈,他一一判断着。

鹤颈。相马师舒了一口气。

把"龙驹"从围床上一拎出,"龙驹"又闹腾起来。相马师放平"龙驹",让他趴在地上。宽大的手掌捋过背椎,"龙驹"翘起了屁股,相马师一掌拍平"龙驹"翘起的屁股,查看腰部。腰部宽短,背广而平直。

直背,宽腰。

"龙驹"的屁股不安分地摆动。相马师拿了尺子,量了背、腰的长度。尺子搭在屁股上,冰凉如蛇,相马师珍重地默算着屁股的长度、宽度、斜倾度。掐掐肌肉,他放下了尺子,揣度起屁股的形状。

滚圆,厚实。

翻过身子,相马师盯着"龙驹"的胸。胸廓而长,用手捋过去,前胸平坦。

心肺发达。

相马师用小拇指挑起了"龙驹"的生殖器。一抖动,"龙驹"的生殖器倏地坚挺,一线尿喷涌而出,溅了相马师一脸。相马师笑了,他擦了尿,在"龙驹"的腹部按了一下。

好东西。他哈哈了几声。

肩、上膊、前膊、前膝、管、球带、后节，相马师大汗淋淋，他审度着各个相连的环节。他的眼前，一匹天马若隐若现。

他用力捏住了"龙驹"的脚。"龙驹"挤出了眼泪，相马师用手指蘸了眼泪，放到嘴里一吮，又蘸了一滴眼泪，抹到了"龙驹"的脚上。

肢长、蹄大。

相马师扳开了"龙驹"的嘴。他伸出中指，在"龙驹"的牙管上搓过去，"龙驹"合了嘴，咬住了相马师的中指，相马师测试着劲道。他抬起"龙驹"的下巴，端量了半天。

一地的眼睛都望着相马师。相马师双手对天，可着嗓子吼了一声：真正的"龙驹"。

头轻，眼大，耳薄，口裂深，颈长适中，胸腰健壮，四肢强劲，体态剽悍。

四野很静。

马户们呼啦啦跪成一片。

十一

这才是马户们真正的节日。

十二

放假三天,马户们回到了马街,凉州城臃肿起来。

铁马掌上裹了红布,在来来往往的人的注视中,亮成一截岁月。

回到马街的马户们拜了马王神,便相约在凉州城中"走相"。走相就是无拘无束地亮相。扁扁的头凯旋在七寺、八庙、九台。在凉州城的墙楼上,也堆满了马户,他们爬在城垛间,把头甩来甩去。

没有一个马户说话,他们的得意在脸上游来荡去。偶尔有马户拍一下行人的肩,行人也报之以微笑。

马户高兴,凉州城里的人也高兴。

给马户放假的第二天,凉州城的人一出门,都惊讶堆在门前洗得发亮的胡萝卜、青菜之类的东西体格的硕大。这是马户们在大、小马场的空地上种出来的。它们不嫌贫富,都显着一样的神态:粗糙,张扬。城中的人看惯了乡下菜贩们种卖的蔬菜,不得不惊呆于马户们所种蔬菜的狂野。寺庙庵观门前的胡萝卜等物,冒出筐头。胡萝卜的下体朝上,密匝匝地指向天际。心细的小和尚、尕道士总觉得这些马户们有所指向,但马户们不是阉人,他们也就嘻嘻哈哈地抬了筐,故意将下体朝上的胡萝卜抬到方丈、道长房内。提着拂尘和搓着念珠的道长和方丈闭了眼又睁开,道长呼出一声"无量天尊",方丈打出一口"阿弥陀佛"。

然后就笑了。

然后是马舞。

马舞在广场举行。大马场和小马场的舞马披红戴绿，进入广场。广场的东侧摆了桌子，桌子上摆着酒碗，碗里的酒弥散出香气，桌后的凳子上坐的是凉州的文武官员。马政司官员们的桌子摆在南面。

"龙驹"的围床摆在了广场中央。韩骧夫妇坐在左边，坐在右边的是围人和相马师。

一面大鼓、三面小鼓立在支架上。

敲大鼓的精赤上身，鼓槌头上包了红绸，操着鼓槌，在鼓心急急地敲打。舞马们蹄下和着节拍，待鼓槌敲出一声雷响，它们抬了前腿，后腿支撑着身子，随着鼓点甩动着鬃毛，翩翩的鬃毛甩出了一圈又一圈的惊艳。大鼓一停，三面小鼓敲出舒缓的节奏，舞马口衔酒杯，半跪至官员桌前。官员们接了碗，量大的喝了，量小的发怔，舞马便甩起头，盯着没有喝酒的官员的脸。端酒的官员闭眼喝了，舞马们便齐声长嘶，退至广场中间，绕着"龙驹"舞起来。

相马师和围人泡在了酒味中。

舞马退出了广场。马政司的官员从一陈旧的匣中抽出一张纸，纸色发黄，字的颜色淡灰，这是韩骧自愿成为马户时和马政司签的契约。

契约在知县手中传到知府手中。知府溜了一眼，交还知县，知县点点头。马政司官员烧了契约，高声宣布韩骧夫妇转为农户之身，并划拨巴子营土地五亩，让其自由耕种。

在"龙驹"三岁之前,你们应在相马师和圉人的相伴下,精心饲养调教。知县拨掉黏在眉毛上的纸灰,吩咐韩骧几句,又对相马师点点头。

相马师掏出木槌,在龙驹胳膊上、腿上复敲了一遍,高声叫道:"'龙驹'头轻、眼大、耳薄、口裂深,颈长适中,胸腰健壮,四肢强劲,体态雄悍,符合国家之马的真正标准。上山的老虎下山的狼,凶不过韩家的马儿郎。'龙驹'符合吃义马粮,从今日起,'龙驹'正式定名为韩义马,任何人不得以各种形式伤害他,若有犯戒者,严惩不贷。"

马户们齐声高呼。

府、县官员们围着韩义马转了一圈,知府在义马的胳膊上捏了一下:"就这体胳,用木槌敲,还能敲出铜声?"知县一脸寒肃:"既是好马,必有异相。'龙驹'百年难得,自有过人之处。"知府看着韩义马的一双眼嵌在三角眶中,亮得出水。他摇摇头,带着一帮官员离去了。

马街摆出了流水席。全是素菜。凉州城的人一拨一拨拥向马街,徜徉于各种素食的桌前。他们全然没有料到,马户们的素食做的会如此精美,胡萝卜、洋芋竟有如此多的做法,炸、烹、煮,色正味醇,"做马好,还是做人好?吃义马粮的人,是国家的。"他们慕羡着,可着肚子吃着。离开马街时,有人撑得无法行走,便俯了身,用胳膊支了身子慢慢移动。

马街的人笑了:谁是人,谁是马?

相马师坐在马街口,兀自高声诵读着"向前敲瘦骨,犹自带铜声"的诗篇。

围人拍了他一掌："地广民稀，水草宜畜牧，故凉州畜牧为天下饶"，他吟诵的则是《汉书·地理志》中的句子。

十三

韩义马像一只肉丸子，翻腾在巴子营的汤中。

五亩肥胖的地，躺在巴子营的东面。三间房子立在地旁，坐北向南，东面的由韩骧和妻子住，中间的安置韩义马，西边的做了伙房。

五亩地像一个丰腴女人，就那么一躺，如何把她收拾舒服，难住了韩骧。点灯靠油，犁地靠牛，凭他的一双手，褪几层皮，也难以把地拾掇熨妥。

他一趟一趟在地头转悠。

待在大、小马场，他的眼里堆满的是草。他的身后，跟的是马。草是天生的，他每年的工作是春天看着草一点点绿起来。最先绿出的草尖很嫩，他和马户们蹶在草前，用指尖掐了草尖，塞到嘴里咀嚼。草尖甜、涩，每个马户的嘴角，都有绿汁在流淌。没有人督促。马户们不嘲弄，不打趣，也不交流。每个马户掐草尖的地方是固定的。半月后，草们疯长起来，马户们停下吃草尖的活，看到有别的草和其他植物，便拔了。喂养的马都有各自的地盘，马也识趣，不到发情期，总是守着规矩。一到发情期，便争斗起来。这时的马场便乱了方寸，马户成为观战者，瞧着马们啃咬撕打。

韩骧惊疑于马的力道和技巧。

那不是舞蹈,而是搏击。马的前腿和嘴、鬃毛成为武器,体格强壮的马的攻击力不亚于一头雄狮。韩骧闪着眼帘,瞧着他的"影马"甩开鬃毛,立起前蹄,泰山压顶般将其他对手扑倒在地,而后很绅士地退后,长嘶一声。嘶声里没有傲慢,却有一种力量。那种力量,令韩骧血脉贲迸。他吐掉草汁,冲向了马棚。正在洗马槽的妻子感到有一种风扑来,就被韩骧按倒在马棚。白晃晃的屁股漫出了马棚,身下的妻子母马般大呼小叫。干活的马户退到门外,先是听,听着听着便管不住腿,有妻子的就朝妻子飞奔而去,正在拔草的女人们被掀翻,草天草地,一番折腾,草场里到处都是白晃晃的身子。马被惊散,有的跑到人旁边,用嘴舔舔人的身子,用鼻子嗅嗅,鼻子一收 缩,嗅出无穷的滋味来。那些还没有伴的马户,褪了裤子,在草场里裸奔,奔得精疲力竭,便躺在草场,望着亢奋地进行生命交合的马匹,恨不能自己也变了马,与"影马"搏争一番。马户只有一个伴,而草场里所有的母马,都是"影马"的妻子。他们便抓起草来乱嚼,嚼得牙齿发木。

韩骧恋念起在马场的日子了。

韩义马被推出西屋,沐浴在巴子营的阳光下。他手舞足蹈时,韩骧把他抱出,在固定的一个角落撒完尿,仍旧把他放回围床。趁着韩骧出门,妻子便把韩义马从围床抱出,搂在怀里。一听到有脚步声,她便快速地将韩义马放回围床,低了头离去。

马无夜草不肥,韩义马无夜奶不胖。每到晚上给韩义马喂奶时,韩骧的妻子便快乐起来。黑夜中没有韩骧剜剌的眼睛四扫,有的只是宁静中的温馨。她把奶头塞进韩义马的嘴里,听着他咕咕的咽奶声,一种舒泰在周身游走。时间一久,韩骥的咳嗽声便传出。她抹了泪,放好韩义马。韩骥用一把大铁锁锁上门,把韩义马的哭音关在屋里。哭声像猫,抓不开铁锁。就着豆油灯,韩骥看到了妻子眼里的幽怨,便侧身睡去。

"把义马抱过来吧,他还那么小。"

"不行。"韩骥的身子如山,妻子撼不动。

"反正没人知道。"

"天知,地知,我知,你知,谁说没人知道。"

"睡在那样的床上,他不舒服。"

"舒服便不做义马了。他不是我们的,是国家的。"

"国家是什么?"

"我也说不好。他也是光绪皇帝的。"

"光绪皇帝那么远,他能知道。"

"我也不知道。我只知道他生下来是义马,死了转生后就成国家的马了。"

"你信?"

"别乱问,这不是信与不信的事。这是规矩,这是他的命。"

十四

巴子营的何大户上门的时候,韩骥仍望着土地发呆。秋末的土地像匹发情的母马,难住了韩骥。

何大户的身后,跟着几个赶着牛的佃户。

"难得'龙驹'能来巴子营。秋高草肥,正是熟地的时候。不用县府吩咐,也不用马政司督促,我们就替你务息了。"

何大户嘴快,韩骥没有插嘴的机会,任了何大户的佃户赶着牛翻地。

"深插犁,浅翻地。你看巴子营这土地。"何大户弯腰抓了一把土,在手心里一捏,伸开手掌,土黏在一起,像一只出了水的鱼,用手指一捻,团土散开,"这种土质,种什么都行。你盘算着种些什么?"

韩骥憋了一嘴的话开始慢慢流泻,他讲要种点麦子、谷子、苜蓿。

何大户笑了:"不用顾虑,我们连种子都包了,你们只管照顾好'龙驹'。巴子营这地,种块猪肉都能长出肥猪来。"

佃户们吆喝着甩开牛鞭。韩骥的鼻息中,各种味儿赶着趟。草味飘散,花香最后的味道手掌一样竖起来,掴在他的脸上。这两种味道少了大、小马场味道的浓郁,多了一种乡间自然的清香。被犁翻出来的泥土的香味彻底把韩骥怔在了田间。这种味醇甜,敦厚。他撮了一点土,放在舌尖,舌头幸福在甜、涩中。

这种幸福里有一种踏实。

"选个阳光好点的日子,抱着'龙驹'在巴子营的土地上走一走。我们没有别的想法,就是待每年熟地时,能让'龙驹'踩踩土地。每年的马日,让'龙驹'在巴子营耍耍。上代的紧皮手死后,没有了接替的人。有了'龙驹'踩踏土地,土地爷也不敢造次。"何大户的期待像一滴雨,砸在地上,韩骧听到了裹在雨中的一种决绝。他撇了撇嘴,望着何大户远去的背影,迈不开脚步。

囤人来的时候,韩骧讲了何大户带佃户来熟地和让义马踩地的事。囤人笑笑:"应该的,在巴子营人看来,韩义马的到来,是一种运势。这也是历代吃义马粮者遵从的规矩。义马所到之处,吃、喝随行,运道大顺。"

囤人查看了韩义马的身体,眼里有了泪意,"我们有幸,有望能等到龙驹转世那天。"

韩骧的妻子递一碗水给囤人,囤人接了。

"天凉了,能不能给义马穿点东西?"

囤人摸了摸韩义马,"不行,做了义马,衣不附体。"

"冻坏了咋办?"

"我说衣不附体,是说不能让他穿衣服,晚上你给他裹条被子。记住,一定不能给他穿衣裤。"

"囤床超过三个月就不能用了。三个月过后,该立冬了。"囤人扫视了一遍房子。

"猴儿上炕,义马下地。"他背着手走了。

留下了一头雾水的韩骧夫妇。

韩骧的妻子量量囤床,拆了一条被子,赶制了一条似被似褥的条形东西。她让韩骧抱起韩义马,把它铺搭在囤床上,把义马放进去,义马扭了扭身子,朝她笑笑。韩骧的妻子捕捉到了挂在义马嘴角上的笑意,冲出门去,她把自己放长在秋风中,秋风收走她的泪意,她在地头上奔跑起来。

夜风一紧,窗棂中的寒意便下来。韩骥困了,把几段鼾声甩给夜色。妻子溜下床,披衣来到中房。韩义马睁着眼睛,在夜色间亮亮地闪出一种期待。她解开衣襟,义马的嘴就扑上来,一只手拽住她的衣领,撕扯着。她把义马的手塞进围床,义马一撇嘴,哭了起来。

十五

一片雪立在空中,其他的雪便蜂拥而来。房子孤立在巴子营原野,四面受风。有的风胆大,从墙缝里挤进,呜呜地响。韩骥抱了一捆谷草,将松软的部分揉成团,从墙缝中塞进去。风掀起谷草,波浪般在墙上摆动。弯腰在原野上的韩骥,也如一根谷草,在风中,摇摇晃晃。

雪很孟浪,在巴子营无拘无束地下。风卷来卷去,卷出许多雪丘。前面的雪止步,后面的雪便跟进。田埂边的雪埋住了野草,茎硬的草抖抖身子,雪便下来。韩骥拍打着雪,打出些许快意。挪到墙角,他扒开雪,抱出一捆劈好的柴,回到屋中。

妻子不在,炕上火盆中的柴已燃尽,一吹,飘起白白的灰烬。他抽出几根细柴,对着星点的火猛吹,噗噗的声响过后,火一点一点上来。他挪挪火盆,把柴支成三角,火慢慢燃起来。前胸热了,脊背依旧森凉,他转过身烤烤背,脊背上的雪化成了水。他脱下棉衣，对着火烤，一身肉缩了缩，在火的努力下，肉突突地跳一阵，身上暖洋洋起来。他穿了棉衣，到了中屋。

妻子怀里揣着义马，在地下抖动。义马的脸有点乌青，依偎在母亲怀中，眼里的惊恐像套住的鸟一样扑来扑去。

韩骧叹了一声，到门外抱了捆谷草，铺到地下。他用脚踩着谷草，谷草的咔吧声悦耳有力。义马伸出头，望着韩骧马一样跳跃。踩一阵，韩骧俯下身子，摸摸谷草，谷草还是硌手。他卷了谷草，换了捆麦草，铺好后摸摸，又去抱来一捆麦草。他坐在麦草上，屁股下有了一点暖意。

妻子放下义马，到东屋炕上抽出一条被子，铺在麦草上。

韩骧出门，抽开了中屋的炕洞门。用扫帚扫开一团雪，将一把麦草塞进炕洞，点燃。麦草不经烧，很快燃完，卷出一团黑。妻子拽开韩骧，把背篓里的细枝末节抖在炕洞前。她抓出一团麦草，塞进炕洞，又抓起一把谷草。麦草闪出红光，谷草跟进，将草根树条之类的东西煨燃在一起。烟在炕洞里左右乱窜。

韩骧抱了柴火，丢在中屋地下，妻子摆摆手，让他把柴火拿走。炕洞许久没用过，细细的烟顺缝角努力地挤出烟柱，袅娜地呛人。义马打了几个喷嚏。韩骧在东屋的炕洞前踢开几团雪，捧了炕灰，洒在挤烟的地方。烟从炕灰中钻出来，歪歪斜斜。妻子望着韩骧，有了杀烟的念头。她笑笑，把韩骧扯向东屋。

"死炕的烟活洞的火，都有脾性的，过一阵就好了。"她将义马放在炕上，韩骧把眼一瞪，她忙揣了义马，退回中屋。

41

雪没来由地下,韩骧呆在窗前,看雪,看得昏天暗地。他听着雪在吼叫。这种吼叫,在原野上很瘆人。若在大、小马场,一下雪,马户们便凑在一起,扯闲淡,喝散酒,高兴了就成群在雪中嬉奔,奔出许多尿珠。雪看久了,困意上来,他偎在墙角,睡着了。

一觉醒来,雪停了,炕上空空落落,他穿鞋出门,门外没有脚印,他一惊,跑向中屋,推门,门顶着,他用力一推,挤进门去。妻子躺在麦草上,怀里搂着义马。

"我们没睡炕。"妻子的声音有些抖。

"这冬确实难过。"韩骧缩了缩头。

相马师和圉人从车篷中钻出来,吩咐马夫搬东西。马夫搬了被褥、米面,还有一只羊、两坛酒,在门前跺脚。韩骧迎出门,让马夫进屋。马夫在屋中转了几圈,搓活手,抬腿出门。

"三天后来接我们。"圉人把一块银圆扔了出去,马夫侧身一跳,黑狗叼肉般抓住银圆,吆喝了一声,马便得得远去。

圉人踢了踢地下的麦草,摸摸炕,躺在被窝上的义马朝他笑笑。圉人乐了,伸手摸了一把,义马呲了一下嘴。他让韩骧抱来被褥,"铺了,我们要睡几天。"韩骧抱来被褥,丢在炕上。妻子摇摇头,抱来一捆麦草,细细地铺了。打开被子,一种新鲜的光泽直逼眼睛。她捏捏被角,很厚,很软,一滴泪夹在眼角,她抬袖抹了。

韩骧端来火盆,被相马师制止,"义马的眼睛怕烟熏。"让他把火盆送回东屋。

圉人来到西屋，瞅着韩骧的锅，眉头皱了一下。他让韩骧生了火。羊肉是整块的，韩骧望着肉，想哭。圉人望着那把切菜的刀，也想哭。相马师转到房后，看到了铡草的铡刀，试试刃口，让韩骧把铡刀搬到伙房，擦了。圉人摆好羊，让韩骧顺肋缝铡压，肉被铡得七长八短。相马师拿盆在外面舀了雪，搭在火上，"我们用雪水煮羊肉。"圉人笑了，"用铡刀铡羊肉，用雪水煮羊肉，义马义马，快快长大，也不枉我们期盼一场。"

　　羊肉的香味让韩骧的鼻子兴奋起来。做了马户，没有特殊的开禁令，是终身不能动荤的。韩骧记不清自己什么时候曾吃过肉。少了肉味滋润的鼻子痒出一种欲望，把韩骧压迫得想把妻子扔在炕上吃一回。酒味漫上来，他呆立在炕下，看相马师和圉人把酒和肉像草一样割来割去。

　　"来，喝一碗。"相马师递碗过来。

　　"吃一块肉。"圉人把一块肉举到韩骧的鼻前。

　　接了酒，韩骧后退几步，避开了肉。

　　相马师笑了，"做了义马的爹，一切禁令都被解除，你怎么还守马户的规矩？"

　　接了肉，韩骧撕一块塞进妻子的嘴里，妻子哇的一口吐出，跑出门去。

　　相马师摇摇头："习惯一旦养成，就难改变了。明年让他们养羊养猪，过正常人的日子吧！"

　　俩人酒饱肉足，在中屋炕上睡了。炕很烫，义马立在地下，被俩人的鼾声弄得焦躁不安。

　　韩骧的妻子下了炕，到中屋门前，鼾声吓住了她。韩骧

43

也打鼾，但平和，起伏不大。她分辨不出哪种鼾声是相马师的，还是阉人的。一声鼾起来，呜咽着往上抬，类于狼嚎，许久后，沉重落下，她刚一抬脚步，鼾声又起。她打开门锁，侧身挤进，义马咧嘴想哭，她捂住义马的嘴，将奶头送了进去。义马饱吃一顿，闭眼睡去。相马师斜眼瞅着。在夜幕中，韩骧妻子硕大的乳房像一根刺，刺向他的眼角。他揉揉眼，瞅着她一步一步离去。

锁音回落，相马师没了睡意。睡到半夜，身下一片精湿，他挪挪位置。挨到天亮，他摇头只呼口渴。韩骧熬了茶，端来，他爬在被窝中，喝了几口，抬起身子，将茶倒向精湿的地方，爬起来穿了衣服。

阉人斜眼盯着那一团涸湿的地方，"狼来过？"

相马师笑笑，穿衣下炕。义马瞪着眼望着相马师，相马师凑上前，拍拍义马的头："等你转生成国家之马，所有的母马都是你的。急什么？"

十六

一声惊叫，划破了一年的宁静。

韩骧跳下炕，手里操了斧头奔出门去。

"有狼？"

妻子摇摇头，指指义马的身体。

"好好的，咋了？"

妻子在义马胳膊上一捋，一层细细的茸毛立起，又倒伏。

韩骧笑了："这下好了，不让他穿衣服，身上长出毛来，倒能禁冻。"

妻子瞪圆了眼睛，母狼般呲了一下嘴。

"别龇牙咧嘴，义马已经不是人了，他和我们只待三年。三年后，你想管他也无法管了，别将就他。"

妻子放下义马，抹泪出门了。

摇摇晃晃、在私处裹了一块布的义马彳亍在巴子营的田野。春风刚过，田野里泛青的只有青草和冬麦。还有一只两只嗡声飞过的苍蝇、蜜蜂。韩骧远远地跟在义马的身后，他的手里提着一只弹弓，口袋里装着几粒小石子。义马在青草处停了下来，蹲在地上，用手拽着青草尖，青草吃疼，歪着身体摇晃，义马咧咧嘴，狠劲一拽，几根青草晃在他手中。他把青草按在了嘴里，吃吃地笑。

到冬麦地中，义马被满眼的绿惊呆了。冬麦已泛青，绿绿地舒展出生命的活力。他挪进地中，双手拽着青苗，韩骧怕他糟践麦苗，想去呵止。却见义马爬下，用鼻子嗅着麦苗，退出了麦田。他的耳朵，在古怪地晃动，竟把一只耳套震了下去。

韩骧拾了耳套，依旧跟着义马。一只狗在田埂上急奔，看到义马，停了下来。韩骧从口袋里掏出石子，摁在弹弓中，紧紧地盯着狗。狗看着掉了一只耳套的义马，狠劲地嗅着鼻子，义马伸出手摸狗，狗退了一步，义马跟进一步，狗往后再退一步。义马嗷地叫了一声，狗急忙转身，夹着尾巴跑了。

韩骧舒口气，蹲在地头四处张望。

风暖出一股热意。巴子营的地头上星星点点摆着人。春意剥去了人身上的衣裳，扔到了田野，田野便绿出大片的生机。如果在大、小马场，司空见惯的绿，一绿就望不到边。在巴子营，绿很矜持而收敛。猛猛地看到一片绿，一抬腿，绿已过去，往前走，又看到一片绿。一团一团的绿像熟透的村妇撩拨着人的眼球，韩骧悲从中来，他突然感恩起妻子来。妻子的肚子很争气，生出了一个义马，使他脱离了马户的生活。自由的风，穿过耳际，若在马场，一大片栅栏竖立，往往会遮住人的视向。

天很蓝，蓝出的那种色彩，有淡淡的臭意。

妻子提着一只篮子，来到地头，见韩骧发怔，便拍了他一把。韩骧见篮子里有煮熟的胡萝卜，便操一根在手，放进嘴里嚼起来。他给妻子讲义马与狗的相遇，也讲一团一团的绿。妻子对绿不感兴趣，她望着胡乱行走的义马，把一腔母爱扔出去，扔得好远好远。她提着篮子去赶义马，韩骧拽住了她。他接过篮子，转了一个圈，把篮子放在义马路过的地方。

义马发现了那只篮子，他奔过去，把小手伸进篮子，抓出胡萝卜，一甩，半截胡萝卜飞出去，他笑了，把剩下的半截塞进嘴里，两个腮子鼓了起来。

韩骧的妻子怕噎着义马，叫喊了一声。

义马摇动篮子，篮子倒了，放在篮子里的一碗米汤洒了一地。瞧着米汤成线向前蠕动，义马乐了，爬下用嘴舔吃。韩骧把妻子拉到苜蓿地中，让她掐苜蓿。

苜蓿抢得春风的先机，绿出一簇一簇的情调。初春的苜蓿嫩，不用一根一根掐，用手一抓，便能抓出满把。义马玩腻了，离开篮子，倒回了原路。他看到母亲，撒开脚丫，跑出一路歪斜。韩骧收拾了篮子，提到苜蓿地中，把妻子已掐好的苜蓿装进篮子，跟在义马和妻子的后面，回到住所。

房屋后面的柳树，袅娜着舞蹈。鹅黄色的芽爬在枝条上，像一只只黄蜂。

十七

圉人拉着一只小猴来巴子营的那天，正是麦收时节。韩骧的五亩地在黄绿相间的巴子营像剃头匠耍过手艺般具有层次。黄的是麦子，垂头的是谷子，开蓝花的是胡麻，黄的是已老成的苜蓿。

圉人出城门时，看到城门旁有个卖水果的，便折了过去。水果摊在一柳树下，柳树的冠盖随意地延伸，周遭的阴凉很宽很大。柳树后面是吊檐挂瓦的一个院子，三进三出，依稀出许多往昔的韵致。圉人的老家在河南，他八岁时跟着师傅学相马经和铜马相法。师傅的师傅在朝廷任过御马监，后因宫廷之变逃出，做了圉人。当时河南大灾，圉人在逃荒时跟家人走散，遗落在一僻野道间。圉人躺在路旁，头顶上旋着几只乌鸦。师傅骑着马走过，一只乌鸦哇地一叫，马倒立起来，将师傅摔在地上。一辈子玩弄马的师傅把一腔恼恨写在脸上，他翻起身来，抽出鞭子去打马，裤角一紧，他发现了躺在路边的圉人。师傅弯腰一瞅，笑了。掏出半块饼子，看圉人吃。圉人吃得小心翼翼，他双手捧着饼子，把掉下的饼渣用舌头舔了。师傅摸着圉人的扁头，翻看圉人成三角的眼睛。缘分！师傅叹了一声，收了马鞭。乌鸦通灵，老马识人。圉人听师傅嘟嘟囔囔一阵，看师傅要走，他跳起来去牵了马。过了两县，马被乱兵抢走，师徒俩便一路漫行。到得凉州，师傅一屁股坐在城门外，号啕大哭。

这是圉人第一次听到师傅的哭声。

把哭声捏扁的师傅飞奔进城，圉人守着师傅简单的行囊，在凉州城外的草丛中睡了过去。师傅去凉州城里干什么，不知道，他也不问。暮色下来时，师傅拎着一瓶酒和一包肉、几个包子找到了圉人。那天的师傅容光焕发，给圉人讲了一夜的凉州和凉州的马。圉人那时对凉州一无所知，只望着师傅，望着师父嘴里的凉州蜘蛛网般盘在城门洞前。

他记不了那么多内容，只记住了两句话。

凉州城绝对有皇家气象。

凉州大马，横行天下。

师傅终老凉州，死时安详得像一匹生了双驹的母马，爱抚地摸了摸圉人的头。

葬了师傅，他便到马政司，作了一名圉人。

圉人以后的日子便与马为伴。

熟悉了凉州的圉人明白了师傅的狂与喜，就专心地饲弄起马来。"龙驹"多少年一遇，没定数，圉人默默地等待，终于等来了韩义马。

圉人拎了酒，到师傅坟前，将"龙驹"出世的消息告诉了师傅。坟头很静，圉人蓦然发现，师傅坟顶的石头变成了马头。他吃了一惊,绕着坟转了一圈,粲然一笑,爬在坟前叩了三个头,把"龙驹"的出现过程全倒在坟前。师傅听没听到,他管不了,坟四周的草起伏不定,隐隐地传出笑声。

他离开了坟地。

巴子营的景色和凉州城的景色一肥一瘦。

城里的景色是刻意的,巴子营的景色是狂野的率性的。那个冬天的雪夜,围人和相马师在韩骥家过夜。两道乳房的光芒也落在他的心中,猫一样抓抓挠挠。相马师问他这次要在巴子营待几天,他说不一定,得训练熟猴儿赶马才行。相马师望了他一眼,意味在逐渐拉长。他拉了猴儿出门,脑里闪现出的全是那两只乳房。

把自己放逐在巴子营,小猴儿快乐起来。在笼子里关得久了,猴儿在大自然中放开了自己,蚂蚁、蜜蜂、蜻蜓、鸟雀各自忙着,猴儿趁围人愣神,从他包袱里偷了一只果子,龇牙笑着跳跃。围人坐在高坡上,望着韩骥的地块。落籽成颗的巴子营把丰饶全展现在围人面前。遍地的花花草草竞相迸发出生命的张力,把围人的眼睛刺得生疼。

望着围人身后的小猴,韩骥妻子的心抽搐了几下。

十八

青草迈开腿,追着麦子的味道奔跑。

领受了麦子魅力的韩骥对围人说:麦子的味道常常想让他下跪。

49

囿人思索了半天，拉过小猴，拍拍它的脑袋，他想，如果把麦子换成乳房，他也会下跪。那不叫幸福，那叫痴迷。

十九

拴在柱子上的小猴把好奇扔给义马，义马不为所动，他从小猴的上蹿下跳中，只盯着小猴的屁股看。他挪上前，摸了一把小猴的屁股，小猴呲了一下嘴，瞪圆眼睛，跳到了囿人的肩上。

囿人和韩骧无所不谈。一见到韩骧的妻子，他就噤了口。吃饭的时候，囿人坐在韩骧对面，吃着吃着，碗里就有两只乳房出现，汤汁便像奶水一样有了腥甜。囿人烦躁起来，把碗一推，回到中屋的炕上。

韩骧挪过囿人的碗，喝了一口汤，和他的一样，便问妻子碗是否干净，妻子瞥了他一眼，说那只碗是她特意洗的，是不是人家想吃荤，吃不惯我们的素食。可义马吃什么，我们就吃的是什么。韩骧到中屋，囿人盘着腿，望着天花板。天花板上，一只蜘蛛把线盘来扯去，扯一阵便静卧，等待蚁虫的来临。看着看着，那只蜘蛛就变成了乳房，囿人吼了一声，惊得小猴绕着柱子乱跳。义马斜靠在墙上，也笑出了声。

韩骧从梁上抽下镰刀，出了门。

囿人下了炕，来到地头。韩骧挥着镰刀，割着麦子。割惯了草的韩骧手脚有些不顺，卷到镰下的麦子有的脱离了镰刃。囿人抢过镰刀，一弯腰，一大片麦子便顺镰而倒，他用镰背拍拍麦根，麦根统一成整体。抓一把整齐的麦秆，一绕一拧，一个麦捆便兀然而立。惊呆了的韩骥站在地中，盯着囤人，囤人似乎跟麦子结了仇，挥镰时扇出的风把韩骥迫得后退。割倒一块田，囤人平静下来。韩骥端一碗水过来，脸上的敬佩和惊骇交织，晃出无限的羡慕来。囤人接过碗，碗里又飘出两只乳房，他实在口渴，闭着眼把水喝了下去，睁眼一瞅，碗底什么都没有，囤人浑身轻松，拍了韩骥一把，叮嘱他：再别用碗给我盛饭。

便走了。

留下莫名所以的韩骥。

天一套上裤子，夜就下来。

囤人坐在炕上，盯着义马。站立的义马一打盹，他便拍一下小猴，小猴跳下炕，伸出毛爪，在义马的腿上拍了一把。义马醒了，望着囤人。囤人的眼神冷成夜风，扫在义马的脸上，义马坚持一阵，睡意下来，他一垂头，小猴又跳下炕，窜上他的肩，滋滋地叫。义马熬不住，顺墙溜到了草上。囤人下炕，攥了义马的胳膊一提，义马靠到墙上，低头咬了囤人一口。囤人松开手，回到炕上。小猴困了，偎在炕头，囤人拍了小猴一掌，小猴转头去咬囤人，囤人躲了，从身旁摸出鞭子，抽了小猴一鞭。小猴攀上了柱子，盯着囤人。囤人站起来，抡圆鞭子，甩出几声鞭音。鞭音在夜中嘹响，惊醒了韩骥，他顺手一摸，不见妻子，披衣下炕，到门外，看到妻子鬼影一般附在中屋的窗前。他拉着妻子回到东屋。

"那不是个好人，他不让义马睡觉。他拉来猴子，就是不让义马睡觉的。"

韩骥点了灯,灯下,妻子的泪珠比豆还大。

"这是规矩,做了义马,不能上炕睡觉,不能躺着睡觉。"

"总得迷糊一阵吧,马也有打盹的时候。"

"你心疼,没人管得住你,但你不能发善心,义马已经不是人了。"

"这是什么话,凡是两条腿的,不是人是什么?"

韩骥叹了口气,吹了灯。

"有了这只猴子,义马就别再想安生,待明日我杀了它。"

韩骥一惊,燃起灯,对着妻子的脸照去。妻子睡熟了,这句话跑出嘴来,凉凉的。他拉了拉被窝,想起精赤着立在地上的义马,也挤出几点泪来。

二十

听到小猴的叫声,韩骥皱了皱眉头,他知道,妻子又在打猴儿。囵人走了,小猴晃荡着拴它的绳子,缩在墙角。一到晚上,妻子就到了中屋。义马立着睡,她靠着墙睡。一见义马弯腰屈膝,小猴就窜了过来,抓义马的头。抓完义马,它又跳上韩骥妻子的肩,抓她的头发。忍了三天,她恼了。晚上再到中屋去的时候,手里捏了锥子。小猴跳到她肩上的时候,她朝它身子戳了一锥子,小猴吱一声,跳到了炕上。义马打盹的时候,小猴睁圆了眼,盯着,它悄悄绕过韩骥的妻子,拍了义马一把,急慌慌地窜到炕上。

韩骥看到血迹，望了妻子一眼。妻子低了头出门，他查看了小猴的伤势，不大，爱抚地摸了小猴一把。义马往前挪了挪，他拉着义马，又摸摸小猴的头，把小猴的爪和义马的手拉在一起。

到晚上，韩骥拉住妻子，不让她再到中屋去。妻子脱开了他的手，提着一条皮鞭出了门。

啪啪的声音一响，小猴的叫声就传出。韩骥挪到中屋，听到妻子沉重的喘息，便拉了她，回到东屋。

"你不能心软，义马要练童子功，做了马，一辈子就得站着睡觉。"

"我心里苦。"

韩骥抹掉妻子眼角的泪，叹了一声。

"你要对小猴好一点，把它和义马要一样看待。"

"猴子的心也狠。"

"它通人性呢！"

"我怎么看不出，我睡了它都要抓。"

"它在守它的规矩。你不要再管，我来驯驯他们。"

韩骥抓了一把豆子，丢在碗中。他坐在炕沿上，炕上蹲着小猴，地下站着义马，他递一粒豆子给小猴，又在义马手里塞了粒豆子。豆子是炒熟的，义马嚼，小猴也嚼。喂了几天，小猴和义马亲近起来，到了晚上，小猴依在义马腿下，看到义马睡了，便轻轻挠挠义马，义马弯腰摸摸小猴，又立起身来。

农历二月二又到了。

乡人们拿了二月初一炒的豆子，漫天漫地撒了起来。他们嘴里念叨着，让龙王快点醒来，落一场雨。春天的事，最大的是雨。龙王歇了一冬，该是睡醒的时候了。豆子落在地里，引来了鸟雀。豆子大，麻雀只啄啄，扇扇翅膀飞了。乌鸦喜鹊们铺天盖地，二月初二，成了它们的节日。

二月初二一早，韩骧的妻子提了一小口袋黄豆，来到锅边要炒，被韩骧夺了，"你忘了二月二不能炒豆，要伤龙眼呢。"妻子咬了一下牙，"我就要伤它的眼，让它别吃义马。"

"这又从何说起呢，一向是龙、马最亲热。"

"才不是呢，听说书的讲，小龙王就吃了唐僧取经时骑的马。"

韩骧把黄豆倒入口袋，拉着妻子出门了。

"我要去剃头。"

"你犯浑啊，今天围人要来，你让他剃不就行了。"

韩骧笑了，"倒忘了这茬，我去地上转转，你别再炒豆子了，免得犯忌。"

妻子应了。

围人出城时，看到四街八巷的剃头铺门前，都围满了剃头的男人。他摸摸自己的头，转回到王二剃头铺。

"大伙儿让让，我先剃了头，好赶去给韩义马剃。"

众人都退到一边，"快给义马的干爹让让，这是份荣耀呢！"

众人看到围人光溜溜的头呈现，便问给义马剃头是不是也要剃成光头，围人说："不能，要留马鬃的。"众人呼一声,"应该,应该。"便望着囷人离去。

路上看不到男人。二月二,龙抬头,人们打豆惊龙。剃头是为了惊男人,让他们也提起精气神来。龙的节日成了男人们的节日,也成了剃头匠们的节日。往常,手艺差的剃头匠,往往站困了自己,也等不来一个人。二月二,即使手艺再差的剃头匠门前也有人围着。

老的少的,高的矮的,帅的丑的,富的穷的,凡是男人,都要在这天剃头。

到了巴子营,就碰到三三两两剃了头的男人,他们看到囷人,忙忙地打招呼,然后搓搓自己的头,夸城里的剃头匠手艺就是好,囷人的头剃得像吊葫芦,他们的头,剃得像猪头。囷人乐了,也摸摸自己的头,笑笑,打几声哈哈,赶往义马的住处。

义马的头发长,囷人让韩骧的妻子给义马洗头。她提来半桶烧好的水,称汤烧好了,已兑了凉水。囷人用手试试水温,笑笑,让义马坐在凳子上洗头,她也朝囷人笑笑。洗好头,囷人端详了半天,剃了两边,留下中间的那块,他梳了梳中间的长发,对韩骧说:"看,像不像马鬃。"

"像。"韩骧让妻子打了水,也洗了,请囷人给他剃头。

韩骧的头型不饱满,从侧面或后面看上去,像是被刀砍了一样,剃起来不那么顺手。剃完韩骧的头,囷人洗了手,小猴跳到他肩上,吱吱地叫。

"还有这个呢,这也是个男的。"便按了小猴,在它头顶上刮了几刀。小猴摸摸头,义马也摸摸头,手和爪拍在了一起。

韩骧请围人去喝酒。围人一转头,看到义马的生殖器直直立起,铁棍样招摇,引得小猴抓耳挠腮。

"该给他割卵子了。"围人收了刀具,到东屋和韩骧去喝酒。韩骧的妻子炒了一只鸡,香气漫上来,引得巴子营的狗吱咛乱叫。

二十一

相马师和围人坐着骡车来到巴子营。围人身上斜挂着一只包,包是用毛线编织而成的。肮脏,还带点腥臭。包里横躺着一把小刀,镰形,用包袋罩着。另一只袋里装着几只猪苦胆。还有一瓶酒。相马师一瞧到这只包,心里就有点堵。那把镰形的小刀一挥,人便会成为"二尾子",牲畜便失了生育功能。这把刀是围人的师傅传给他的,非铁非金,割一次生殖器便会亮一次,好像它是靠人和牲畜的生殖器喂养的。其他时候,相马师乐意陪了围人。这人看上去冷冰冰的,为人倒低调,唯有去势或割卵时,相马师不想陪伴他,只要那只包一挎到身上,围人全身就会罩上一股寒意。

小猴欢奔着迎出来,一见到围人身后挂着的包,吱地惊叫一声,缩回了炕角,瑟缩着抖起来。义马爬在炕沿上,伸手拉小猴,够不着,便哇地哭了起来。

"过半月来接他。"围人把一条特制的裤子套在了义马下身,勉强遮盖着私处。相马师用一条被子裹了义马,把他放在骡车上,打骡而去。

骡车绕过马街，径直到了马政司。

马政司是一所三进院子，勾栏飞檐透出一股腐气。见骡车进门，马政司的人陆续踱出房子，有的手里还端着盖碗茶。除下被子，义马豁然立在众人面前，他直直地望着众人，耸起的马鬃头一晃一晃。相马师把义马的上肢按下，一弯腰，马形便展现在众人面前。

"好马。"相马师赞叹一声。

义马跟着圉人，来到三进院的后院。役工早已把一只大盆洗刷干净。圉人试试水温，将义马抱进了盆中，满盆中便漂起义马微黑的毛发。拿了刷子，圉人在义马身上刷起来，他刷得很仔细。看着义马小铁棍似的生殖器，他弹了一下，义马吃疼，收缩了一下身子。圉人笑起来，役工从笑声中听出了夜猫子似的狞叫，惊得扔了手中的毛巾。刷完身子，圉人把义马提到一双排木凳上，用毛巾擦干了水。

"饿他一天，把他关进净身房，清理大小便时叫我。"圉人冷冷地扫视了役工一眼。

役工应了。圉人把那只包挂在净身房门前，转身走了。还未到冬日，马街冷冷清清。进马街时，圉人敲了一下铁马掌。铁马掌的声音在空旷中传出一声闷响。留守的老翁、老妪看到圉人，都弯腰致礼。圉人舒缓了冰冷的脸，周围的空气暖和起来。他和老人们谈起了前朝旧事，也谈起了义马。

"坯子好，能转生出一匹好马。"

听到圉人的称赞，老人们都觉得脸上有光，竟尔羡慕韩骧有福。到了生义马的房间，圉人揭起席子，从炕上撮了一点沙子,又从墙上抠了一点土,装进一布袋中。

一老人问圉人什么时候能让他们见见义马,圉人说:快了。便再不吭声。老人们瞅着圉人出了马街,有人还把手搭在眼眶上,远远地眺视。他们知道,取了义马出生时用的沙土,义马该到割卵的时候了。

日子比马蹄磨得还快。

第一天,圉人拿了铲子进入净身房。义马吃素,粪便不臭,他用铲子一铲,一点猫便样的东西被铲了起来。他又查看了一下尿盆,尿盆里的几点尿可怜巴巴地摇晃了几下,显得很无助。见圉人要走,义马扯住了他的衣袖。圉人腾出一只手,摸摸他的头,从口袋里掏出一只小瓶,"喝点酒,这一关怎么也得讨。"便拉上了门。

韩骧拉起了啼哭的妻子,向她讲起了割卵的三种方法。他说绳系法和揉捏法看似简单,但不保险。圉人带着他的包,看样子要用刀割,圉人的手艺确实是好手艺,用不着担心。他让妻子准备点好吃的,过半月,他们便去接义马。

第三天,猫样的粪便也没有了,圉人提起盆子,斜着往下倒,倒不出一滴尿来。他拉过义马闻闻,闻出了一点酒味。他便唤来役工,让他准备一盆火,"要用上好的木炭烧,不能有烟味,再去领几尺白布。"役工应了,便去准备。

圉人把义马平放在洗刷干净的双排条凳上,他用双手搓着凳面,确信已没有任何伤害义马的地方了。他举起手,手掌上光滑闪亮,便放下心来,用白布紧紧地扎在了义马的下腹部和双股的上部,把义马固定在了条凳上。他让相马师按住义马的腰部,让役工端来热胡椒汤,仔细地清洗睾卵的位置。木炭火烧得很旺,圉人取了镰形刀具,望望,在炭火上烤了一阵,他含一口酒,喷到刀具上,刀具嗞了一声,闪出了蓝烟。圉人屏了呼吸,弹弹义马的生殖器。义马咧着嘴,想哭。圉人在他腿上拍了一把,"割卵不割毯,你害怕什么。"便提了刀,在球囊左右横切开一个深口,细细地把筋络割断,用手挤着睾丸。一只睾丸探头出来,圉人用碗接了,睾丸滑在碗中,蛋黄般转动。又一只睾丸被挤出,兄弟般在碗里和前面的睾丸相依偎。圉人舒口气,抽线缝合切开的地方。缝一针,义马的嘴咧一下;缝一针,义马的嘴又咧一下。缝合好切口,圉人取出一只猪苦胆,剖成两片,贴到球囊两边。看义马再不咧嘴了,他出了净身房,向相马师和役工挤出几点笑。

"要是圉人做了裁缝,肯定会是个好裁缝;要是他做了屠汉,肯定能让牲畜们减少很多痛苦。"

相马师拍拍圉人的肩,将酒瓶递了过去。圉人含口酒,喷到刀具上,抓起一块布,擦了刀具。

"给他灌三小勺米汤,不要多灌,三天后再让他进食。如果是一头猪,我这样的手艺,它这会已活蹦乱跳了。他是义马,不能马虎。"圉人一脸的阳光。

相马师突然觉得,这圉人也很可爱。冷得快,热得也快。

二十二

打门声急迫。

圉人刚刚就寝,役工来敲门。

"是义马的娘。"

圉人爬起来,坐在桌前,手做着马跃行的动作,把桌子敲得得得作响。

"义马的娘要见儿子,让她见还是不见?"

"义马恢复得怎么样?"

"很好,是天牛的马料子啊。割完一小时就走路。第三天取掉猪苦胆,就活蹦乱跳了。"

"这女人的敲门声怎么急得像猫抓门。"

"这就是母亲的天性。换了别人,谁三更半夜的来敲门。"

"她是怎么进城的?"

"她满身的土,可能是从西城的豁墙上翻过来的。"

"净身房不允许闲杂人进入,即便恢复好了,也要等半个月。"

"也是,见义马是一时,为国家育马是大事。我给她弄点吃的,找间房子让她休息一晚,明天让她回巴子营。"

役工上了夜市。

夜市在凉州城中心十字摆开。各种卤味小吃,腾腾地漫出香气。多种香气纠缠,布在凉州的夜空。役工知道义马的娘吃素,他听围人说过。一旦免除了马户籍,她就可以动荤,便买了一只肥卤鸡,用纸包了,到馄饨摊点上提了一碗馄饨,哼着凉州贤孝小调,来到义马母亲住的房子。

"吃点吃点,这可是王家正宗的卤鸡和赵豁豁家的馄饨。"

"义马真的好着吗?"

"好着呢!"

"那为啥不让我见见?"

"这是规矩。他割完卵子后半月不能碰风,怕受风惹病。"

"义马疼吗?"

"往鸡巴上搭刀子,哪有不疼的理,真是的。"

"他哭了吗?"

"好像没有。你放心,他那两个蛋,被相马师用银盒装了起来。那蛋,像两条鱼,围人挤着挤着,就跑了出来。"

"贴猪苦胆了吗?"

"真是的,伺候义马,围人比伺候他师傅还上心呢。"役工扯了一块鸡皮,往嘴里塞去。"吃,迟了日子迟不了时辰,吃饱喝足睡一觉,明天回家去等着。"

役工在耳房待了一阵,卤鸡的香味弄得他坐立不安。拐过两堵墙,见义马母亲住的房中的灯还亮着,就上前敲门,没人应答,役工推门进去,卤鸡和馄饨还在。他用脚勾上门,转过耳房,折向后院,见一团黑影蜷在净身房门前。

"义马,义马。"义马的母亲轻轻拍门。

"娘。"义马哽咽了一声。

"你怕吗?"

"怕。"

"你疼吗?"

"走得急了有点疼,尿尿时有点疼。"

"你急啥,不慢慢地走。"

"我怕,一怕就急。"

"你闷吗?"

"闷死了,娘,你让他们放我出去。"

"我求了他们,我连见你一面都不行。他们说要熬过半个月。"

"那不急死了。"

"不急,义马,还有三天就半月了,我们来接你。"

"还有三天啊!"

"你疼吗?"

"我不是给你说了吗?走急了有点疼。"

"你不要急,我今夜里陪你。"

"外面冷吗?"

"能听你说说话就行,不冷的。"

"爹呢?"

"他不知道我来凉州城,我瞒着他。"

"那不急死爹了?"

"急不死。明天我就回去了。"

役工一听义马的娘要陪他,便到义马娘的住处端了馄饨,义马的娘见人来,倏地立起。役工轻声地说:"别怕,我来给你送吃的。"

"我没心思吃,见不到义马,我啥也吃不下去。"

"你不是听到义马说话了吗?他不好好的么!"

"我亲眼见了才能放心。"

役工放下碗,叹口气,回到了耳房中。他挠挠头,来到安顿义马娘住的房间。他从桌下找寻出那张包卤鸡的油纸,裹了卤鸡,开大门时,门吱了一声,他把卤鸡揣在怀中,在门窝里撒了半泡尿,开门声便小了。他关上门,侧耳听了听,提腿就跑。他的家在南街。街上没有行人,役工走得轻松。来到自家院前,他举手拍了一下门,摇摇头,翻墙跳入房中。女人点亮灯,见是男人,便骂起来。

"半夜三更,是来捉贼了,还是狼撵来了。"

役工从怀里掏出卤鸡。

"一个破鸡,值得吗?"

役工来了气,"破鸡,你知道这鸡卖多少钱吗!圉人和相马师也不能三天两头吃的。"

打开纸包,肥卤鸡就显了出来。女人望望役工瘦弱的身子,再望望肥卤鸡,笑了。

"你要有这鸡肥,我就有靠了。"

"我哪有肥的命,做了杂役,跑不断的腿磨不烂的嘴。快,叫几个崽子们起来,吃完鸡我还要回马政司呢。这鸡,我是偷的。"

"义马的娘没吃吗?"

"人家命贵,有鸡不吃。"

女人叹一声,扯掉被窝,三个精赤的小子像三头猪样并排躺着。大的、二的一见到鸡,便爬起来抢。女人伸手打开。"饿狼呢!"扯不起小的,女人撕了块鸡皮,掰开他的嘴,塞了进去。小的吧嗒了一下舌头。女人伤心起来,"吃东西都不眨眼呢。"

女人见男人不吃,赏了他一个鸡腿。役工摆摆手,望着女人和孩子们吃,"别乱扔骨头,我要把它们带回去,免得圉人责罚。"

"圉人问起,你怎么说?"

"我就说让野猫吃了。"

"他能信?"

"我留下了盘子,在盘子里撕下了几块鸡皮。我把骨头带回去,扔在桌上、房中,就说让野猫吃了。"

"这么大的鸡,得多大的野猫。你把骨头扔在房中,看到乱跑的猫,打它们叫。"

役工收骨头时,女人挑出几块大的,"扔了让猫吃了可惜,留几块,明日我们熬汤喝。"役工便挑了几块大的,把别的骨头包了。女人抢下了那张油纸,"这纸上都渗出油了,明日和骨头一起煮了,也熬汤喝。"

"纸能吃吗?"

"人饿极了,屎都吃。这么好的纸,给肚子长精神呢!"

回到马政司,闩好门,役工在院中寻了一圈,没有猫,便将骨头在相马师和圉人的门前各扔了一块。来到耳房中,他觉得自己冤,一块骨头都没啃到,便轻手轻脚去寻了两块骨头,躺在炕上,慢慢吮吸。

韩骧赶到凉州城时,正是半夜。他蜷在城门洞外,望天上的星星。半眯半睡了半夜,城门一开,他便飞身进城。跑到马政司，门还没开，他便拍门。役工开了门，他问义马的娘来过吗？役工领他到后院，见到妻子狗一样卧在净身房门前，他便去拉妻子。妻子见到丈夫，撇了一下嘴，韩骧分辨不出她是在笑还是在哭。摸摸妻子的衣袖，凉凉的。

"他们说再有三天，我们就能见到义马了。义马，义马，你爹看你来了。"

义马叫了一声爹。

韩骧拉着妻子出了马政司，妻子想到马街看看，他劝阻了她。

"做了义马得熬，做了义马的爹娘也得熬。我们已熬过了这么多年，不在乎三天，还是十天半月。等义马脱开了我们，我们想走哪儿就走哪儿。"

韩骧见妻子衣服上全是土，便问她是如何进城的。

"从西城的豁墙上翻进来的。"

韩骧叹一声，女人问他叹什么，韩骧说："做了崽娘的女人，断了奶的母狗，两大不要命的东西啊！"

女人还要问，韩骧低了头，拉了妻子只管往巴子营赶。

二十三

又是三天，韩骧的妻子像老鸹一样蹴在巴子营村口。

"我饿，做点饭吃吧！"

"篮子里有馍，锅里有水。"

"他们会很快送回义马的。"

"我等。"

韩骥劝不动妻子,便回家。他从柳条篮里拿了一只馍,提了一壶水,来到村口。

一棵老柳树贼一样盯着他的妻子,一动不动。韩骥赶过去,朝树踢了一脚,树叶动了一下,复归宁静。

"你起来转转,别弯塌了身子,起不了腿。"

妻子不应答,韩骥把馍递过去,妻子拧了一块,塞进嘴里,馍块像小石子,在她嘴里蠕动。

巴子营很静,静得像叠在柜中的棉衣,各种绿被叠得四四方方,间或开的花,缀在纽扣上,被袖子压住,努力地从旁边挤出,或红或紫,灿出一方热闹。

这种热闹在韩骥的妻子眼里如一只蚂蚁,只管在地下游走,没人注意它的存在。

绿便孤寂在巴子营了。

牛车在村口出现的时候,韩骥的妻子抬抬屁股,腿不听使唤,她摔倒在地。韩骥给妻子揉腿,揉胳膊,像在揉一团面。妻子哎了一声,他停了手,把妻子仰面放在地上,妻子的身上铺满阳光,吸引了围人的眼。围人的眼睛搜寻着,那对乳房鸽子一样向他飞来,相马师拉拉围人,"眼跑偏了。"围人回过神来,问韩骥在做什么。

"她等了三天,在地上蹲了三天,站不起来了。"

"把她放在车上。"相马师跳下了车。

围人和韩骥抬了韩骥妻子,把她放在牛车上。看到义马,韩骥妻子的手动了,脚也动了。她一把抢过义马,搂在怀里。

"别太用劲,义马还没完全恢复。"相马师把她的胳膊拽了拽，圉人举起手，向相马师拍去，相马师一侧头，"干啥？"

"赶苍蝇。"圉人收回了手。

安置好义马，相马师和圉人躺在炕上。韩骥忙着抓鸡，相马师回味上次韩骥的妻子炒的鸡，咂了一下舌头。

"香。"他朝韩骥的妻子翘翘大拇指。

"乡下的鸡城里的妞不香才怪。"圉人闷头喝了一口水。

相马师问平常韩骥他们吃不吃鸡，韩骥肃然道："不吃，平常也不杀鸡，就你们来，才炒鸡的。"

"换了身份，该吃则吃，但不要吃马肉、驴肉、骡肉。"

韩骥垂了手，茫然四顾。

"它们是亲戚，马、驴交配，生出来的是骡子。"相马师拍拍桌炕。炕桌饱经沧桑，已看不出本色，但被韩骥的妻子擦得油光闪亮。

锅里的香气漫着，韩骥的妻子在案板前和面，身子随着手在摆动。圉人一直盯着案板，松散的面被聚在一起，韩骥的妻子左揉右捏，面团被揉出了光泽。翻了翻锅里的肉，她又回到案板前擀面。身子前摆后摇，两只乳房在圉人眼前秋千般晃动。身子越晃，两只乳房跳得越欢。圉人觉得眼睛舒服了半天，生涩了半天，便下了炕，穿鞋到了屋外。拐到后墙外，洒了一泡尿，身上的热意渐渐下去，他在屋后的藤架上捏住一只葫芦，揉搓了半天，听到相马师叫，便回到屋中。

离开时，圉人将六对沙袋交给韩骥。

"这是特制的羊皮袋，分一斤、三斤、五斤、七斤、九斤、十一斤。先从一斤开始，三个月换一次。"

圉人将韩骥拉到中屋,在义马腿上绑了沙袋,"就这样,先不要让他走路,再过半月,让他天天在巴子营的路上走几圈。割了卵子走大腿,要的是气势。"

韩骥不懂,圉人拉他到门外做了示范,"这样,叫蹄下生风。"

羊皮袋里都装了沙子。

"不得偷懒,每月我们都来检查,腿法、走法不对,是你们的事。事关大体,千万别心疼。"相马师盯了韩骥妻子一眼。

"疼吗?"待相马师和圉人走远,韩骥妻子扑进了中屋。小猴正亲热地攀了义马,在他头上挠着。她拨开小猴,抱住了义马。

"不疼。"

她掰开义马的腿,瞅着。义马的生殖器完好无损,像一条鱼,耷拉在裆间。

她吁口气,"他们走了,放心躺着。"

"我躺不住。"

她便拉了义马,来到门外。门外的花花草草挺身而立。一只蝴蝶飞舞,义马撒腿去追,腿上的沙袋绊住了义马,他挪动着追了几步,摔倒在地。

"你要惹大祸的。义马,你现在还不能跑。"

妻子甩了一把泪,转过了身。"义马,义马,不要挣破伤口。"韩骥把义马抱回中屋。

韩骥一离去,小猴从炕上扑了下来,依偎在义马身边。

韩骥发现义马腿上绑的沙袋瘪了下去，是在一个早上。吃过早饭，他把义马叫到门外，让他在小路上走。义马时快时慢，韩骥盯了一阵，有点无聊，便蹲在路边，待义马走过，他看见一粒沙子在地上跳了一下，便赶过去。他拉住义马，看了看沙袋，外面很完整，他卸下沙袋，瞅到了一个小洞。

"是你妈干的？"韩骥寒了脸。

义马没有搭腔，韩骥的女人冲出来，"就是我干的，爱咋就咋吧。"

韩骥叹口气，"做了义马，他就不是人了。你这样做，会害义马的。"

"我心疼。"

"谁不心疼谁是孙子。相马师和围人，是那么好骗的吗？他们一旦发现，会惩戒义马。"

"那怎么办？"

"再不要弄这样的事了。"韩骥把沙袋交给妻子，"补了。"妻子便接过沙袋，坐在门前补。补好，韩骥找来一杆秤，秤好沙子，装了进去，仍把沙袋绑在义马腿上。

"以后别再干这种傻事。"韩骥叮嘱妻子一句，便扛锨背袋出门。

洋芋开花了，他要去施肥。

二十四

相马师在这几年老得很快，他的胡子一茬一茬发白，耳轮软塌无力。这几年来，天下发生了很多事，凉州知县、知府换了两任，马政司说不清名分的官员们也挂冠离去。马政司大院里，相马师和圉人、役工游荡出一种寂寥。海疆战事不断，似乎已与马没有了什么相干。风闻左大帅宗棠力保陆疆，国家又驮在了马上。谈到义马的时候，他和圉人往往拿圣祖康熙的《卤薄仪制》说事。

"万物可变，旗、纛、马，此三者，国之命脉，不可变。"

"万幸我们在国运衰竭时还养育了义马。"俩人兴奋起来，便喝酒。一杯一盏里，盛着天下和马。俩人仿佛看见无数的马，赤骥、绿耳、青骓、骅骝、赤电等各展姿态，用义马转生成的那匹马一路当先，两脊一面挂着一个"国"字，一面挂着一个"家"字，豪骏神爽。

"该让义马去认路了。"相马师把头沉重地磕在了桌上。

圉人低头一瞧，相马师的嘴咧着，涎水顺嘴流下来，堆到桌上。圉人用手指引着涎水，涎水不听使唤，圉人拿了茶壶，将壶嘴斜靠在相马师嘴角，水赶着涎水往桌上流，顺着圉人的手指滑动，待流成一匹马时，他笑了：相马师，不也是一匹马吗？

二十五

义马跟着圉人出门的时候，韩骧的妻子把一腔泪拍在门框上。义马蹦蹦跳跳，蚂蚱般随行在圉人的身后。韩骧揭开笼蒸，昨夜出笼的馒头还泛着新鲜的光泽，散落的馒渣，香味弥漫，柔和而温馨。他扯过柱子上的布袋，往里面丢了几个馒头，尾随圉人和义马而去。

韩骧的妻子坐在门槛上，放直了眼睛。眼前的一片黄拉长，模糊了韩骧急行的影子。她跳起来，冲进屋中，抓了一件衣服，胡乱往肩上一搭，拔腿追去，几片柳叶飘下来，插在她头上，她理也不理，只管放了腿，奔行在路上。

圉人放缓步子，把一缕忧伤踩在脚下。风传光绪皇帝已沉疴幽居，这他管不着，也无法管。多年来，马政司像头上的一根头发，多了没人在意，少了也没人关注。做了圉人，马政司便成了家。国破义马在，他的心里，已被马盛满。

义马或奔在他前面，或跟在他后面，他毫不理会。遇到转弯时，他停下脚步。他一停，义马便奔到路边，见蝴蝶追蝴蝶，见蜻蜓追蜻蜓。停一阵，他迈开步子，再往前走。到一三岔路口，圉人坐了下来。义马看到圉人坐了，盯着一只麻雀，追了过去。地势平，麻雀飞得不高，像在故意挑逗着他。义马放脚直追，圉人观察着义马奔跑的步伐，默算着他的速度。出门时卸了沙袋，义马跑起来轻快而稳健。义马追了一阵，麻雀已了无踪影，便收了腿回到三岔路口。圉人吆喝了一声，依旧不舒不缓地赶路。

到了小马场时，已到午后。马户们看到圉人，嗷叫着，围着他。圉人喘口气，让他们去做点吃的。马户头安顿了几句，转身一看，义马已奔入草地，翻腾撒欢。

"一晃几年了。"马户头叹道。

圉人喝着水，眼前的草地让他的眼睛发涩。天旱，旱得草都萎缩了生机。马莲和芨芨，也耐不住大旱，披耷着身子，无神于空旷之中。

马户们围罩在草地旁,从头、颈、身、腿、脚等打量义马。初一见到这么多人,义马有点发怵,他蹲在草地上,转圆眼睛,望着众人。马户们丢了一小把青草,义马抓过来,闻闻,扔到一边。有人丢过来一根胡萝卜。胡萝卜是去年的,已干瘪,颜色枯黑,义马哇地一声哭了。圉人和马户头赶过来。马户头扇了扔胡萝卜的马户一个耳光,马户很委屈:他不是马吗?

圉人瞪了他一眼:他生为马身,但不能薄待。围的人嗷了一声,忙忙去备饭。

菜是野菜,煮熟了,过了油,圉人尝尝,把放了醋的放到一边,把没放醋的递给义马。马户们蒸得馒头粗糙,圉人把一只玉米面饼塞在义马手中。义马一手抓着野菜,一手拿着饼子吃起来。有人盯了一阵,叹道:这还不和我们一样吗?

马户头恼了,踹了那人一脚:一样,能一样吗?活着不一样,死了更不一样。他是国家之马,明白吗?

围观的人都茫然。马户头端来一壶酒,和圉人对饮。

俩人再没说一句话。

义马玩累了,便躺在草地上睡觉。圉人也困了,靠在一棵大树下小憩。太阳爬在天上,像男人爬在女人身上,胡乱抖动。抖到西山时,圉人立起身来,唤了义马,让他回巴子营。

义马怔怔地望着圉人,圉人迈头盯着一匹老马。老马挺身在黄草中间,雕塑一样呆立。

出了小马场,义马的泪喷涌而出。他瞧了瞧天,望着那条干得像脚痂一样的路，收住了泪，跑起来。归巢的飞鸟激不起他的兴趣，他咧着嘴，跑到三岔路口。夜色下来，三条小路像枯韭菜叶，隐约闪出路面。

他坐在路口哭了起来。

四野寂静，义马的哭声空旷而悠长。

韩骧刚一露出头，一只手按住了他，他回头一瞧，是围人。

义马哭了一阵，侧身在地上听听，他支起头，看到了路边的一棵杨树。他笑了，放开脚步奔巴子营而去。围人和韩骧对望一下，慢慢挪动了脚步。走着走着，一条黑影从他们身后超了过去，围人一惊，韩骧赶上前去，拽住了那人。

是他的妻子。

回到巴子营，已到午夜。韩骧的妻子忙着去做饭，围人和韩骧坐在院中，望着那道眉毛般的月亮。星星很多，像天空撒落的豆子。小猴看到歪在草铺上的义马，吱吱地叫着。义马一惊，靠在了墙上。小猴窜上炕，从炕角抓起一只馍，塞给了义马，义马摸摸小猴，小猴也伸出了爪。

小猴吱吱，义马嘿嘿。

围人一上炕，小猴便跳上炕，一根绳子横在它眼前。

义马靠着墙睡了，围人躺在炕上睡了。韩骧的妻子没睡，坐在东屋的炕沿上抹泪。

梦中，围人被两只乳房挤压，竟挤出一泡尿来。

二十六

　　从巴子营到大马场，要经过红疙瘩、野狼墩、白雨谷等地方。红疙瘩、野狼墩有熊、狼出没，马户和官役平素行走，都结伴而行。韩骧走过多少次，他没有记清楚。那些地方，说险不险，林子不猛恶，但有股阴森之气。偶尔有狼坐在山冈上，毫无畏惧地看着过往的人群，得意了便仰天嚎叫，惊得牲口们都远远地躲了身子。

　　一听圄人要义马走这段路，韩骧变了脸色。圄人端坐在炕上，任桌上的一碗水由热变凉。韩骧絮叨了半天，圄人脸色依旧。韩骧妻子扑通一声跪在地下。

　　"我不管他什么马不马的，他还是个孩子。"

　　圄人挥手让韩骧拉起妻子，"作了国家之马，就得严加驯戒，若稍有松懈，愧对国家。"

　　"国家是啥，我不懂，但他到底还是个孩子，那几个地方，他一个人怎么走？"

　　"地域之险，事小；国家之险，事大。"

　　韩骧的妻子扑上前，端走了圄人面前的水碗，"你去喝国家的水吧！"

　　圄人笑了："就是要有这种母狼的劲头。有这样狠的母亲，义马有望，也是国家之幸。义马走这些地方前，先得练练龙胆。"

　　圄人下炕，出门去了。

一场透雨一下，巴子营便有了绿意。在地下渴蒙了的花花草草拱出了地面。有些野草，也不失时机地趁隙扩张地盘。绿色入眼的围人行进在巴子营的地上，步履悠闲，到得族长家门口，一声狗吠，族长迎了出来。

俩人便谈天年，谈义马，谈国家。

"有其忠勇之人，有其铁骑之勇，国家有望。洋人的子弹，能快过龙驹吗？"族长捋捋胡须，他的胸前，挂着一把小银梳。

围人说明来意，族长说："好办，巴子营的打麦场，地大而宽，十个精壮小子，能挑得出。蜥蜴，我们叫沙娃娃。选个热天，河滩里多的是。"

"十口大缸，二十只蜥蜴，十根青竹杆。"

"别的好办，巴子营没竹子，青竹杆难找。"

"用柳枝替代。"

"柳树多，柳条好找。"

围人出门，族长拉住了他："为何用沙娃娃？"

围人肃然答道："蜥蜴俗称小龙，用它们试胆，能增胆识。"

族长噢了一声，目送围人远去。

十口大缸，擦得油光锃亮；十个小孩，身穿青衣，手里拿着蘸了水的柳条；每口缸里，放置两只肥壮的蜥蜴。围人牵着义马，到缸阵的中央，让他做马形立着。

退出缸阵后，围人喝一声：敲。

十个小孩抡起柳条。柳条轻柔，敲在缸上，发出啪啪的

75

声音，圉人皱了眉，让族长重新选十根细木棍。族长应了，让村人去找。细木棍找回，圉人让小孩换了手中的柳条。小孩们一敲，嗡声四溢，他们乐了，随着节拍挥动着手臂。义马双耳竖起，额上青筋暴涨，脸色发涨，马鬃样的头发根根直立。圉人进入阵圈，把义马挟在腿间，义马挣扎着想捂耳朵，被圉人阻止。圉人喃喃地念起歌诀：蜥蜴蜥蜴，兴云吐雾，龙体附身，放汝归去。他念得韵味悠长。义马的耳膜舒服起来，耳朵不再抖动。圉人放了手，摸摸义马胸前，义马的心跳平缓，直眼瞅着十个小孩在挥棍敲缸。

十口缸都用木盖盖着，敲了三个时辰，十个小孩喘着气，挥杆的力度减弱，有的把棍举起，挨在缸上，再也敲不出嗡声。圉人让小孩们停了手，叫人揭开缸，十只蜥蜴四脚朝天，翻出了白肚。圉人试试水温，水有点热意，瞅看义马，精神十足，与十个小孩一比，更显出一种威势来。圉人长啸一声，让族长嘱人把蜥蜴放了："不许伤害它们的性命，它们也是有功之臣。"

"义马胆大，有龙胆虎心。"圉人和韩骧对酌，"十口大缸之嗡声，大人听一个小时，都会震坏耳膜，义马却越听越舒服，确实能经得起战鼓催击。"俩人各饮一杯酒。圉人招手叫来义马，给了他一杯酒，义马喝了，圉人摸摸他的马鬃头，一行热泪下来，弄得义马局促不安。

二十七

韩骥套了车,望着囤人,囤人抽掉车上的褥子,上了车。天绷着脸。路上很静,巴子营还睡意朦胧。走出村口,韩骥停了车,挡住了跟在车后的妻子:"回去吧,别再偷偷跟着,我们来回得六天,路上危险。"

"红疙瘩有熊,狼烟墩有狼,害人呢!义马这么小,我怕。"

韩骥扯过妻子,耳语了几句。义马松开了母亲的衣襟,跟在牛车后面,走一步,回一次头,直到母亲的身影模糊、消失。

"有大路不走,专选熊和狼霸占的地方,有病呢!"韩骥的妻子骂道。

红疙瘩由若干个小山丘组成,一个挨着一个,馒头般摆开。山上的石头颜色发红,山下的草木也泛着红色。这种红像是挤出来的,偏偏这种红中有熊出没。什么熊,有人见过,有人没见过。有熊伤人,是近几年的事。有人路过,看见一东西在蠕动,跑上前去,看这东西懒洋洋的,便拍了这东西一掌。那东西没有理会,那人好奇,抬脚踢去。懒洋洋的东西反身拍来一掌,把那人打下山坡。那人死里逃生,到处对人讲:我还当是猫呢!好像真是熊呢!

狼烟墩离红疙瘩有二十多里,连结两地的是一条石子路。这里原是驻兵的地方,有几座烽燧和一座内外套院。边墙矮下去的地方，裸露着一丛一丛的骆驼蓬草。墩紧挨着祁连山的余脉，碧树参天。一味往上窜的树把阴凉和阴森同时泻在路上。马鸡、狐狸、野鹿的身影随时闪现，有名或无名的鸟舞着华丽的翅膀，间或停靠在树枝上。牛车行得很慢，义马从未看到过如此景致，放了眼和胆四处张望、搜寻。圉人多年没走过这条道，也坐起身或观或望。车上颠簸，他下了车，韩骧把缰绳搁到车上，任牛漫走。义马看到一只火红的狐狸，扑身去追，圉人拽住了他。红狐狸立着身，用爪搓着脸，挑逗义马。义马抓起一块石子扔了过去，距离远，够不着，狐狸得意起来，韩骧弯腰捡起一块圆石，奋臂一扔，石头稳稳落在狐狸的身上。狐狸怪叫一声，逃了，义马哈哈大笑。

　　沿途一有村庄，他们便歇息。义马一进村，村民们有些惊慌，他们见过歪瓜裂枣般的小孩，还没有见过这种脸，便聚来围观，待搞清楚是义马时，他们肃然起敬，忙忙地杀鸡弄菜，把满村子闹得喜气洋洋。过夜时，圉人和韩骧睡炕上，义马立在地下。有人觉得义马可怜，便拿来被褥，在地下铺了。圉人下炕，抽了被褥，来人讪讪地离去。窗外立着的几个人看着靠墙立着睡了的义马，心里安稳下来。圉人招呼他们进屋，坐在炕上闲聊。他们过着靠天靠山吃饭的日子。这几年兵患、匪患少，他们少了担忧。旱着的凉州城是他们的向往，他们待在不旱的地方，有风迎风，有雨接雨。大雪封山的时候，他们宰了猪，挖开雪，冻了。粮食是现成的，在石磨上磨了，太阳也在石磨的轰隆声中升升落落。义马的到来，给了他们一个话题。国家是什么概念，他们不晓得，也懒得问讯，他们的日子系在凉州城的兴衰上。凉州城繁华了，他们把山珍野味挑进城去，换几件他们喜欢的东西；凉州城一乱，他们便封闭了自己。有匪来的时候，他们关好门，撒开脚丫子跑到后山。土匪一走，他们整治好损坏的家当，过依旧的日子。义马，对他们来说，是一种传闻。待真正见到义马，他们认为传闻也有道理。他们见过的最好的马，是土匪的马。那种横，那种蛮，那种不可一世，令他们胆战心惊。义马，是官家的。官家的总归比土匪们可靠，他们便尽了最大努力来款待圉人他们。告别时，他们把装满了山货的袋子抱到车上，知道义马爱吃甜的东西，他们便把玉米饼等物装一小袋，也搁在车上。圉人他们的背影没入山峦后，他们很遗憾。他们认为没有看到义马的奔跑，就像饭里没搁盐，有点寡淡。

大马场和小马场的气象不同。大马场里的草一扯开，便扯得满天遍地。天年旱川不旱山。有祁连山的冰川，大马场永远都绿意盈盈。一晃几年过去了，大马场的人见到圉人亲切，见到韩骧亲切，见到义马，更是亲切，但对义马的亲切中加了莫名的想法。他们遵从圉人的意思，由着义马乱跑。这叫放性子。义马在巴子营拘束惯了，便在大马场疯起来，疯累了便躺在草丛中。天明时的露珠滚在他的肚皮上，他觉得好玩，用手一抹，肚皮清凉一片。草原上的蚂蚱及各种飞鸟，成为他的玩伴。有时小鸟落在他的头上，把马鬃样的头发弄得如枝条般晃动，他也不在意。他一跑，有人便跟着看：是对侧步，正宗的马步。他们便唤呼。他们在有生之年，毕竟看到了为国家贡献的一匹人马，他们也高兴。

韩骧领受着众人的尊重。晚上，众人都歇息了，他就找寻义马。义马在草丛中或隐或现,他也在草丛中或隐或现。待义马睡熟了,他也披衣卧在一旁,眼前老飘着妻子那束痴痴中夹带着的爱怜的目光。

二十八

圉人看着疯耍的义马,嘱咐韩骧先回巴子营。韩骧套了牛车,沿大马场转来转去,义马听到牛车轧过的声音,驻足望望,又埋身离去。韩骧的几滴泪下来,在衣襟上滚出几点湿印。圉人挽住牛缰,调转了方向,牛车出了大马场,圉人叫来几个马户,让他们护送韩骧过红疙瘩和野狼墩。

圉人踩着草点,背着手,远眺着义马。义马已不再接触热食,他吃什么,由他性子。圉人每天都嗅着鼻子,找寻着义马的粪便。找到了,蹲下来,用棍拨拉开粪便,仔细查看,揣度着义马的消化功能。粪便不臭,里面有一股味,似甜似酸,他无法明确说出味道。到夜里,他带了毡和被子,在干燥的地面铺开,听义马的鼾声,看义马的睡姿。少了依靠的义马卧睡出马的姿势,马鬃样的头发隐在草丛中。他身上的毛细密,遮着风挡着凉,脚掌在地下踏出的印迹和马踏出的印迹有同样的深度。圉人仰天数着星星。天宫里有天马,有弼马温;地下有龙驹,有圉人。他认为自己越来越可有可无,就像这草原上的草,有他不多,没他不少。夜风下来,他紧紧被窝,想孙悟空的造反。越是百姓认为重要的东西,在国家层面上就越显得毫无意义。他爬出被窝,走入草丛,在义马睡觉的地方停步，蹲下来，摸摸义马的身子，是凉的。搁一会，有一丝热传到手掌，他的眼眶有点潮湿。他立起身来，抹了一把泪，溜达着。夜如一块用久了的抹布，抹到哪里就黑到哪里，他感到很亲切，便一把一把抓起来。亲切和温暖洒在草场上，天空的星星也暖和地移动。

该是让义马回去的时候了，他叫来义马，指指巴子营的方向。义马跳起来，飞出大马场。圉人选了几个马户，让他们带足干粮，背了一杆猎枪，拿着刀叉，悄悄尾随。

义马撒开脚丫，顺着来路驰奔。圉人和马户们有点气喘，圉人脚步漂浮，强壮的马户便轮流背他。与来时不同，圉人他们没了欣赏风景的心情。到野狼墩，义马停了下来，就着夕阳，他跑到一山泉边，低头喝水。山泉边的一小块地方，有一丛野苜蓿，义马蹲下来，掐苜蓿吃。他抬头望望天，望望山峦，瞧瞧来路。暮色盖着路径，路径肠子般蠕动。圉人让一个马户学了声狼嗥，义马朝四周望望，飞身跑起来。他只管往前蹿，圉人他们紧紧跟着，到野狼墩一分岔的地方，义马停住了脚步。圉人让那个马户学了几声虎吼，义马吃了一惊，朝前后左右瞅了一阵，又放开了脚步。一夜未停，天明时，红疙瘩在微曦中展出身姿。太阳红，山也红。圉人见义马停了，便招呼马户们停下，坐到一背山坡下吃干粮、喝水。义马靠在一棵树上，睡了。

"怪，这几年难得碰上狼了。"背猎枪的马户叹道。

"人祸盛行，野狼就会当道。这几年凉州还算太平，野狼少也在情理之中。"一马户把一小块馍扔了出去。

"红疙瘩有熊，只是人的传言，我们从来没有碰到过。"

"碰到了,还有你的活路吗?"

围人一小口一小口地喝水。义马放平右脚,弯曲左腿;过一阵,再弯曲右腿,放平左脚。

"生来便是马,要是骡子睡觉,是不会换蹄的。"

"废话,要不怎么叫义马呢!"

马户们也有了睡意,跟了义马一天一夜,他们很疲惫。精神一松弛,无尽的睡意便袭来。围人也困了,靠着山坡打起盹来。

一觉醒来,义马已不见踪影。围人招呼马户们一路追下去,到白雨谷时,天拉下了脸,黑得像染了色的毛毡。这是出山的一块谷地。围人浑身抽搐了一下,满天的冰雹便砸了下来。

二十九

凉州人把冰雹称白雨,又称冷子。

围人吩咐同行的马户们找地方去躲避冰雹。冰雹雀头般大,噼里啪啦往下倒,跌落到地上,一挤一挨,地下白花花一片。白雨谷的冰雹,劲道刚猛,打在身上,皮肉俱痛。围人拔腿速行。赶了半个时辰,义马的身影模糊在眼前。冰雹从义马鬃样的头发上滑下,他毫不为意,只管从半尺厚的冰雹层中拔出脚步,朝前移动,光着的身上,冰雹赶趟儿般往下流。

和义马一起立在冰雹中的,还有韩骧。

围人赶上前去,分辨着义马的气息。喘声不大。义马的脚插在一片白中，抽出来，跐开一片珠玉一样的冰雹，脚到处，冰雹纷纷躲避。义马一趔趄，囷人吃了一惊，硬睁着眼瞧去，义马摇晃了几下身子，又艰难前行。

耳边传来了几声呼喊，义马的脸上有了笑意，他加快了步履。囷人紧跟着，他从声音中辨出了那种略带沙哑又顽强的音色。是韩骥的妻子。她像母狼般扑在冰雹中，脚下一滑，她跌倒在地，韩骥拽起了她，她往前一跑，又摔倒在地。韩骥扶她时，她使劲一拉，韩骥也栽倒在地。声音和身影渐渐清晰，义马往前跳，她往前爬。义马扑过来，她跃身一起，摸摸义马的身子，冰凉森森。她脱下衣服，裹住了义马。囷人赶上前来，把她披在义马身上的衣服扯掉，往她身上裹。一触手，手挨近了乳房，囷人赶忙抽手，衣服掉在了地下。囷人弯腰拾衣，被她撞倒在地。她从囷人手中抢过衣服，又裹在义马身上，拥着义马往前行走。

韩骥扶起了囷人。冰雹停了。满天里跳出许多阳光，天空刹那间发蓝。囷人嗅嗅鼻子，钻入鼻息的气味有点臭，有点酸。

地下白茫茫一片，山谷油亮的身子展现了出来。韩骥的妻子冷着脸，韩骥和囷人跟在她身后。马户们赶了上来，囷人让韩骥带着马户们先走，他找了一块高点的地方，痴痴地张望。

囷人病倒在巴子营。韩骥摸摸囷人的额，甩甩手，说烫得邪乎，像打铁的炉子。义马蹦跳着过来，手中提着的布袋中滴着水，韩骥叫住他。接过布袋，用手一摸，沁凉刺骨，问是什么？义马说是收集的天冰蛋。摸了几个摁在囤人的额上，囤人哼哟了几下，几个冰蛋旋化为水，流到枕上。

韩骧的妻子抓了一把黄米，放进锅里炒。黄米颜色渐渐变黑，发出一种焦枣的香。她倒一瓢水进去，锅里水花四溅，扑腾出几股热浪。切了几段大葱扔进锅中，葱皮漂上锅面，一汪一汪的滚头从锅心往外涌，一粒一粒未焦的黄米粒沙枣花般开放。捏了一撮红糖扔进锅中，大葱的香味中有了一丝甜意，香风扑面，韩骧眼中的妻子飘飘欲仙。

托起囤人的下巴，韩骧的妻子用手一捏，用一根筷子撬开了他的嘴巴，将一碗汤汁灌了下去，从东屋抱了一条被子压在囤人身上。

囤人全身溪流纵横。

韩骧拿一块布擦拭囤人头上的汗珠。妻子扯掉了他手中的布，要他出去，让囤人安静地发汗。

囤人睁开眼，一灯如豆，盛开在午夜。他坐起来，身下的布单随身而起，韩骧扯掉水湿的布单，叫了一声：醒了。

韩骧的妻子过来，端着半碗小米粥，嘱咐囤人喝了：用焦米茶发汗，用小米粥能稳胃呢。

囤人每次听她说话，都惊奇，话不多，但有时透着古意，问韩骧，他的妻子是否读过书，韩骧说没有。

精灵古怪。囤人便叹气。

囤人问韩骧给他喝了什么？

韩骧说：三仙茶。

囤人不解。韩骧笑了：这在乡下很平常。黄米炒焦，发香，为一仙；大葱用根须，增香，为二仙；放点红糖，甜香，为三仙。三仙下体,通身发汗。汗一发完,烧就退了。

圉人说,应为四仙。

韩骧摇头,圉人说:你妻子本身也是一仙么。

韩骧笑了。

韩骧问圉人对义马的考验何时结束。圉人拍拍炕沿:只要他还未转生成国家之马,考验就不会结束。

韩骧的妻子抢过圉人手中的碗:早知你这么狠心,发什么汗,烧死你算了。

圉人幽叹一声:我死不足惜,只要国家之马尚存,我死又何惧!

韩骧把妻子推出了门。

圉人趿拉了鞋,走出门去。

天一片通透。麦子的香味扯天扯地而来。

他行走在田埂,义马闪在田埂边,扑起的蝴蝶和各种飞禽热闹在麦地。义马的鬃毛一顶一抖,把麦浪一波一波送出。布满田埂的各色野花在义马的手中攥成一团,粉粉红红地摇晃。他举了花束,跑向母亲。

圉人仰天长啸了一声。义马手中的花束掉在地上。

冰火无情。圉人又长啸了一声。

巴子营的牲畜们禁了声。一母鸡下蛋后未发出"格当"的兴奋。韩骧的妻子一摸,蛋软软的。

那是一枚软蛋。

三十

去敦煌的路上，相马师坐在牛车上，圉人闻到了一股腐气。天空很低，低到相马师的手一抬就能摘到云朵。河西走廊两边的山很近，又很远。山中间是无边的良田和戈壁。它们兄弟般连在一起，又仇人般泾渭分明。良田绿了又黄，黄了又绿。戈壁则永远是褐色。只有在冬天，一场无际无涯的雪一下，戈壁会短暂地白一次，阳光一照，又裸出本色。

沙砾的位置固定着。风卷过来，褐色的表皮抗拒着风的侵袭。戈壁上的芨芨草，努力地泛黄泛绿。

一只野兔的梦中，很少有猎人的踪迹。

圉人吆着车，相马师呼出的腐气乌鸦般盘旋。跟在车后的义马走一阵，抬脚看看脚底，小石子硌出的小窝一个连着一个。相马师从包里抽出两块带绳的毡片，扔给义马。圉人跳下车，夺了毡片，复身上车。义马弯腰捡了块石头，瞄着圉人，几次想砸过去。相马师转身看着义马，义马扔掉了手中的石头，跛着脚跟随着牛车行走。

夜黑得连牛车也失了颜色。火熄了，相马师弯腰咳嗽，星星一喘一喘。义马靠着牛背，牛胃的晃动拖着他一起一伏。相马师摸索着，把一件衣服扔给义马，义马披在身前。一只手过来，扯掉衣服，义马看到圉人的眼睛狼般发亮。

他跳起来，张嘴扑向圉人。

圉人拎小鸡般把他扔到牛前，牛蹬着后蹄站立起来，在黑夜的戈壁中，像一堵墙。

相马师推开围人，将义马搂在怀里。

夜安静成了石头。

相马师从怀里抽出一本书，朗读着。

> 南阳新野有暴利长，当武帝时遭刑，屯田敦煌界中，数于此水旁见群野马中有奇异者，与凡马来此饮水，利长先作土人，持勒绊立于水旁，后马玩习久之，代土人持勒绊，收得其马献之。欲神异此马，云从水中出。

他读得上气不接下气。

围人看到了一片光亮。行走半月的牛拖车飞奔，相马师从车上栽到地下。义马跟着牛车飞奔。

扑通一声，义马跳进了水中。

渥洼池。

围人说：应该叫天马湖。

围人卸了牛，牛自在多了，大口吸水。围人拽了牛，拉到一棵树下，拴了起来。树下面的草在牛眼中生动起来，它用舌头卷着草，猛哞了几声。

围人盯着义马。义马在水中学狗刨，身上的毛在水中漂浮。玩累了，义马出湖，坐在湖边。几匹野马在湖的另一边，看着义马。义马仰头嘶鸣一声，野马也嘶鸣应和。

黄昏的敦煌一缩脖子，渥洼池四周的树叶便金黄起来。几拨马信步而来，它们望着相马师和围人，停住了脚步。义马跳起来，马们调头离去。义马追了过去，马们止了步，甩动着鬃毛，围罩住义马。义马在马群中钻来钻去，把黄昏一缕一缕分解,搭在马背上。

夕阳下的野马,纯真、干净,它们敛了野性,柔和成一片一片摇动的树叶。

"你真相信有天马?"圉人靠着牛车,问相马师。他的眼里闪动着的全是马影。

"天生万物,物融自然。野马不就是天马吗?它们无拘无束,自由自在,一旦与人搭界,不为坐骑,就为苦役。抓住的做了牲口,抓不住的才是天马。"

圉人笑了,"自由是一种尺度。马和人做了伴,马吃草有人管,生病有人管。野马吃草,得自己寻找;生病,只能暴死荒野。自由了身,拘束了心。期间的许多东西,说不清楚。你看义马,待在人群中,显得兀立,收敛了活泼。一旦遇马,就成另一种样子了。"

"这不是我们期待的么?"

"渥洼池。天马湖。明天该训练义马下水了。"

"水深火热。一旦与国家有了联系,再平凡的事也显得庄重起来。"

一钓月鱼儿般挂在天际。四周全是树叶与树叶拍打的声音。远远的一声马嘶,落在了义马的头上。他摇摇头,鬃毛抖散月色,全溅到相马师脸上。

相马师努力地咳嗽了一声。

圉人醒来时,相马师正从袋子中抽皮绳。皮绳很细,柔软地缩在一起,有点温热。他把绳头拴在了义马的腰上。圉人抽掉拴在义马身上的皮绳,扔在一边。

相马师抓起了绳头。

"干什么？"圉人盯着相马师。

"他还是个孩子？"

"孩子？你忘了他的身份。既然他是国家的，就必须遵守规矩。"

"规矩是死的，人是活的。"

"问题是，他已不是人了。"

"你老了。"圉人叹道，"义马未出现时，你是多么的期盼，盼着能在有生之年，寻到一匹真正的国家之马。马寻到了，不能因为你的怜悯，而使规矩遭到破坏。训练它的每一环节，必须严格，甚至于严酷。"

相马师垂下了头，几滴浊泪滴在皮绳上，皮绳扭动了一下身子。

"湖面大。"

"再大的湖也是湖。"圉人扯起义马，将他推进了水中。

相马师跳进湖，把绳头勒在了义马身上，"游到对面。"

义马向前游去，身后的皮绳，像青蛙在扯衣，扯出一行一行的蝌蚪。

圉人扑进湖中，抽出刀，割断了皮绳。

"你好狠。"相马师闭上了眼睛。

"造生造死，都是天意。"圉人仰天长啸起来。一群马应和着，冲进湖中，涌向义马。义马扑打着水面，随着马群游向对岸。一俟义马的头低了湖面，就有马用嘴拽了义马的鬃毛，向前一拉，义马舒口气，继续向前游去。

相马师惊呆在堤上，他隔湖吼了起来："圉人，圉人，你在心中还藏了多少东西！"他望着漂在湖面上的皮绳，慢慢回返。

两人都不再说话。

相马师脱了衣服,用一块布遮住私处,蹲在湖边,朝身上涂泥。义马觉得好玩,也在身上抹起泥来。相马师叫过他,让他在他脊背上涂抹。泥涂满全身时,相马师左手握笼头,右手拉了皮绳,立在湖边。

圉人走近他,"你又何苦?当年暴利长利用土人捉天马,只是《汉书·武帝本纪》中的记载。我们有了义马,野马自来。"

"我成不了暴利长,权当给义马做一回土人。"

泥一干裂,便掉块。相马师召唤来义马,让他在脱泥的地方为他重新涂抹泥巴。泥一厚,相马师东倒西歪起来,一声咳嗽便会抖落几块泥巴。圉人寻了块木桩,钉进地中,靠在相马师身后,相马师的腰挺了起来。

义马频频下湖,野马们再也没有出现,他孤独地在湖中扑腾着。圉人扯完了相马师身上的泥巴,替相马师擦拭着身子,用指节敲打着他凸暴的骨结。

"我的身上是敲不出铜声的。该回了,义马的野性在回升。这一关,他好像过得很轻松。"

圉人替相马师穿了衣服,套好了牛车。牛车缓缓走动,木轮吱吱呀呀的声音又起。

义马不住地回头张望。

一阵雷鸣般的声音滚来,圉人抽出刀,勒住了牛车。一群又一群的野马从四面八方奔来。义马跳起来,在马群中打转。马群围成圈，把义马裹在里面。圈在逐渐缩小，把义马挤到了马背上。义马在马背上跳跃，他跳了三圈后，只听一声嘶鸣暴起，马群回身行奔，霎时消失了踪影。

义马号啕大哭。

三十一

得知义马要过火关的消息，马户们找到相马师，请求把到祁连南山伐运松、柏的任务交给他们。

相马师躺在炕上，马户们的扁头挤满一地。他爬起来，马户头在他后背垫了被子，相马师闻到了一股松柏的香味。他吐了口气。气沉重而松散。

一只老鼠从炕角窜出，马户们静立着，相马师抓起搁在炕沿边的鞋，砸了过去。老鼠栽倒在地。马户们看到相马师的眼中罩了一股寒气。

"千年松，万年柏，你们能分辨清楚？"

马户头躬身答道："相马爷，别的我们不敢保证，什么马吃什么草，什么松长什么样，我们再明白不过了。"

相马师哼了一声："伐了松柏，晾晒在原地，待风干后再扛回来。按以往的规矩，你们得把松柏截成段，粗细大小要一样。记住，一定要砍掉树阳的枝条。"

马户头应了，领着马户们离去。

炼火场周遭没有人家。马户们把运来的松柏依大小截了，排放成两列，四周弥散着原木的香气。那些精选过的柏枝把香气藏在身下,一抖动,香味便依序走出。马户们抬了相马师,来到炼火场。

炼火场里热意升腾。

"外列九个圈,中间架火堆。"相马师盯着马户们,看他们把九个圈连成了一个大圆,笑了。

他的笑声像夜猫子一样生硬而瘆人。

围人用脚步丈量着圈与圈的位置,他招手叫来马户头,让他带马户们在各圈边上栽九根柱子。

马户头带人去挑选圆柱。相马师抹了一把汗,围人吩咐马户们抬了相马师去歇息。

香味飘到知县衙门。武威知县梅树楠耳膜里传来了"日月光华,旦复旦兮"的歌谣,他查问是谁在咏唱,衙役巡查了一遍,赶来复命:除了相马师躺在炕上哼哼,没有人唱歌。相马师哼的是:我疼我疼,疼煞我也。

梅树楠摸摸耳朵,拍拍桌子:见鬼。

衙役说:炼火场里很热闹,马户们在堆柴栽杆,准备让义马过火关。

梅树楠说:他过关,我过难,老佛爷在北京城里吹烟枪。

衙役不明所以,梅树楠一挥手:好去好去好好去,皇城根下尿尿去。

衙役望着梅树楠,梅知县一拍惊堂木,喝令退堂。衙役捂嘴跑了出来。碰到了围人,围人问他笑什么?

衙役说:老爷在耍疯!

围人说:耍什么疯?

衙役正色回答：他让我到皇城根下去尿尿。皇城，是我这种人去的吗？

围人说：洋人进了北京城，凉州城里也不安稳。管他呢，他谈他的尿，我炼我的马。义马一转世，踩死它个洋鬼子。

衙役缩了一下头：都疯了。

马户头找到围人时，围人正坐在桌前，翻看一本黄历。义马过火海的日子是固定的，但围人还是在老黄历的日期下面重重地画了一笔。

"旱了两年，草黄粮稀。衙役们催交税捐，我们得当裤子了。"

"自古马户不交税捐，谁生出的法子？"

"是梅知县。"马户头把一卷纸展开，"业之至秒至贱者灰粪有捐，物之至纤至微者柴炭酱醋有捐，下至一鸡一鸭一羊一豕，凡肩挑背负，日用寻常之物，莫不有捐……"

"这是哪来的？"

"是从墙上揭下来的。"

围人盯着告示上的秒粪酱醋字眼，肚子里咕噜起来。

"爷，我给你哼唱一下瞎贤们唱的凉州贤孝词：红月捐，白月捐，这些个捐税要掏钱。娶妻嫁女也要捐，死人丧葬也要捐。佃田卖地也要捐，置田置地也要捐。经营牲口也要捐，生儿育女也要捐。娃娃们交的是爬爬捐，老汉们交的是拐棍捐，女人们交的是脂粉捐，男人们交的是力气捐……"

围人收了纸，"这些瞎子们吃饱了撑的，编排梅知县呢！"

马户头肃声答道："不是瞎子们编排，这可全是实情。

西街的王老汉走路放了一个屁,被衙役拦住,要屁捐。王老汉说是尻子放的,让他们问尻子要去,被衙役锁到大十字,打烂了尻子。王老汉的儿子交了十文钱,才被放了。听说,义马也得交捐。"

"义马属于国家的,他交什么捐?"

"衙役说,梅知县说了,国已不像个国,家也不成个家了。凡属国家之人都要认捐。国家之马,更应认捐。不瞒爷说,挂在马街的铁马掌,也要认捐呢!"

"胀烂棺材的梅胖子,他这是要亡国家之马啊!马户们的意见呢?"

"马户们说就是砸锅卖铁,也不能让义马受到任何伤害。"

圉人用手指弹弹桌子,长叹道:罢了,罢了。

相马师被抬到炼火场的时候,马户们已围住了火场。他们在南面留了一个豁口,等待着义马。

衙役班头领着几个衙役,从豁口窜入,向马户头讨要炼火钱。

相马师让一个马户把他背了,到班头跟前,狠命地吐出一口痰来。他喉咙里风箱般的响声震慑了班头。班头往后缩缩,相马师倏地伸长胳膊,揪住了班头的衣领。

"拿我命去。"

班头闻到了相马师嘴里喷出的腐气,他看到相马师眼中的那道寒光,他想扳开攥了他衣领的手。那手干瘦如鸡爪,指甲已陷入他脖子的肉中。

"国家——马。"

班头听到相马师嘴里吐出这三个字,往后退了几步,拉长了相马师的胳膊。他扳开了相马师的手,招呼衙役们离去。

"告诉梅知县,他在麻雀腿上割肉行,从义马的身上剐油,我就是拼了老命,也要保全这点国家的脸面。"

相马师晕了过去。

圉人的后面跟着义马,马户们垂了头,双手摸着膝盖。圉人叫过马户头,吆喝了一声:点火。

中间的火一起,周围的九堆火也被点燃。相马师哼了一声,低声嘟囔起来。

义马在被抚平的火上飞奔,他的脚溅起的火星灼痛着马户们的身、脸,马户们一动不动。义马跳入中间的火堆中狂舞时,圉人敲了一下锣。

义马扑到相马师身边,仰脖长嘶。

圉人仔细查看着义马的双脚,他抠下还粘在义马脚心的木屑,对在鼻子下嗅嗅,没有焦煳味。他立起身,叫了一声:天爷!

圉人在义马的身上拍了一掌,义马跳起来绕着大火堆奔了一圈,又绕九个火圈飞驰。圉人在豁口处记数。相马师撑起身子,声音流畅了起来,马户们也跟着吟唱:

  天马徕,从西极。涉流沙,九夷服。
  天马徕,出泉水。虎脊梁,化若神。
  天马徕,历无草。经千里,循东道。
  天马徕,执徐时。将摇举,谁与期?
  天马徕,开远门。竦予身,逝昆仑。

天马徕，龙之媒。游阊阖，观玉台。

……

唱着唱着，相马师站了起来，他和着节拍，对着中间的火堆拍手。火势慢慢弱下去，围人又敲了一下锣，高喊了一声：九九归一。

相马师栽倒在火堆前。

围人斥喝，让人把相马师抬到一边，叫马户们把火圈的火用树枝扫平，火中还有些许烟缕，在马户们的呼吸声中散发着热香。围人再次敲了一下锣，让人抬走了相马师。

役工端着一盆水，叫相马师洗脸。门半掩着，他用胳膊肘推开门，晃出的几点水洒在了地下。相马师躺在炕上，一只手耷拉在炕沿上，手里还紧紧攥着一本《铜马相法》。役工放下水盆，靠前，摇摇相马师，相马师的身子晃了一下，"死人了。"役工大叫一声，跳出门外。

围人进门时，闻到了一股马粪的味道。他把相马师的胳膊拽到炕上，让役工找来一块门板。

"打开净身房。"

役工颤声问："这不违规吗？"

围人惨然一笑："国家喑弱，相马师是带着遗憾走的，就让他的魂和马一道去吧。"

俩人把相马师抬到门板上，役工抽书，围人挡住了他："别抽了，就让书也跟他一起走吧！"

围人找到梅知县，说起相马师的死状。梅知县正在抽水烟，呼噜噜的声音像马在打响鼻，"拨银五两，把他葬在小马场，就让他和马相伴吧。"

"能不能让义马给他披麻戴孝?"

梅知县把水烟锅往桌上一掼,"国家之马,唯有皇帝驾崩,才能挂白披孝。那么多马户,就让他们戴孝,把相马师抬埋了便是。"

马户们得到音讯,三三两两来到马政司吊唁。他们都默念着圉人撰写的一副挽联:你去了谁再相马;我留着还有啥用。都无限伤感起来。据传朝廷已出台政令,要解散马户,让他们复耕。祖辈的荣光被风一吹,东歪西斜,他们把委屈释放出来,倾泻在马政司,哀声震动凉州城。出殡时,马户们要抬棺,圉人婉拒了他们。他让役工套好牛车,让马户们把棺材抬到车上,用几根麻绳一勒,便出城了。

一根白幢,绕过巴子营,飘向小马场。

听到脚步声,圉人回头一望,是韩骧。他挂着孝,跟在牛车后面。俩人一路无语,牛有时伸头啃路旁的庄稼,圉人不阻挡,韩骧也不理会。一群乌鸦闻到气息,低矮飞行,哇哇的叫声刺激了牛,牛快步行走,圉人快步行走,韩骧也快步行走。

小马场的门上,挂着白绫。抢先赶到小马场的马户跪成一片,白压压的,圉人躬身致谢。墓穴已挖好,坐北向南,前对祁连山,后朝凉州城。圉人叹一声,指挥马户们葬了相马师,把剩下的银两交给韩骧,让他宴请一下马户们。

马户们散了,留给韩骧一片茫然。他问圉人县府为何这样薄待相马师,圉人摇头一叹:忠也,运也;义矣,命矣。

便不再吭声。

一抹坟头，立在小马场。围人涕泪纵横，看着黄成胡子的草，他将自己也坐成了一根草。

围人身后，立着挂了一点白孝的杏花，她把一个"爹"字在嘴里咬碎，最终没有吐出来。

三十二

马户们跟着围人来到马神庙，韩骧和妻子除了孝，对着马王神磕了三个头。

庙祝用拂尘拍打了一下韩骧的背，哼出了一串串长调：好去好去好好去，西天路上找马去……跪成一片的马户们也跟着哼唱：好去好去好好去，西天路上找马去。

围人和韩骧夫妇领了义马，到了巴子营。那个晚上，夜色很重，围人坐在院中，摆了两只酒碗，义马立在围人旁边，听围人自言自语。义马不懂光绪，也不懂老佛爷，只闻得酒香扑鼻。围人让义马坐在对面，听风。

风在黑夜中奔跑。围人闭了眼，唰唰的响声似雨，他睁开眼观望，四周的树叶在风中拍出浪音，一波一波往前赶。一阵一阵的风声扫出雨意，围人问义马：听到雨声了吗？

义马闪闪眼：明明是风声。

风声雨意。相马师，相马师，你可在担忧义马么？有生之年，我一定会完成你的夙愿，让义马成为真正的国家之马。

围人在院中惨然入睡。

天被鸡鸣扯醒。

圉人睁开眼,看到义马仍站在他前面,韩骥的妻子立在义马旁边,怔怔地望着他。圉人的脸红起来。义马裆中的一截东西软塌塌的,他身上的毛在晨露中格外明亮。圉人站起身,又歪倒在地,韩骥替他揉腿,慢慢地,圉人觉得腿活泛了起来,便拉了义马一把。义马咧嘴一笑,长长的鬃毛抖动了几下。

匆忙喝了一碗粥,圉人把几个剪好的样品交给了韩骥的妻子,让她做面帘、鸡颈、当胸、马身甲、搭后。

韩骥的妻子问做这些奇奇怪怪的东西干什么?

圉人指指义马。

面帘保护马头。

鸡颈保护马颈。

当胸保护马胸。

马身甲保护马体。

搭后保护马屁股。

韩骥妻子脸上洋溢出幸福,她对圉人第一次展出了笑意。圉人的心被刺了一下,又被暖了一下。他带了义马,到小马场去给相马师暖坟。韩骥要跟去,圉人摆摆手。

"要做好。"圉人在韩骥妻子的手上拍了一下。

一路的土黄让圉人的心情灰暗成老鼠。

持续的干旱让草黄成了洋人的毛发。

树上的叶子蜷成毛毛虫,干得像脱了水的嘴唇。圉人不说话,义马也不说话。天干,云也干。无尽的黄、干使义马烦躁起来，他拔腿奔向前去。

在一路口，义马碰到了一怪物，似兽非兽。他望着那个怪物，怪物也望着他。怪物滋滋地吐口水，顺下巴跌落。随后赶来的围人一见那怪物，冲上来护在义马前面。怪物回转身，霎时不见了影踪。

"鬼见愁。"围人捂着胸口，大口喘气。

"好玩。"义马说，"它还喷口水，可惜喷不远。"

"喷远你就麻烦了。天可怜见，持续的大旱把它逼出了草原，它也没有了精气神。"围人深吸了一口气。

"它有多厉害？"

"多厉害？"围人摸摸义马的脸，"这种东西生于草原，专与马为敌。若含水喷马，马会畏惧欲死。其性残忍。人们很少见到它。草原上的人一见马盲目乱窜，就知中了鬼见愁的毒。"

义马跳到鬼见愁待过的地方，闻到了一股香味。他用鼻子嗅嗅。

围人抽出腰间的酒葫芦，含了一口酒，向义马喷去。

"闻香即晕，这坏东西。"拉了义马便走。

围人坐在相马师的坟门前，举起酒葫芦，在坟门口洒了几滴，立起身来，绕坟洒了一圈。

"地上旱，不知地下旱不旱？天相反常，听说光绪爷的气还在喘，到处是枪炮声。我今天来和你说道说道，待把几项规程做完了，就该放手让义马去闯一闯了。"

地上卷起一股旋风，义马追了一阵，旋风消失了，义马回到圉人身边。

"跪下,替相马爷磕三个头。"圉人老泪涟涟。

回到巴子营,义马看到木头杆上搭的面帘等物,叫喊着摇晃木杆。面帘、鸡颈、当胸、马身甲、搭后晃荡起来。圉人看到韩骧妻子眼中的期待,他挥了挥手。

韩骧的妻子扑上来,抓下面帘,套在义马的头上,把鸡颈挽在义马的脖子上,将搭后一勒,一个不一样的义马便立在圉人面前。

看着义马的"马"样,圉人拉了义马,手里多了一条鞭子。

"仰脖子。"他做了示范后,盯着义马仰了头,他抬了抬义马的下巴,"就这样,走。"

义马仰着脖子走,脚底不稳,圉人挥起鞭子,朝他屁股上抽了一鞭子。韩骧妻子扑上来,咬了圉人一口。圉人吃疼,鞭子掉在地上。

韩骧拉住妻子,把她拽到了屋中。

"这个人的心像石头。"她吼了一声。

韩骧摇摇头。

圉人让韩骧把备用的马槽用土坯撑起来,他拉来义马,试试高度,让韩骧抽掉一块土坯,"要放在与义马齐腰的位置,这样,他的吃相就和马一样了。"

韩骧拿刷子仔细刷着马槽,"这么大的槽,一碗饭倒进去就不见了踪影,他怎么吃?"

圉人拍拍马槽,"你不会把碗放进马槽里嘛!从现在起,不能再让义马用手端碗吃饭,他必须用嘴吃。"

韩骧不解,"不用嘴吃他用什么吃?"

圉人把头伸进槽中,伸出舌头,在槽底舔了几下,"就这样吃。"

将碗放到槽中,韩骧的妻子立在槽边,义马伸头吃饭,掀翻了木碗。圉人举起鞭子。韩骧的妻子夺了鞭子,扔在一边,重新舀了一碗饭。圉人用手指蘸了汤,放进嘴里尝尝,碗里的胡萝卜丁、芹菜叶黄绿相间,盈盈地冒着一股香气。义马吃得有点急,圉人拽着他,让他一点一点舔吃。

"马是单胃动物,得细嚼慢咽。慢慢吃,好助消化,能减轻胃的负担。"

"那他就不是人了?"韩骧的妻子争辩道。

"他本身就不是人了。"圉人看到了韩骧妻子眼中的泪花。

睡觉时,义马立在柱子边,睁眼看着炕上的圉人。圉人拉开被子,躺了下去。韩骧的妻子推开门,一把拽了被子,扔到了地下。

"我让你睡,我让你躺着睡。"她跺脚吼叫。

韩骧抱住妻子,把她推搡到门外。义马笑了,看着圉人坐在炕上,极像和他幼时玩耍的小猴。

他思念起那只小猴了。

夜像风干了的胡萝卜,嚼起来有点生涩。

圉人出门,坐在田埂边,听干裂的土地发出啪啪的响声。韩骧拿着酒壶,坐到圉人旁边,"听说马快不过枪,八旗兵干不过洋人?"

圉人呷了一口酒:"我们管不了那么多,我们只管做好我们的事。"

"过了这个月,义马就得离开巴子营。他真的能转生成国家之马吗?"

圉人把一口酒喷出,"看样子,义马是最后一匹能转生成国家之马的人了,你应该感到荣幸。我们管不了国家的大事,只能做好自己的事。相马师在地下看着,马王神在天上看着。"

"皇上看不看呢?你看梅知县,每天只知道收捐要税。"

圉人拍拍韩骧的肩,"只要我还有一口气在,我就一定会伴着义马走完这一路程。"

韩骧起身,他听到了妻子的叫喊。

圉人在田埂上孤独地坐了一夜。

三十三

圉人叫来马户头和韩骧,对着一张图吹气。图抖动着,像只船在颠簸。

"该是放养义马的时候了。"

马户头看着图上蝌蚪般的黑点:"按说春膘夏养能行。问题是连年不雨,草黄粮稀,县衙加紧了对马户的征捐,许多马户连锅都揭不开了。他们没了心劲,对义马作为国家之马的事也就看得淡了。"

"看淡了好,我才不管什么国家之马。我要我的义马。"

韩骥的妻子扑进来，立在地上，盯着围人。

"没心劲就不让马户们分派盯护了。你和韩骥轮流盯着，不能让义马受到任何伤害。"

"啥时举行放养仪式，好告知人们，义马已入世，大家必须遵守规则。"马户头撇撇嘴，韩骥拉了妻子出门。

"小皇帝刚登基，放养仪式搞也不合体例。"

"老皇帝啥时殁的，也没个声息。"韩骥坐到了地上。

"没了皇帝死了爹，以前遇到这些事，你敢乱嚷嚷。现在，你看县衙旗杆上绑的白绫，一丝儿风就会把它吹得东晃西飘。我听说这小皇帝坐在龙椅上还尿了一泡，生生不把大清国给尿没了。"

围人拍了一下马户头，"闭嘴吧，小皇帝尿不尿由你管？我们还是想着怎样把义马的事做好就行了。义马入世，先贴出一张告示。"

"写啥内容？"

围人把图卷了起来。"敬告众民：义马入世，应加珍爱。一不能往之身上吐痰，二不能随意摸头，三不能让其动荤腥。若有好事者犯此戒条，人神共愤。"

马户头记了，问祖制是否就这三条，围人叹口气：马人一理。痰乃秽物，人液沾毒，吐之会污马性；头乃天首，明徐咸《相马经》云"马旋毛者，善旋王，恶旋十四，所谓毛病，最为害者也"，义马鬃毛独异，若被闲人乱摸，会失灵性；马乃素物，若有好事者让之动荤，马会转生成害群之马。

"告示是否以县衙的名义贴出？"

围人重新展开了图：连皇家告示都不管用了，何况县衙的，就以马政司的名义贴出吧。

"如果县衙要收告示税呢？"

围人把图扔了出去。

光绪三十四年的冬天，天空像光绪活着一样忧郁。

马户们待在马街，看着一片两片的雪花从空中飘落，他们的心中也像雪一样乱了起来。往年仓饱槽满的景象不再，他们把不满写在脸上，菜色的脸映在冬日下，扁扁的头像一面旗，猎猎在天际之下。

"咣咣——咣咣——"，有人敲响了街口的铁马掌。

围人手中的茶罐晃了一下。铁马掌一响，马街便不安静了。他穿了棉袍，勒了腰带，赶向马街。

敲铁马掌的人看见围人，跳下踩着的木墩，跑了。围人盯着铁马掌听了半天，笑了，"这东西，也有灵验。"马户头押了敲铁马掌的人前来，围人让他放了，他让马户头来敲铁马掌，马户头不解，围人说："你边敲边听，看能听出什么？"

马户头咣咣——咣咣敲了四下，望围人。

围人说："敲出的声音是不是宣统——宣统？"

马户头点点头，喝令围拢的马户们跪下，朝铁马掌磕头。

"义马在哪儿？"

马户头说："马街现在不太平，我怕有人伤害义马，让他在巴子营先待着。"

"贴出的告示可有人动，县衙的人是否去收捐税？"

马户头说："怪就怪在这里，围观的人多，县衙的人却视而不见。他们抓街头乱洒尿的人，没有动过告示。"

囤人叹道："梅知县自己都顾不住命了，还管这些！"

"我们还等待什么？"有人在后面起哄。

囤人的脸寒肃下来，他把目光盯在人群中，众人觉得囤人的目光如刀，便缩了脖子。

"连年干旱，县衙征捐。我知道你们家家都困难，县衙不管你们，我去向大户借粮，你们先度过这个冬天。等天年顺了，一切就都顺了。"

众人散去，囤人让马户头备车，陪他到巴子营。

篷车里的囤人像根草，抖动着。他让马户头停了车，跳下车和马户头边聊天边前行。路面上馒头一样的小土堆，用脚一踢，土便松软地四散。

"这天，生生把土都冻酥了。"马户头用手捂了捂耳朵。

囤人呵出一口气："人有曲曲心，天有拐把转。大清也像这土堆，看似鼓着，一踢，便四散。拢不住了。义马生在这个时代——唉！"

马户头转眼一瞧，囤人的两滴泪，凝在眼眶中。

风嗥叫得像狼。

"这个冬天，义马要在酷寒中度过。等到宣统年的第一个马日过后，义马就该真正放养了。"

马户头筒着手，头一低，一股风钻进脖子，他缩了缩脖子。

"韩骧的女人吃过荤吗？"

"只见她给您和相马师炒过鸡，没见她吃过肉。按祖制，马户是不吃肉不动荤的。"

"我是怕她吃过肉,奶就变成荤奶了。荤奶聚在义马体内,是个麻烦。"

于是便讨论荤奶和素奶的事情。两人兴奋起来,圉人问远远的山包很鼓,倘若有奶,是荤奶还是素奶?

马户头说:山吃水吃草也吃动物,奶是半荤半素的。

俩人哈哈大笑。

人心不稳,马户们也不能幸免。看样子,呵护义马的事,就落在你、我和韩骧的身上了。

还有韩骧的女人。马户头咽了一口唾液。

女人啊女人。圉人发现远处的山包里好像在流奶水,很浓很稠。他的脚下开始踉跄。

三十四

圉人躺在炕上,瞥了一眼半挂在墙角的蜘蛛网。网上的一只看不清模样的东西半吊着。一条网线耷拉着晃荡。义马立到了他站立过的地方,很直接地靠墙,看着曾拴过小猴的柱子发呆。

"这个冬天,我就在这炕上过了。"圉人拍拍被子,扇起的尘土飞扬,他打了个喷嚏,义马也打了个喷嚏。马户头揉揉鼻子:久不住人的房间中的灰,像女人撒尿冲起来的灰,呛人。

圉人望望马户头:宣布完戒律,你就回城吧。安抚好那些马户,不要让乱党掺和进来,影响义马的声誉。

马户头叹道：灾荒加上税捐，马户们以草为食，有点想法也正常。

圉人取下手上的一只镯子，是金的。

"拿去当了，换点粮食，好歹也能安抚一下他们。"

马户头缩了手：这可是您唯一值钱的东西了。我听相马师说过，这是你祖上传下来的，要用在可用的地方。

圉人把玩着镯子：义马出世了，我这辈子也就活值了。能让马户们安安心，过了这个冬天，或许草长粮茂，马户们气顺了，就会感恩义马，对义马的成长是有好处的。

韩骧把镯子接了过去，仍套在圉人的手腕上：圉人没了金镯，就像马没了鞍子，震不住事。

他拉了圉人和马户头出门。

圉人和马户头来到韩骧的后院，六个圆囤立在院内，马户头闻到了一股粮食的味道。

"解除了马户籍，又给我配了地。那几年风顺得像人打呵欠，雨顺得像人打瞌睡。我存了这六大囤粮，够救济一下马户们了。"

圉人拍拍马户头的肩膀，"此事要隐秘。你挑几个忠靠的马户，将粮先拉到小马场，分了，再让马户们背进马街。要让梅知县知道了，弄个私藏粮食的罪名，粮保不住不说，韩骧的命恐怕也保不住。"

"韩骧是有国家户口的人，梅知县有这么大的胆子？"

"金銮殿上坐着一个娃皇帝，黄马褂都当尿布了，还国家户口，国家都让洋毛子睡到炕上了，爷还能当吗？"

后面的话含在嘴里，憋着，马户头看到圉人的脸成了猪肝色，上前拍拍他的后背，囤人一张嘴，吐出一口长气。

"在南山找几个山洞，把粮食转移了。什么事被人的眼睛一瞅见，舌头就会长腿。粮食转移完后，把粮囤拆了，我们再回来。"

"你们去哪儿？"

"我们到马街，韩骧两口子、义马都去。你负责做好这些事，我们再回来，好转移一下梅知县的视向。"

"戒律呢？"

"做完这件事再宣布。"

囤人进了南城门，让韩骧停了车。他爬上城外的一截城墙，向城内望去，号为文笔三峰的大云寺塔、罗什寺塔、清应寺塔一线排开，庄严肃穆。城内的寺、观、庵、堂星星一样排布，琉璃瓦在风中灿出黄光，袅袅的烟雾中夹带着檀香味，一丝一丝往上挤，挤得天空有些高远。

宣统元年的凉州城，还是存有那么点皇家气象。

囤人在心里默念了一番。

一声爆竹响，坐在牛车上的囤人搓了搓手。一到年关，囤人总是心跳。年味渐浓，囤人的心思也浓起来。通往巴子营的路上，囤人和韩骧有些悲壮，跟在牛车后面的韩骧妻子面色像冬天的树叶。义马蹦跳着，踩起的土转几个圈，又落在原地。

噗！噗！噗！

一匹马踩裂冻土，衙役班头提马而来，拦住了牛车。囤人跳下车，问班头想干什么？

班头从怀里抽出一封信，递给圉人，怪笑了一声，扬马回返。

圉人打开信，信是梅知县写的，上面有十几个字：粮匿人走。天知地知你知我知。落款处画了一朵梅花，是墨梅。

圉人怔在地上。韩骧问班头送来的信上说了什么？圉人苦笑一声：祸，祸，祸；福，福，福。祸是国家的，福是义马的。走，走，走。

他跳下车，大步朝前走去。

"他是不是发烧了？"韩骧问妻子，妻子摇摇头。

义马跳到了牛车上，韩骧拽下了他。义马扬扬鬃毛，呲了一下嘴。

望着拆倒的粮囤，韩骧的心空了。他冲进屋中，抽开了炕沿下的一块木板，伸头望去。地窖中的粮食灿灿地笑。韩骧盖上木板，舒了一口气。

后院的墙下整齐地码着几排土坯，中药柜一样立着，土坯上的泥皮，像甲壳。

义马瞧着圉人把一张黄纸贴在墙的正中，上面的字像鬼画符，伸胳膊抻腿。圉人脸色庄重，让马户头、韩骧夫妇站在义马身后，他大声念一句，让义马学一句。义马一拐音，圉人就甩手一鞭。韩骧的妻子冲上去夺了鞭子，拍拍义马的背，义马安静下来。

七大戒律

凡是两条腿走路的都不可结交。

凡是四条腿走路的，或是长翅膀的都不得伤害。

任何时候都不准穿衣服。

任何时候都不能上床或上炕睡觉。

任何时候都不能吃荤腥。

多吃胡萝卜及青玉米和苜蓿。

听到过响的声音要毫不畏惧。

韩骧的妻子扑过去撕了黄纸：这不是放狗屁么。狼、虎、豹、熊也不能伤害吗？我们也是两条腿，难道也不能接交吗？你去到小马场、大马场看看，哪个狼把马当成了朋友？

韩骧拾起揉成一团的纸，小心地铺到桌上。义马跳到门外，在空地上转圈，嘴里念叨着两条腿、四条腿。圉人倚在门框边，看着义马转了一圈又一圈。

三十五

圉人发现义马喜欢飞禽，在一个雪天。那天，无边的雪花撞击着窗棂。圉人起身，见义马立着，抬眼望了一下天空。他来到雪野，一大滩一大滩的雪白得像摊开的面饼。圉人紧紧腰带，一只野兔奔过来，望了他一眼，又蹬腿前往了。

义马扬着鬃毛，追赶着野兔。

天上有云翼掠过。是一只鹰。

天上一只鹰。

地上一只兔。

还有，追兔逐鹰的义马。

圉人背了手，缓行在雪中。雪在原野很均匀地延伸。顺着脚印，他判断着义马落脚的力速、轻重。义马溅起的雪落在脚印四周，遮在屁股后面的搭后，旗帜一样翻卷。

> 我是唯一的
> 我奔驰在天地间
> 我甩掉了一切羁绊
> 我在雪中慢慢生成
> 兔子不是我的菜
> 我吞吃着天地的精华
> 那只鹰的速度
> 就是我前行的高度
> ……

囝人耳边响起一首莫名的歌谣。

他也走得像喘在天地间的雪花。

原野没有尽头。囝人听到韩骧沉重的呼吸。回头望去，韩骧挂着一脸的汗珠跟在他身后。

"跑远了。"韩骧喷出一口气，一线白袅娜在眼前。

"义马在追鹰，并非逐兔。"

"鹰？他能追上吗？"

"不是能不能追上鹰的事。这是要体现他内在神机的事。"

韩骧不懂，囝人也不解释，边走边向他讲述六种马的功用。

种马用于繁殖，齐马用于仪仗，道马用于驿路，田马用于狩猎，驽马用于杂役，而戎马——

用于军备。

义马是国家的马,能体现一个国家的精气神。

韩骧的耳朵里灌进去的不是风,而是圉人的唠叨。他觉得圉人也在喷雪,密密的从嘴里涌出。

韩骧看到了那个场景:

鹰扇着翅膀,叼起兔子,扔向雪地;义马抓起兔子,扔向空中。鹰翅一扇,又叼住兔子,飞一圈后再扔到地下。义马拾起来再扔出去。

他们在干什么?韩骧问圉人。

圉人抓起一把雪,塞进嘴里,牙关上下一磕,雪流进嗓中。

"鹰有两条腿,义马也是两条腿。"

"一个有翅膀,一个没有。"

"谁说没有,义马飞奔时,他的胳膊就是翅膀。"

玩够了,鹰一叼野兔,纵身而去。义马怅然地追了一阵,鹰消失了。他一回头,看到了圉人和韩骧。

雪又飘起来,三人漫在了雪中。圉人吃力地拔脚。他瞅瞅义马的脚腕,呼了一口气。

粗脚骡子细脚马。他叹道。

韩骧也瞧瞧自己的脚腕。圉人抓了一把雪花,用嘴一吹:你的不用瞅。天生异种,必有异相。

一阵猛雪,裹罩了三人。

坐到炕上,圉人从炕角的柳条篮里抓了一个鸡蛋,让韩骧从地下的口袋中抓了一把玉米,取了一只碗,磕了鸡蛋,加了水,用手指慢慢搅动。搅匀后,他打开炕头的箱子,撕开一条布袋，抓出一把红来。

韩骧问是什么？圉人说：天果。掐一粒给他。

韩骧放进嘴里，咬出一股酸来，嚼出一股甜来。

像野刺果的味，好吃。

这叫枸杞。天果加鸡蛋拌玉米，给义马吃，可养其耐力。

韩骧的妻子殷勤起来，让圉人脱了湿淋淋的衣服，拿到炉边去烤。端来的碗里冒着热气，圉人喝了一口，是生姜水。

他投去感谢的一瞥。

韩骧的妻子端碗离去。圉人的眼前又晃动起两只乳房。

三十六

圉人的鼻息中扑进来一缕奇异的香味。他揣摩一阵，非油香，亦非葱香。他循着香味，来到了伙房。韩骧的妻子正在煮青菜。青菜是九月份从地里拔的。她做了精心挑选，晒干，捆成一小把一小把。青菜保留着固有的清香，一下锅，味便溢出。待青菜煮嫩后，她捞出来，细细地剁了，加盐，把胡萝卜切丁，拌匀，盛在碗里给义马吃。

圉人用手指撮了一点，尝尝，舌头很受用地吧唧了一下。"照顾好义马的肠胃。他的胃应像空气，能滤去各种杂质而保留营养。"

"那你干啥？"韩骧的妻子把眼一剜，两道光过来，圉人缩了一下身子，退到门边。

"我管他的神。"

"你就扯吧,还神?你一天除了折腾义马,还能干啥?"

圉人退出伙房,和韩骧立在门边。

"她怎么越来越像母老虎?"

"女人都是这样。动她的男人,她还能忍。动她的孩子,她就疯了。"韩骧叹口气,"现在,连我都成了她的眼中钉。"

腊月的风,干冷,香冷,远远地传来一声两声爆竹的响音。

"往常,人们已做过年的准备了。一进腊月头,天天都是年。今年,家家的锅都难以揭开了。我家的粮食分给了马户,也紧张起来。我听说今年马户们开始咒骂马王神,说他的三只眼白长了。天旱了他不管,梅知县向马户征捐他也看不见,马户们揭不开锅他更不管,拜他干啥?"

圉人抓了一把风,手心里疼了起来。

"宣统元年,日子难了,小皇帝也难。"圉人跺跺脚。

"皇帝再难,也有肉吃,也有面条吃。我们一难,锅里就只能钻风了。"

圉人憋住笑,让韩骧去叫马户头。

马户头裹着风来到巴子营,说县衙又在增捐加税。

圉人问又加了哪些税捐。

马户头说:最大的是年捐。县衙告示说,人人要过年,县衙也要过年。放炮要炮捐,买肉要肉捐,买菜卖柴都要捐,换身新衣服也要捐,迎先人也要捐,拜神也要捐……

韩骧说:这不杀人么,怪不得天天嚷嚷乱党乱党。

马户头拍了韩骧一下:管住嘴,你这话让县衙的人听到了,就不是捐税的问题了。马户们说了,他们今年不接先人,不拜马王神，也不穿新衣服，也不过年，县衙要捐税，就到坟地去问先人要，到马神庙里去问马王神要。

囤人寒了脸，问满城里的旗人在干什么？

马户头说：卖衣卖桌卖画。土生土长的人，揭掉炕皮还有炕灰。那些旗人，手不能扛，肩不能挑，卖光了祖先留下的东西，还有卖儿卖女的。听说凉州城东乡北乡的大户们，抬了秤去买旗人的丫头，论斤出价呢！

囤人拧拧眉毛：先人不要了，神不要了，马日出行他们该参加吧？

马户头摇摇头：他们说马日晴，扎破风；马日阴，难出门。看天气再说。

股风窜过来，很急。三人进屋。马户头瞧着立在墙边的义马，叹了口气。

就着豆油灯，囤人抽出那本翻烂了的《三国演义》，下面垫了《相马经》，开始说马。

他说三国时代的马是最幸福的马，人是最有血性的人。譬如关羽、刘备、曹操、孙权、赵云、张辽、张飞、马岱、魏延、曹洪、周泰，他们的马和他们一样，都有个性，都陪着主人出生入死。人留名，马亦留马。关羽的赤兔，刘备的的卢，曹操的绝影，孙权的快航，赵云的夜照玉狮子，张辽的灰影，张飞的玉追，马岱的汗血，魏延的乌骓，曹洪的白鹤，周泰的黑云，哪个不是顶尖神马。它们已不是单纯的马了，而是人马合一。那些都是国家之马。人死马亡，三国演绎了多少悲欢离合。

韩骧听得头都大了，"你说这么多，义马能懂吗？"

圉人拍拍书："我才说了概览。我每晚选一匹马讲给义马听，让他慢慢消化。只有这些东西附体，化为他的精血，义马才能真正成为国家之马。明天我回趟凉州城，去县衙找梅知县，让他再不要折腾马户了。马户们都心有不平，其他百姓就更难管制了。"

圉人让马户头到小马场和大马场去看看："那里相对安静，让留守的马户操点心，马不亡国家也就不会亡。"

韩骧搬出一坛酒，三人都醉倒在炕上。义马挪到炕边，用手蘸了点酒，放到嘴里，辣得他蹦了起来。

三十七

圉人踩着干冷的风赶往凉州城。毕竟是腊月三十了，年味中或多或少有了荤腥味，大户人家成群结队的馍馍、饺子和卤肉都罩盖着。往年炫富时，一到腊月二十三，大户人家的门往往敞开，各户的管家随意走动，在寒暄中查看着各家的年货储备。今年无法显摆，大户人家减少了肉、馍的数量，但他们蒸了一种叫人馍的类于月饼的东西，上面用箅子细细地压了槽痕，并画了人的眼睛、鼻子，只是眼睛里没有瞳孔。

他们把那种人馍叫梅树楠。各家大户相约，在人日时把这种叫梅树楠的人馍扔到荒郊野外，让狗吃，鸟啄。

圉人进城时，已到黄昏，兵丁们正用力推门，圉人吆了牛车，挤进了城门。他问兵丁今年年三十怎么这么早就关闭城门？

兵丁答道：梅知县说，乱党四窜，怕凉州城内混入乱党。

乱党头上写字吗？围人靠在城门柱上，门柱上包着的铁皮生凉，他觉得骨头缩了一下。

那倒没有，围人爷也太会开玩笑了。

马是不是乱党？

乱党骑就是乱党，别人骑当然不是。

每年年三十都要等天马进城，难道你们忘了这习俗？

我们是当兵吃粮的，上面让关门我们就关门。爷，你不看看今年的街上，连狗都懒得跑。再说，以前是等天马，现在义马出世了，还等别的马干什么？

等天马附体。

兵丁拉过围人：爷，您别逗趣了。您也辛苦一年了，回马政司歇歇吧。大年初一，我们去给您拜年。

围人把牛车丢给前来接他的马户头。他背了手，在四大街八小巷转悠。县衙门上贴着红对联，其他住户的门框比平素干净，上面都清洗过，但未贴对联。

转到马街，马街的那副年对也未挂出。问马户头，马户头叹道：谁都不敢贴对，一贴对县衙要收贴对捐。这梅知县，年三十都不忘这茬。

城门关了，天马进不来，先人也进不来，这——围人跳起来摸了一下铁马掌。

我听说关城门时，挤进来一条黑狗。家家户户在狗经过时，都丢了一根骨头，骨头无肉，黑狗懒得理，倒是大户人家丢了肉，说黑狗是代表先人来的，黑狗吃饱了，先人也不会饿着。

圉人摇摇头，进了马街。马户们见到圉人，他们挤出的笑中夹带着饥饿，脸显得更加瘦长。出街门时，他看到铁马掌上蹲着一只麻雀。麻雀一摇，铁马掌也摇。他到了马政司，空无一人，屋子倒打扫过了，更显得冷清。他寻找出几根蜡烛，倒了一杯酒，无声坐喝。

马户头提着一个纸包，打开，是切好的肉。圉人让他把肉包起来。相马师一过世，他就不沾荤腥了。马户头说：不管怎样，除夕也该开开荤吧。

圉人呷了一口酒：人不自律，天难自律。你也别陪我了，明天，早早去接了义马，到马神庙去告庙，要给义马烙神印呢。

马户头走了，圉人剔掉蜡烛焰上的黑点，翻身睡了。

初一被义马踩醒。马户头领着韩骧夫妇和义马，来到马政司。圉人把一串铜钱挂在义马脖子上，祝愿义马康康健健。马户头手里提着的那只猪头，比他的拳头大不了多少。

马神庙里没有上香的人，庙祝坐在凳子上，嘴上还残留着除夕的涎水。听见有人进门，他翻了翻眼。马户头把猪头放到供桌上，庙祝咧咧嘴，看看义马：义马头年拜马王神，三牲减成了一牲，还只有猫儿头大。你们坏规矩呢？

马户头叹一声：道爷，好歹我们进了庙门，还供了一个猪头。

烙印钱呢？庙祝甩了一下拂尘。

马户头掏出一块银子，道士用手捏捏，从怀里掏出一条发黄的布袋。

"这印,我师傅揣了多少年,没等来烙印的。到我这一代,终于等到了义马。我曾想象在给义马盖印时,会人山人海,那可是我马神庙难得的荣耀,可惜啊可惜!"庙祝擦了一把口水,盯着义马。

"这脸上一烙印,一边脸就全是印了。"

"谁让你在他脸上烙印,他又不是囚犯。"韩骧的妻子扑上前来,把义马拉向身后。

"都是坏规矩的,不在脸上烙印,难道烙在屁股上不成?"

围人从袖中掏出一块银子,塞进庙祝手中,"马印一般烙在前胸、马臀。脸上烙印的是囚马。义马可是国家之马!"

庙祝又甩了一下拂尘:扯吧,扯。国家都四分五裂了,还国家。满凉州,就你围人领着这几个人还在嚷嚷国家之马。你看梅知县吧,这应该是他管的事,连义马他都收捐。国家的官都变成了这样,国家的义马又会成什么东西?

围人打开黄布包,取出铜印。多年没用,铜胎上的字有点灰暗,他把印供在马王神面前,拉过义马拜了。庙祝吹了一口气,把印放到火盆中。

庙祝拎起烧红的铜印,让马户头把义马按在条凳上。义马的身子一铺展,韩骧的妻子就扑上去抢铜印。韩骧抱住妻子,把她拉到门外。庙祝让围人和马户头压住义马。他撂开搭后,把印摁了下去。义马惨叫一声,韩骧的妻子扳着门框哭骂了起来:你们这些天杀的!

马户头问庙祝烙上去的是什么字。

庙祝闪了闪眼:燎毛狗臭一庙臭,天机不可泄露。近期千万别让义马沾水,也别让他平躺着睡。

马户头笑了：道爷老糊涂了，哪有马躺着睡觉的！

庙祝斜了斜眼，没有搭腔。供桌上的那只猪头在他眼里逐渐放大。

好去好去好好去，当了义马有粮吃。去——急急如律令，去，我要在太上老君炉里煮猪头吃。

韩骥背了义马，一行人离开马神庙。马户头说要背义马在马街转一圈，韩骥的妻子挡住了他，"那些人，还是人吗？我们把积存的粮食给了他们，自己勒紧了裤腰带挨饿，今天烙印这么大的事，他们都没跟来一个人！"

围人把搭后拽起。义马被烙了印的地方肿了起来。"那是他们的事，我们还得按规矩行事。"

韩骥背了义马，在马街里走了一圈。各家各户都闭着门，马户头吆喝了几声，才有几家打开门，出来拱手祝贺。韩骥理也没理，只管背了义马前行。

出城门时，兵丁讨喜，围人掏出一串铜钱一扔，两个兵丁扔了枪抢铜钱，互相掐起来。围人让马户头回家过年，等初六马日，再到小马场去。

马户头问围人到哪儿去？

围人头也未抬：到巴子营，和义马一起过年。

三十八

解了搭后，义马爬在炕上，围人每天都用鸡蛋清涂抹烙印的边缘，义马恢复得很快。

韩骧的妻子把他和圈人赶到了东屋,韩骧和圈人对坐在炕上,俩人有时碰一杯酒,大多时候干坐着。

热闹的日子很短,寂寞的日子很长。

义马的肿印一消,圈人便把他唤回中屋。韩骧妻子的脸又冷起来,圈人只有苦笑。夜里,义马酣声一起,他觉得心烦,起身把义马抱到了炕下。义马一立睡,酣声便停止。

风打着旋,有的挤进门缝,门啪啪作响。

门外的风像鹰。

马户头披着一身风寒到巴子营时,圈人和韩骧正站在南墙根下,看着义马绕着房子转圈。风卷起搭后,那枚印痕若隐若现。

于是就谈到初六马日的许多事情。

小马场的马被南方的商人买走,大马场的马全部被陕甘总督府征调。问满城旗人的马,马户头说:"更惨,差不多都让满城营的兵丁换了肉吃。"

那可是驻守凉州的朝廷兵马啊!圈人叹道。

朝廷兵马?朝廷都那样了,能抓住的只有肥头肥脑的袁世凯了。满城营的兵丁已一年未发饷了,他们不卖马卖什么?

马卖到了什么地方?

据说也被南方人买走了。

三人便一起叹息。

游马的仪式无法搞了。马日,马户们应该庆祝一下吧。圈人剔剔牙。

不好说,我出马街的时候,马户们静得像干草,门都没出。我敲了三下铁马掌,只听到门响,没见到人影。

囹人把墙一拍:罢了,罢了。这个年像冻在冰下的鱼,能看见它存在,就是看不到它游动。义马,义马,今年的马日可是个阴天。

囹人抽出笔,对着笔尖呵了一口气,提笔在墙上写道:己酉马日,天阴晦。

墙体冰寒,立不住墨,囹人把笔一扔,进屋蒙头睡去。

正月初六,马日。囹人、韩骧夫妇、马户头、义马一起向小马场进发。几个人都不言语,任风跟着他们吹拂。裹罩着义马的面帘、鸡颈、当胸、马身甲、搭后争先在风中张扬。到了小马场,没人迎接,马户头嗷嗷地叫了几声,一匹小马从马棚中冲出,义马奔上前,抱住了马头。

"按常规开祭吗?"马户头问囹人。

"义马在哪儿,天就在哪儿。"囹人咽口唾液,响亮地吼了一声:"祭。"

他仰头望望天,东方的天际,几块红坐在云上,像鸟。

冷风如铁。

你敲锣,按三慢一急敲,我们告天告地:义马义马,威武雄壮。

马户头应了,在前面敲锣,义马跟着,囹人、韩骧夫妇紧随其后。那匹小马欢奔在他们身边,囹人让韩骧为小马套上笼头,拉着它前行。

到南城门的草场上,囹人让马户头停了锣声。他俯下身子,呢喃了几句。韩骧侧耳倾听,听不清楚他在说什么。待囿人伸直身子,韩骧看到了爬在他脸上的泪痕。

游街时,一帮孩子趿拉着鞋,跟在他们身后。走了一阵,囿人从怀里抓出几枚铜钱一扔,孩子们便抢起来。

到了马街,囿人敲响了铁马掌。马街里寂静一片。囿人恼了,让马户头用石头敲击铁马掌。

咣咣咣——咣;咣咣咣——咣……

没有一个马户出门。

囿人扔了马鞭,仰天长叹:"这世道难道真真变了,连马户们都不爱义马了。"

韩骧的妻子乐了:"不爱了好!他们不爱了,义马就成了我的了。"

囿人瞪了她一眼:"义马,永远是国家的!"

便拉了义马出城。

三十九

正月初七,人日。韩骧问囿人要到哪儿去?

囿人说去祁连南山。

韩骧问去干什么?囿人庄重地回答:"找胡七爷,熬鹰。"

便向他讲了义马逐鹰的事。

囿人看到韩骧手中的木涩,掂了掂。他抬起义马的脚,比画了一下,问韩骧的妻子包木涩的皮子做好没有。韩骧的妻子拿了两个皮套,套在木涩上。

围人搓搓皮子，变了脸色，问她是用什么皮子做的？韩骧的妻子说是骆驼皮。

围人把两个皮套扔了出去。

韩骧问缘故，围人吹掉手上的几根驼毛，说包木涩的皮子得用牦牛皮，牦牛皮硬，耐磨。问给韩骧妻子的牦牛皮呢，她说她嫌硬，怕硌着义马的脚，扔了。

围人吼道："你知道我为了找那两块上好的牦牛皮花了多少时间，费了多少心血？"

韩骧的妻子嚅喃道："谁知道，我本来以为骆驼皮软。"

"真是妇人之见，你要废了义马的脚才甘心。你这做母亲的，心也真狠。"

韩骧看到妻子眼里包了泪，便拉她出门。

围人喝道："让她以后别干傻事，义马的事，让她再少掺和。"

"木涩，是早先马掌的代称。用榆木做木镫，开四个洞，用绳子系了，在木镫上包了牦牛皮就成马掌了。后来才用铁代之。"

韩骧的妻子瞪着围人："你不说清楚，谁知道。你说话连毛带草，我听不明白。"

"不知道就不要添乱，就你心疼义马。"

便和韩骧拉了义马出门。

山越看越近，路越走越远。

一两点雪花飘了下来，义马用手赶着接雪。到祁连南山脚下，雪卷地而来。围人低头弯腰，行走在前面，韩骧跟着围人,像只龇翎的公鸡。义马时而跑前,时而在后,拍打着雪花。

听到狗吠,围人加快了脚步。一座小房子兀立在半山腰。他扯开嗓子叫喊:"胡七爷,胡七爷。"

小房子的门开了,又被雪拍上。胡七爷拉住门,把围人他们让了进去。看到义马,胡七爷怔在地下,他绕着义马转了几圈。

义马鬃毛上的雪一化,几滴水珠往下滴。胡七爷摸着义马的身骨,嘴唇嚅动。看到义马脚上套的木涩,他兴奋起来。

"终于见到义马了。"便从炕角的袋中抓起几根半粗不细的东西塞给义马,"这是野胡萝卜,比山下的胡萝卜好,多吃点。"

于是坐下来,说天年,说宣统,说世道人心。

说到义马逐鹰的事,胡七爷嗷地叫了一声,从房梁间斜搭的一根木棍上飞下来一只鹰,落在他的肩上。

"这是已熬好的熟鹰,叫紫燕!"

韩骧笑道:"七爷,老鹰就是老鹰,怎么叫紫燕?"

胡七爷哈哈一乐:"在天叫老鹰,在地叫紫燕,有什么奇怪的。"

三人亢奋着。

胡七爷一扭头,不见了义马。他拉门出去,鹰抖抖翅膀,没在了雪中。转过山脚,只见义马和狗在雪中追闹,鹰也扑了过去。狗在地下跑,鹰在天上飞。义马追狗逐鹰,南山脚下有了动感。

狗急吠起来,胡七爷支起耳朵,"这么大的雪,谁又会上山呢！"便听到了义马的欢叫。

三人急奔，义马拉了母亲，欢快而来。

围人仰天长叹："女人啊女人。"

得知是义马的母亲，胡七爷肃然整衣下拜。韩骧挡住了胡七爷，胡七爷推开韩骧："能生出义马的女人不是普通的女人，拜拜又何妨。"拜了三拜，一行人才回屋。

"熬鹰磨性，我看这义马天生就有和动物们亲近的性体。你看他，人见人爱，狗见狗乐，鹰见鹰喜，国家有幸，才有此瑞物。"

谈到山下的事，谈到这几年的旱，谈到马户们的无义，谈到义马的处境，胡七爷指指祁连山："如今这天年养山不养川，山下养不了义马，我在山上养。"

围人摇摇头："不可，义马得受人间烟火气的熏染。马日阴晦，人日有雪，也是天意。"转身问韩骧妻子巴子营是否下雪，韩骧的妻子说："下，下雀头大的雪点，瘆人。"

围人拱拱手："七爷，我们得回巴子营。"

胡七爷收了鹰，问缘故。

"人日飞雪，义马要在雪中沐浴。"

"同一片天，这里的雪不行吗？"

"一方水土养一方人，一方雪有一方雪的滋味，不能代替的。"

胡七爷寻出一个笼子，装了鹰，让韩骧提着："用布罩住笼子，它和义马亲，到巴子营解了罩，它就不会偷飞了。"

一行人急速下山。

奔到巴子营家门口的义马被门前一排又一排的雪人惊呆了。他绕着雪人转了一圈，飞快地奔回围人和韩骦身边。

韩骦从路旁的白杨树上拽下一树枝，树上的雪被抖落。围人拉住韩骦，静望着。雪花大，但比较松散，没有筋骨，围人用手接了雪。雪爬在手上，没有融化的迹象，他一吹，一层雪脱离了手掌。

顶着一头雪的马户头从房后跳出，喘着气。

围人问这一排又一排的雪人立在韩骦门前做什么？

马户头指指老天，又指指义马，说马街的老人告诉他，雪一飘，马户们跑出房子，先是一个两个，后来各家各户都出来望雪。他们望得腰酸背痛。雪在不痒不痛地下，他们在无心无绪地观望。一匹马驮着雪驰过马街，马蹄掠过的风吹溅到他们脸上。有人叫了一声："义马。"许多人跟着也叫起来。他们回到家，找出除夕和大年初三都没舍得吃的油饼、面饼等物，那些揭不开锅的背了干草，都涌出南城门，奔向巴子营。得知义马和你们上了祁连南山，他们便排了队立在门前，说是怨罪。怨怠慢义马的罪。正月初一没拜马神、游街。马日没出门。不承想义马一进南山，竟引来一场雪。他们传言：马日晦，人日雪，草丰盈，麦多穗。他们便把自己塑成了雪人，来迎义马。

围人从韩骦手中抢过树枝，在雪人身上拍打起来。一排一排的扁头立得逼直，围人从他们身上拍下的雪也排着队，一行一行地臃肿。

让他们回吧！等来年草绿出成色时，让他们加把劲，清除掉马场的杂物。这场雪，虽然筋骨疏松，但也是雪，你看这地下湿的。

马户们把手中的东西一一放在韩骧窗台前的马槽里，马槽里的雪被压低，各种吃食相拥，叠出一架小山，很快又被雪压白。

马户们三三两两地回城了。

"国家负了人心，捐税散了人心。只要义马存在，散了的人心就会聚拢，这就是精神。"圉人问马户头是不是吓唬了马户们，马户头耸耸肩："没有。一开始，我也不知他们到巴子营来干什么。见他们排了队，眼巴巴地望着义马住的房子，我才知道他们心中还是有义马的，只不过他们被饥饿和税捐封闭了心体，才冷漠起来。"

圉人没有说话，拍拍义马的肩。义马龇牙一笑，跑到马槽边翻腾，他找出几块草饼子，让圉人看。圉人掰开饼子，嗅嗅，让义马尝一口，义马咬了一口，吐了。

他说难吃。

四十

圉人从墙上挂的布袋中抽出一个本子。本子已失了本色，很黄，很脆。他小心地翻开一页，让韩骧研墨。义马看着砚碟中的黑鼓了起来，用手指蘸了一点，伸出舌头一舔，竟欢欣起来。圉人庄重地喂饱了毛笔头，写下了四条规则。

春日：参与各种和马相关的活动。

夏日：生活在小、大马场。

秋日：养骠，在人间嬉乐。

冬日：在祁连南山逐鹰。

马户头问原来的七条戒律还遵不遵守？圉人瞪了他一眼："那七条关乎德行，得永远遵守；这四条是训练规则，也得持守。"

韩骧问胡七爷送的鹰是放还是不放？

圉人缓了脸色："放，这是熟鹰，是义马的伙伴。它会日日伴随义马的。"

四十一

春风一到巴子营，义马便躁动不安。草一点一点绿起来，义马瞅着草，找嫩黄半绿的掐了，塞进嘴里。

春天就在义马的嘴里活跃起来。

圉人总是咳嗽，他的咳是半截咳，咳到难受处，便弓了身，猫似的耸起背，待一口气平缓，才慢慢地直起腰，坐在田埂上，看义马刨土掐草。

马户头踩着浮土，在巴子营转了一周。巴子营很静。往年时分，春风一到，是农户和牲口们兴奋的时刻。一年的希望绑在犁铧上，种到地中，夏秋的眼里就盛满了黄澄澄的麦粒和裹着麦香味的馍馍。

圉人的坐姿让马户头停了脚步。

从哪个方向看，圉人都像一条半蹲着的狗。

圉人看到马户头，把嘴一咧。马户头觉得圉人的嘴像裂了口的枣，有点伤风。他坐在圊人旁边，韩骧端来水，马户头接了，问韩骧巴子营为何不见种麦子的人。

韩骧说地干，下不进去种子。人日的那场雪，浮虚，看起来大，但没筋骨，没让地里聚下水气。

旱了几年，莫说那场雪，就是下一场透雨，也未必能把地浸湿。圊人长舒了一口气，脸色红润起来。

"听说县衙马上要解散马户，你给拿个主意。"马户头放下手中的碗。

"解散不解散只是个形式。从光绪爷起，马户就形同虚设了，只不过那时天年养人，马户们还能自在存活。说白了，这是梅知县要变着法儿征捐，不行就组织马户到祁连南山去割草、砍柴，卖了先度日再说。"

"两个马场的事呢？"

"轮流管护，有马场在，马就有歇脚的地方。"

"今春的马舞还跳不跳了？"

"先缓一年再说。等宣统爷能坐稳銮殿了，兴许一切会好点。那时，我们跳一场大的马舞。"

义马看到一只飞鸟，奔了过去。一粒两粒的柳絮，慢慢悠悠飞过来，落在圊人的鼻侧，圊人又咳嗽起来。

清明前后，瓜、豆都急切地跑进了地中。

义马也跟着韩骧种了几粒豆子和几颗向日葵。趁韩骧弯腰种豆时，义马把几粒葵花籽按进了嘴里。韩骧一直腰，发现义马蠕动的腮帮，让义马吐出葵花籽，剥了皮，给义马吃。义马嚼出了香味，咧着嘴，眼睛里露出了乞求，韩骧又剥了几粒葵花籽给他。圈人的咳嗽声一起,葵花籽掉在地上。圈人过来,拾起葵花籽,放到义马手中,义马呼叫一声,飞奔着离去。

夏天像狗一样来到时,一场雨淋湿了小、大马场。留守马场的马户们端出屋中的盆子,提出饮马的桶子,放在草场中。雨扑到盆中、桶中,发出各种噼吧和沉闷的响声。圈人让义马扒了面帘、鸡颈、当胸、马身甲、搭后,冲进雨中。

雨并未像憋足了的尿一样酣畅淋漓地下。马户们看着落了半桶或半盆水的桶或盆,摇摇,雨怪模怪样地摇晃,把映进盆中的马户的头弄得一波三折。义马停止了奔跑,仰头长嘶了几声。马户头让马户们排了队,端着桶、盆,走向义马。

草茎上一滴两点的雨珠青蛙一样弹跳。

圈人吆喝一声,马户们把桶、盆中的水泼向义马。

"好歹让义马洗了一次天澡。"圈人叹道。

马户们端了盆子、提了桶子离去。

一束阳光下来,义马鬃毛上残留的几粒雨珠闪出光泽。他一甩头,雨珠奔赴而出,溅在圈人的脸上。圈人摸了一把脸,望着散开云的天际。云拉开阵势,万马奔腾般滚动,那束透出云层的光,仿佛被马蹄踩得疼痛不已。圈人用手扇开扑到鼻子跟前的臭味,拉着义马在半湿半干的草上溜达。

草成千上万次绿了又黄。圈人拔了几根草,嗅嗅,将一截青叶伸进嘴中咀嚼,他招手叫来韩骧,让他的妻子准备一下,送义马进凉州城。

国家坐骑

巴子营的秋天泡在扑面而来的风中。

一听义马要去凉州城,韩骧的妻子恼了。她扔掉手中的擀面棒,到门外去了。韩骧出门,拉拉她的衣袖:这是义马的命,这一遭必须要过的,况且他属于国家。

"国家,国家,什么国家?相马爷死了,只有圉人对他好,谁见过国家的一粒米,一分钱。过个马日,县衙还要征捐呢!"

韩骧低了头,"比起其他马户,我们够幸运的了,有地种,自在随性。人,知足点好。义马到了城里,是不会有事的。"

圉人和马户头来到马街,轮值的马户懒洋洋地在马街转悠。看到圉人和马户头,有人打招呼,有人向圉人打听何时解除马户户籍的事。圉人严肃起来,他让马户头召集在家的马户,宣布了一项规定:凡是在看护义马时尽心尽力的,可优先考虑脱离马户籍;凡不尽心者,不予考虑。看护义马有功者,建议县衙在巴子营分配给土地。

说完,背手走了。

马户们问马户头如何看护义马?马户头说:"也简单,不能让人给义马吃荤,也不能让人朝义马身上吐痰。"

"我们一天都得跟着?"

"那倒未必,只要发现情况,立刻去告诉圉人爷。"

"圉人爷行踪不定,到哪儿去找他。"

"这个秋天,他一直会守在马政司。"

"如何算立功?"

马户头笑了:"让圉人爷高兴了,就算立功。"

圉人进入县衙的时候,有点恍然隔世的感觉。县衙静得像他衣服上的一块补丁,他不抖,补丁也不会抖。找到梅知县,梅知县打个哈哈:"又是为国家来的?"一句话呛住了圉人。圉人把手中的告示展开,让梅知县看。梅知县看了一番道:"也算有趣,大清有像你一样的臣子,是大清之福。可惜,光绪帝不知道,宣统帝也不知道。即使知道了又怎样,还不如让袁世凯大人知道呢。不过,他知道也不会感兴趣,他训练的是新兵,拿的是火器。罢了,罢了,盖了印你去张贴吧。"

又问了义马的几个问题。圉人一一作答。听到冬天在祁连南山逐鹰,梅知县的眼帘闪了一下,叮嘱圉人到时叫上他,他也想去看看义马是如何逐鹰的。

"肯定有趣。"梅知县打个呵欠。

圉人看着梅知县盖了印,便卷了告示出门。衙役班头盯着圉人手中的纸卷,问是什么,圉人答了,并请求若出现上述情况时,班头一定要援手。

班头笑了:"一定一定,为了你的国家,我一定尽力。"

圉人信步走出县衙。县衙正门口面对的照壁上的几块砖掉了,上面的字和画都模糊着,他用袖子擦了擦螳的眼,发现螳的嘴依旧狰狞地盯着那轮月亮。他叹口气。画两边的对联已黯淡,没了原来的霸气。那副对联和画是警示县衙官员的:人心不足蛇吞象;好似螳螂吃月亮。通与不通,官员们并不过分挑剔。按规矩,每位官员到任时,必先在照壁前立了，默念对联，凝眸画作的内容。每天进县衙时，迎接官员的就是这堵照壁。圉人抬起衣袖，把那轮月亮擦干净，转身走了。

马户头拿了排班表，请示圉人。圉人让他自己斟酌，"一定要把有责任心的选出来，个人委屈事小，看护义马事大。"马户头应了。到了马街，就有人拉了他，让他到家坐坐。马户头进了屋，马户满脸堆笑。马户头看到马户的笑也扁平，问马户想干什么？马户从抽屉里取出一只镯子，说是祖传的。说完塞进马户头的口袋。马户头笑了，出门后望着街前吊着的铁马掌，摇了摇头。

四十二

天空很肥，星星很瘦。

凌晨五时，公鸡的鸣叫打醒了韩骧。他慌乱地穿了衣服，跳下炕去。妻子拽他时，衣袖发出滋滋的叫声。韩骧闻到了一股炕焦的味道。

秋乱。天凉。韩骧推开门，义马支起耳朵，咧牙一笑，便随韩骧出门。

"朝凉州城的方向，跑。"义马甩开腿，居然跑出了得得的声响。韩骧跟不上，听到后面的喘息，他停下了脚步。妻子手里捏着一根胡萝卜，边跑，边流泪。

泪咸，胡萝卜也咸。

早晨的南城门有点湿重，揉着眼的兵丁刚拉开半扇城门，一个影子就卷了进去。两个兵丁被唬得退了几步，互相望望。一个问他的眼是否花了，刚才卷过去的是人还是鬼。另一个自嘲道："鸡叫四遍了，哪个鬼还敢溜进城中，我只瞅见马鬃一样的东西飘过，莫不是天马又显威。不可能啊，这几年见的都是羸残老弱的马，哪里还有精气神都在的马？"

"怎么没有？义马不是马吗？"

另一个拍了一下头："也是，告示贴了几天，说义马要进城，莫不真的是义马？"

看到大汗淋漓的韩骧夫妇，守门的兵丁相互击了一掌："是义马，我们有幸，首先看到了义马进城。"

他们的脸在秋天的这个早晨生动得像八月十五的苹果。

韩骧夫妇急行至东街，被圉人挡住。圉人拉了他们，来到马政司。马政司房檐下挂着的草茎厚着脸喘息，几根朽断的窗格中塞着几把麦草。进了圉人房中，韩骧的鼻子咻咻地响了几下，没有奔出喷嚏来。

圉人让他们坐下，看到韩骧妻子手中的胡萝卜，他叹口气，抽过来一摸，半截温热，半截冰凉。

"义马得独立活动，有挑选的马户跟着，你们就别再费心了。熬过这个秋天，我们和义马一道去祁连南山逐鹰。"

"他吃什么？夜里在哪儿睡？"韩骧的妻子抢过了胡萝卜。

"吃随意，义马走到哪家，或商铺，或饭庄，都有人管。夜里睡在马街，就住他出生的那间屋子。"

"我们也搬过来陪他。"

"不行。"圉人揉揉鼻子。

韩骧见妻子张开嘴，便抬手捂了。圉人一脸寒肃，让他们回巴子营。

"想烂肝花扯烂肺,也只能待在巴子营。等我和义马回到巴子营时,义马的人间烟火关也就过了。"圉人拍上了门。

义马走到一大门口,发现两边的石狮子很特别。他伸手在狮子嘴里一鼓捣,狮子嘴里的石球咣啷啷一响,引出了一条狗。狗狂吠着奔向义马,义马嘶了一声,狗竟夹尾坐在地上,看着义马摇那只石球。

随后跑出一个男孩,看到义马在转石球,朝义马啐了一口,扑上来的两位马户扭住了孩子,把他扯向了马政司。圉人喝叫一声:"绑了。"就将孩子绑到了马政司门前的拴马桩上。孩子哭起来,义马觉得好玩,便对着他拍手。

孩子的父母赶过来,问明原因,便动手解绳子,被马户挡住。孩子的父母推开了马户,骂道:"不是人的扁头东西,不就啐了他一口么。"马户的头发竖了起来,扁头在秋阳下显得狰狞。圉人手里的鞭子飞了过来,孩子的父亲感到耳梢发麻,一摸,有一点血,他惊异地望着圉人。

"没有看告示吗?"

"看了,不就一张告示吗?当今的皇上还在吃奶,一张县衙的告示顶啥用。"

衙役班头赶来,把手中的铁链往孩子父亲脖子上一套,"衙门的告示没用,这个有用。"把铁链一勒,孩子的父亲叫了起来。

"把吐在义马身上的痰舔尽。国家是有点乱,但还是大清王朝。舔干了痰,再罚麦子三斗、银圆二块。"衙役班头喝令衙役,"看着,啥时把麦子跟银圆送到衙门,再拉了他游街示众,嘴里还要喊'闲嘴吐义马,要罚粮和钱'。"

衙役应了。

孩子的父亲请过来义马,寻找他身上的痰块,没有,他看到义马胳膊上有点湿,伸舌舔去,嗅到了一点咸。他央告衙役,别让他游街,他愿认罚。衙役扯扯他身上的铁链,悄声道:"你吐义马,梅县爷高兴。吐得越多,他越能发财。"孩子的父亲瞪了孩子一眼,孩子看到父亲脖子上抖动的铁链,笑了。

"天爷,我怎么养了这么个忤逆种!他惹了祸,家被罚空了,还让老子蒙羞,他倒笑。"

围观的人笑了起来,义马也笑。

凉州城的人知道大清国虽然喘着半口气,但告示还顶用,便从严约束起家人了。

四十三

东街的大户权家在门洞里摆了一张条桌。桌上摆着一盆苜蓿,一碗鸡蛋羹,一碟捣碎的盐。苜蓿上泼了熟油,有股淡淡的香。义马路过时,朝门洞望了一眼,权家的家丁吆喝了一声:来。义马转头离去。过了大十字,义马转到北街。北街的贾家在门外搭了棚。棚下齐排着两张八仙桌,桌上的瓷盆、瓦盆闪着古旧的光泽,盆、盘中的白菜、胡萝卜、芹菜、萝卜都以它们自有的形状在招摇。报信的家人说义马没吃权家的东西。贾老爷捣捣手杖,说金东街的脸被扇了,银北街要把脸争回来,便让家人抬了锣、鼓,在门外咚嚓地敲起来。

义马被锣鼓声吸引。锣声、鼓音跌在地上,砸疼了他的脚。他抬起脚,甩了几下。那盆胡萝卜个大、色正,亮亮地吸引着他的眼睛。贾家人敲锣打鼓,汗兴奋地如雨点一样飞着。

义马回了头,朝南街而去。

南街的小户们聚在一起,他们推举了一位叫秋婆婆的老人,双手捧了碗,碗里的白菜和胡萝卜被切成了丁块,白黄相间,温暖了一街。义马放慢了脚步,迎受着一街人的眼光。秋婆婆挪到义马面前,将捧着的碗对在了义马嘴上。义马伸出舌头,舔了碗里的几片叶块和胡萝卜丁,一咀嚼,笑了。

他尝出了母亲做的饭的味道。

秋婆婆把碗让别人端着,摸摸义马的鬃毛,义马把头依偎在她怀里。

一街的阳光扑地。

跟随义马的马户把义马的举动诉告了圉人。圉人坐在背已开裂的椅子上,听着马户们添油加醋的叙述,他的嘴角抖了几下。他喝了一口水,几滴水顺嘴角流下,他用手一抹,半边脸湿漉漉起来。

气节。他吐出了两个字。

他挥手让马户离去。

圉人走出屋子。秋日的阳光有点斑斑驳驳,他耸耸肩,抖落一身的疲惫。

就见权老爷和贾老爷捣着手杖而来。

"这简直是在打脸。金东街的东西不吃,银北街的东西不吃,倒吃起南街穷酸们的东西了。这是典型的穷命。"

圉人吆喝了一声,从后院窜出一条狗来。他从口袋里掏出半块馍,扔给了狗。狗呜咽一声,摇着尾巴,衔了馍离去。

"义马不是狗。"圉人出了马政司,留下一脸愕然的权老爷和贾老爷。

"还国家的马?国家永远是富人的,这义马天生就是跟穷玩意们凑在一起的。"权老爷捣了一下手杖。

"还国家?宣统的一泡尿洒在龙椅上,风水流给了袁世凯。亏这圉人,还弄个义马在那儿扯什么国家之马。听说梅知县已准备回老家了。我们也别在这里扯什么国家、国家之马了!"贾老爷也捣了一下手杖。

"这圉人说得也有点道理。这义马毕竟不是狗,他也是有尊严的。"权老爷望着一只麻雀踩在半截瓦楞上跳跃。

"尊严?国家的炕上都睡乐了外国人,老百姓哪里还有什么尊严!"

贾老爷拂袖而去。

四十四

圉人半夜时分进了马街。

街口的铁马掌吊卵一样挂着,在月光的照射下很是诡秘。

留在马街的马户们不多，早已像鸽子一样蜗居。韩骥的家是一座盖有两廊房子的院子。院中很静，圉人的影子拉长在过道，轻盈得如泼下的水。义马出生的屋子在北侧，圉人推门而入，看见义马两只能让人揪心的眼睛。义马站立在炕墙边，做出奔跑的姿势。圉人抬腿上炕。好久没住人的炕上有点凉，圉人一坐，便坐出了暖意。义马往前靠了靠，嗅到了圉人呼出的沉重味道。

义马揉了揉鼻子。他一甩头，鬃毛把月光打乱，将圉人的鼾声分成碎片，泻在炕上。一小圈一小圈的白环绕在炕周，令秋夜舒畅无比。义马上前揪揪圉人的胡须，圉人摇摇头，用手掌拍了一下脸，复又睡去。义马听到嗡嗡的响声。那是秋蚊还在绝唱。

秋蚊绕着义马，嗡出一种快感。义马的胳膊一疼，他伸手拍去，一声清脆的响，马街便有了活意。圉人翻翻身子，后衣襟卷着，夹在屁股槽中，似一条尾巴。义马觉得圉人很像一匹躺睡的马，便悄悄爬上炕，也如圉人般睡倒在炕上。

义马抓起圉人的头发玩弄了起来。圉人的头发粗、硬，义马抓起一撮，往手心刺去，手心有点痒，他咧嘴一笑。圉人突地往前一滚，一脚把义马踹到了地下。

"刚放养不到半月，就放纵自己。"圉人坐在炕上，义马发现圉人的眼睛变绿，在夜中很是瘆人，便站立在炕边，听凭圉人责骂。

圉人披衣出门。

义马咽下一腔泪，待屋内完全暗下来，他憋着嗓子喊了一声"妈"。坐在窗下的圉人被这声"妈"弄得浑身酥麻。一种甜,一种酸,一种辣,一种苦,从四周竞拥,似乎韩骥的妻子正奋力扑来。

圉人泪流满面。

他出了马街。凉州城已酣睡成一地洋芋,在垄下低吟浅唱。推开马政司的门,圉人听到一种急骤的雨声,他抬头望天,没任何雨意,静耳一听,是后院几排白杨树的叶子在全力抖动。

风在夜中不停地奔跑。圉人抹了一把泪,回屋睡了。

四十五

一堆雨积在义马脚前时,凉州的秋天便雨意淋淋。

圉人被这场雨砸醒。他从墙上取下一把毛刷,冲入雨中。在东街的一店铺门前找到义马后,把他拉到了沙涝池旁边。他用刷子刷着义马的脊背,面帘、鸡颈、当胸、马身甲、搭后碍事,圉人让义马一一除下。光裸的义马在雨中清亮着。雨顺刷子往下流,义马的嘴咧着,脸上的乐意和着雨,释放在圉人周遭。

刷洗了义马,圉人看到义马裆中的那截东西依旧软塌塌的,他脑中迸出四个字来:永垂不起。

他叹口气,任义马在雨中奔跑。他蹲在沙涝池旁,洗了面帘、鸡颈、当胸等物,用竹竿挑了,扛在肩上,游行般蹚过凉州城。

这场雨催乐了巴子营,大、小马场。巴子营这块地方,只要一场透雨，该出的草便会一涌而起。那种叫灰苔的草，在所有能插足的地方都挺出了身子。

胡萝卜的缨旺挺着，一畦一畦的青芹叶上还留有一滴两点的露珠。韩骧的妻子瞅中一根胡萝卜，攥着一双手，全力拔了出来。胡萝卜不粗，一咬，脆，一丝甜意上心。她无端想起了义马裆下的东西。正常的男孩，到义马这个年龄，该是娶妻生子的时候了。她把手中的半截胡萝卜扔得很远。

韩骧到地头时，妻子还蹲在地上，裤子上满是泥巴。他拉起妻子，说义马洗了天澡，筋骨壮实，又说圉人替义马刷了身子，洗了面帘等物，像卖布的挑着它们在街上行走，惹得众人纷纷围观。

妻子望了韩骧一眼，骂了声：老鬼。

义马的秋天在人们的不咸不淡中慢慢走着。

朝廷的风抖落硝烟，在凉州城呛着人们的鼻子。马户们跟着义马，耳膜中老是回响一丁半点的枪声。圉人叫来马户头，让他中止了马户们的差使。

没人盯着，义马自在多了。在人们些许的慌乱中，义马任性在大街小巷。凉州的女子裹在灰衣肥裤里，偶有旗袍闪动，那是大户人家的太太、小姐正在逛街或购物。这个时候，是义马最兴奋的时光。他放慢脚步，移转扁头，把旗袍开叉处闪现的刹那收入眼底。圉人远远地跟在后面，待义马停了脚步，他也停下来。盯了几天，他发现义马在东街、北街游逛的时间多了起来。

东街、北街的大户、商家们一看义马来的多了，对他的看待也就淡了。义马毫不为意。有时，他待在大户人家的门洞里，看大户人家的太太、小姐或喜或悲地出出进进。

他的心也随着她们出出进进。太太、小姐们套着缎面绣鞋的小脚让义马把自己的脚收了又收。

各种消息传得被树叶落得还快。

囤人加了夹袄。风灌进夹袄，皮肤如石头般生硬起来，他找出一根布条，勒在腰间。

义马抖动的鬃毛在晚秋中摇摆成春天的柳梢。

四十六

1911年10月10日，湖北武昌的枪声惊慌了北京城。执掌朝政的隆裕太后把男人们捏了又捏，催不动新军前行。北方的兵在南方把枪背在身上，遥望着南方几省的城墙和火光。赋闲在山东彰德的袁世凯，把一堆肥肉拉紧又舒平。姨太太们眼里的袁老爷也和蔼起来，有时还打个哈哈，粗重的口气吹散桌上残留着皇家气息的一页两页的电文。

南来北往的商人们停留在凉州，把褡裢中和袖口里藏着的消息抖出来，胡乱扔在街头。县衙的门拦不住这些消息，早已习惯了各种传闻的衙役们把这些消息从门缝中赶出，关了大门。

他们听说马廷勷马三少已被委任为凉州镇守使。

凉州城颤抖了起来。

那是个能剥人皮的活阎王。

他的刀是用血喂饱的。

他的兵是用银圆和女人撑起来的。

大户们便用带盖加篷的马车向乡下移送女眷。小户人家的女子则刮了锅底灰,在碗里搅拌成糊状,随时准备往脸上涂抹。

门洞中的食材粗糙起来。下人们有时连盘子都省了,随便把胡萝卜等物往门洞里一扔,望也不望在门洞中立着的义马。

少了太太、小姐们进出的门洞在义马眼中的光彩减了许多,他便移到了西街和南街。

久不见义马转到西街和南街的小户们,将笑容堆在脸上,把藏了准备过冬的胡萝卜拿出来,在袖口上擦了,塞进义马手中。

风一夜吹落了残留在树上的树叶。囤人的心颤成了一颗瘪枣。坐在大炕上,囤人咳出了几口痰。马户头进来的时候,囤人把义马的一件搭后撮进了包袱。

俩人对望着,一个在炕上,一个在炕下。

走出屋子,囤人远眺了一下祁连山。

祁连山顶的白走入了他的眼帘。

马户头也看到了那抹遥不可及又触手能摸到的白。

"今年山上的雪下得早。"马户头开了口。

"今年的雪确实下得早。那只是山里的雪。胡七爷在忙啥呢?"囤人紧紧衣领。

"肯定在搂草打兔子,那人——"马户头脸上的红润被风一扫,囤人觉得他的头扁得也可爱。

"上山打虎,下山挑马。"围人挤出了一句话。

马户头转身离去。他看到了义马匆匆驰过的身影。

四十七

围人出了城门,回头一瞧,不见义马,便让马户头停了车。他跳下车,立在枯寂的老柳树下,默默地等待。

风吹着老柳,枯枝发出打鼾的声音。

"义马,是忘了什么东西吗?"马户头把鞭杆在地下戳了戳。

"他哪里是忘了东西,他是忘不了女人开衩的旗袍里的白。"

"那种东西比胡萝卜还重要?"

围人饱经风霜的脸上走上了一点笑意,"这是什么话呢?等等吧,看女人有时比吃草更有意思。"

马户头抡起鞭子,抽了一下老柳树,老柳树默然地紧紧身子。

义马卷到老柳树下后,围人招呼了马户头:"走吧。"

仨人便缓步跟在牛车后面,任牛在寂静的官道上由着性子走着。

夕阳西下,围人抬头望望天,两朵云吊在天际,像韩骧妻子的乳房。

马户头缩缩脖子,"离山越近,身子骨越冷。"

围人拍拍义马的背,义马撒腿飞离了牛车。

祁连南山倏地暗了下来。几点雪随意扑下，眯闭了围人的眼睛。

一团黑影掠来，落在围人肩上。

"是燕鹰。"马户头叫了一声。

雪在祁连南山落了又落。

胡七爷打着哈哈，奋力扑开满脸的雪，把围人和马户头让进屋中。

"义马呢？"

围人的肩上一轻，燕鹰飞落到屋中的木杆上。

木杆摇晃了几下。

围人侧头望了一下门外。

"放心，狼还未到下山的时候，由义马疯去吧！待在凉州城，会憋出他一身病来。"

"他病？"围人呷了一口酒，"病的是我们。"

"看看，气性还是那么重。喝酒、吃肉，听雪们打仗。"胡七爷捋了一下胡子。胡子上的雪浸湿了嘴，他吐出的气息中夹杂着雪的味道。

马户头累了，靠在被子上，胡七爷推醒了他，让他到靠墙的地方去睡。

一壶酒，一盘肉。

围人和胡七爷从京城扯到凉州，又从凉州扯到京城，直到义马推门而入，俩人也如雪花样落到炕上，睡了。

雪中露出的草胖成怀孕的母兔。

"雪在冬天是万物的仇人。"胡七爷背了猎枪，领着围人去打猎。马户头不想去,赖在炕上睡觉。

义马在地下跑,燕鹰在空中飞。

围人蹲下身子,掐了露出雪中的草尖。草老了,嚼在嘴里有一股涩味,他吐了出来,雪地被唾沫打出了几个洞。

燕鹰盘旋回来,爪下抓着一只兔子。义马跟在鹰后,轻喘着。

胡七爷吁吁两声,燕鹰把爪下的兔子扔在他脚下。胡七爷扫了一眼:是只老兔子。

义马低头看着兔子,兔子闭着眼,后腿蠕动了几下。

胡七爷摇摇头:老兔子肉粗,嚼起来倒是有筋道的。

老兔子倏地睁开眼睛,蹿了出去。义马拔腿要追,胡七爷拉住了他,抬手一枪,兔子蹦跶了几下,斜躺在雪中。

"我本来是要放了它的,它在我面前耍聪明,这不是污辱我吗?"胡七爷跺了一下脚。

马户头剥兔子时,一只未足月的小兔滑出了兔膛。

"是只母兔,还怀着一只兔子,扫兴。我胡七也有走眼的时候。把小兔埋了吧,还未足月,它可来得不是时候。人心不古,连兔子都不守规矩了。"

胡七爷一脸的感伤。

又吁吁几声,燕鹰飞掠而去,义马跟着飞奔。

"天地是它们的了,我们去喝酒,吃兔肉。"

一夜的北风吹得山摇摇晃晃。围人喝高了,胡七爷也醉意朦胧,俩人出了门,在雪地里坐了。

"这祁连南山,简直就是万宝山。"胡七爷灌了一口酒。"雪莲、蚕缀、雪山草,有的是宝贝。明天,我们就去找雪山草，让义马吃，让他这辈子强筋壮骨，下辈子转生成马，连老虎都怕它。"

圉人猛灌了一口酒，鼻涕呛了出来，他伸手抹了。

"这小皇帝宣统，坐江山就像老母兔大冬天怀兔子，生不逢时。"

"这也不奇怪。谁让他老子在他登基时乱嚷'快完了，快完了呢'？这大清确实就像这只老母兔，太老了，还怀崽，还在雪天出洞溜达，即使燕鹰不捉，狐子和狼也放不过它。"

于是又说袁世凯。

"京城传闻：李中堂（鸿章）咽气时，有人问谁可替代他。李中堂竟说，继任有人在，我不保他也有人保。这大清，就你圉人是执着的糊涂人，只想着马、马、马，还国家之马！谁又想你呢！你看县衙、府衙的官员，他们只想着谁坐天下就换谁的旗子，什么也少不了他们的。"

圉人抹了一把泪："我这辈子只能干这一件事。朝代怎么变，马可是国家的魂。有义马在，我管他袁少保不袁少保！"

"你个呆货。袁少保坐了天下，马还不是他的马！"

圉人把酒杯扔了："罢了，罢了。国家的事现在有袁少保操心，我只管训练好义马。谁坐天下，马就是谁的，但终究是国家的。"

俩人醉卧在雪中。马户头把圉人和胡七爷拽到炕上。

燕鹰到了，不见义马，马户头坐在门槛上等。

四十八

祁连南山的石头俗化出一种风骨,让深藏其中的墨玉安然沉睡。南方的石靠雨,北方的石靠风。石骨的峥嵘,在鸟道盘错中突兀出一种雄悍、霸气。胡七爷谈祁连玉的时候,圉人对着一汪草发呆。胡七爷说祁连南山也不太平了,老有上山找玉的人,"他们哪里是找玉,简直在毁山。"圉人问胡七爷这汪草叫什么,胡七爷说不知道,他只知道雪山草长在不知名的岩石下,像这种露在地上的草,他熟得就像自己的胡须。男人谁都有胡须,除关公的被人称为美髯,谁还会为自己的胡子起名字呢?圉人说:在山不知山也在情理之中,你就说这祁连山吧,东方朔在《海内十洲记》中就有记载。周穆王时有人献夜光常满杯。唐人王翰一曲"葡萄美酒夜光杯",羡煞多少文人侠士。胡七爷笑道:我还以为你只会相马,原来你还会相玉。圉人微叹一声:鼎乃国之重器。马乃国家之魂。玉乃亡国祸水也。

像那种汉草,是草中极品。汉代天马神骏,多赖于它,可惜又有多少人能珍惜。

它比雪山草还神奇?

胡七爷吁吁地吹了几下,燕鹰飞落到他肩上。

两码事,雪山草只能生在岩石下,汉草只能生在草原。你像这祁连南山,古雪与奇石共存,草原和冰川相依。貌似大俗之外,美玉静藏其中。一道雪线横亘,诸峰孤寂而立。

鞭麻黑刺满野，云杉圆柏耸峙。玉润而水洌，鸟鸣而虎啸。杂花扑地，夹山溢香。你胡七爷置身于此，一鹰一马一猎枪，白日逐鹰，夜晚听风。人生如此，又复何叹？

胡七爷伸手捋了一下鹰毛，"想不到你还能整出这么文雅的东西，照你说，我比神仙还自在？"

围人笑了：神仙哪有你自在！

吃早饭的时候，义马没有得到胡萝卜等物，他立在门口，望着围人。

围人喝完最后一口汤，仰面睡去。义马跑到胡七爷身边，胡七爷指指围人，围人哼了一声：从今日开始，你去找雪山草，它就是你的食物。渴了你就喝山泉水，饿了你就吃雪山草。

义马瞪了围人一眼，转身出门。

"雪山草藏在岩石下面，我都轻易找不到。你让义马去找，那不是为难他吗？"

"如果找不到，他就不是义马了。"围人翻身睡去。

"你不怕他让虎啃了，狼吃了？"

"有燕鹰在，有你胡七爷在，哪只狼能吃了义马。"

胡七爷哈哈笑了。

义马进入了一道山谷。他竖起耳朵，老觉得有人跟在后面。他停了脚步，爬上一山冈，朝后望，什么也没有。燕鹰在天上飘悠，减缓了他的孤独。他跳跳跃跃。山谷肠子般弯曲盘绕，义马如肠中的一粒豆，顺肠子滑动，老是找不到出口。小飞禽们夹带着焦虑，左右摇晃着飞行。那些蛰伏在草中的蚂蚱，哀怨着，把蹦跃作为最后的舞蹈。它们比小飞禽更明白，冬天不属于它们。

出了谷，一大片岩石山粗粝地逼疼了义马的眼睛。石山被风剥蚀得狰狞怪异。义马忙乱着眼睛，从山顶滑到山下，又从山下攀到山顶。岩石山穹庐似的盖罩下来，阔出了一大片空间。义马的鼻子痒起来，他闻到了一缕草香味。他撒腿冲向崖下，崖下的草依旧绿出一种青葱色，草色中有一点奶黄，义马的鼻腔里灌进阵阵奶香。他蹲到草前，用手捋着草，草波浪般倒伏，又恢复原状。他拔出一根草，用舌头舔舔，舌头受用地蠕动了一下。肠胃们一齐欢笑。他把草伸进嘴里，嚼出了青菜的味道。

义马笑起来。两手舞动，两脚似马在腾奔。

围人从炕上跳下，光着脚奔出门。胡七爷和马户头在翻看兽皮，看围人惊慌奔出，问屋里是不是进了狼？

胡七爷把一张狼皮搭拍到杆上：他看见狼也未必慌成这样。这叫心悸。他肯定遇到心痛的事了！

马户头拉直了胡七爷搭拍到杆上的狼皮。"这世上除了义马，还能有让围人心痛的事？是不是义马有了危险。"

胡七爷摇摇头。

围人拽步向前。胡七爷让马户头留守屋子，他跟了过去。

"这女人，不好好在家待着，这个时候，跑到祁连南山来干什么？"

"谁？"

"韩骧的女人。"

"儿女是娘身上的肉，她不心疼义马，谁心疼。"

"义马能抗冻,她不能。"

胡七爷踢起一块石子,石子飞出去,打准了伏在草中的一只野鸡。野鸡关关地飞起,掠起了两股风。

"谁说她不能抗冻,能生出义马的人,韧性和耐力会非同寻常。"胡七爷扯了一下右耳朵,"义马找到雪山草了吗?出去也有段时间了。"

"他已经找到了。"

"你如何知道的?"

"他的嗅觉之灵敏,是无人能比的。"

胡七爷甩动了一下头。

"他正享受着雪山草和母爱呢!"

围人加快了步伐。

转出山谷,胡七爷看到燕鹰盘伏在山尖上,敛了翅膀,周围的阳光和和暖暖,燕鹰在大片的阳光下,温暖成鸡窝里的一只公鸡。

胡七爷拉住了围人。

义马旁边,坐着一个女人,用布包着头,她和义马一道,在吃草。义马把草根掐了,女人捡起来,一捏,草根上掉下一滴两点的汁来,她用手抹了,让义马舔。

"母子连心,草根连汁。还是草根汁比草有味道。"她舒展出一脸的慈爱。

看到胡七爷和围人,女人讪讪着站起来。围人吼了一声:"出来吧,你也别藏了。有你女人的地方就不可能没有你。"

韩骧抖落一头的草,搓着手,从山石后面钻了出来。

"这草,还真跟义马有缘。我在这条谷中穿行了不知多少次，从没有注意到这崖下的草是雪山草。"胡七爷拔了一根草，放在嘴里一嚼，脸上的惊异扭曲成麻花，"早知道这草这么好吃，我还吃饭干啥？"

"可惜，你不是义马，没有消化草的肠胃。"

"不就是草吗？它比冬虫夏草还尊贵？"韩骧不解。

"两码事。什么有什么的造化，什么有什么的缘分。"

"这么说，雪山草就是义马的缘分。"胡七爷笑道。

囤人轻轻拔了一根草，嗅嗅，"你们看，这雪山草的身板像羽毛，味厚汁多，比胡萝卜还耐实。"

胡七爷笑了："老鹰的眼睛往往会被小家雀掏了。我跟山打了半辈子交道，懂得还没你囤人多！"

囤人再没搭腔。他瞅了一下天。

天上的一朵云，像燕鹰。

四十九

囤人扔了饭碗，让韩骧和女人回去。女人不肯。义马依在母亲身边，舔着母亲的手背。

囤人操起了鞭子，义马离开母亲，退出门去。

女人的眼直了，在喷火。韩骧拉着女人，拽拽她的衣袖。"走吧。你见也见了，义马不挺好的吗？"

"他还是人吗？"女人指着囤人，跺了一下脚。

一屋的空气凝住。

马户头走了。

胡七爷走了。

韩骧和他的女人也走了。

圉人把鞭子挂在墙上，埋头睡去。

吃晚饭的时候，雪花落进了碗中，一片跟着一片。瞧着别人吃饭，义马伸出舌头，接一片雪，吃了，再接一片雪。马户头把一根胡萝卜递给义马，义马望了一下圉人，接了。圉人伸手，打落了胡萝卜。义马转身没入了雪中。

方方正正的雪。

<u>直直立立的树。</u>

胡七爷温了酒。马户头、圉人、胡七爷，三人各坐一方。胡七爷一仰脖，吱地冒出一声响，脆而顺畅。马户头也仰了脖子，酒洒在下巴上，顺下巴流向脖子。

"不知韩骧夫妇是否出了山口？"圉人放下了酒杯。

胡七爷捋着胡子乐了起来："看看，还是心里装事。你让他们住下不就完事了么！我这里，多的是地方。"

"两码事。我不怕韩骧，怕他的女人。她留下，义马会分心的。"

"你还不是怕她不让义马吃雪山草么？"

"这只是一个原因。"圉人的眼前又出现了那两只大大的乳房，乳汁如融化了的雪，在滴滴地落。

"听说马三少已从陕西出发。这民国又是怎么个弄法，也不见他们闹出多大动静，就民国了。不是男人还拖着个辫子吗？"马户头捋了一下散开的头发。

"这大清就像那天的老兔子。这民国么，就像那只还没足月的小兔子。还没足月就出世，不闹出点玄虚来，也不合情理。"

"袁世凯不是抢了民国大总统吗？"

"他抢大总统？他还想抢宣统的那个宝座呢！"胡七爷猛灌了一口酒，"我在山里多年，看惯了虎吃狼，狼吃鹿，鹿吃草。他袁大头想啥，我也能推测个大概。可惜你圉人到了这份上，还傻不呆呆地守着他的国家之马。"

圉人放下酒杯。

雪，下下停停。圉人的心开了裂，几片雪飞进缝隙中，他的心凉了又凉。

燃了火把，圉人走进了山谷。胡七爷提了猎枪，也跟了出去。马户头从墙角操起一根木棍，掂掂，又放下，从墙上扯下圉人的鞭子，顺着脚步，也进了山谷。

山谷里的雪，都紧张地张望。

胡七爷听到义马的嘶鸣声，拉开了枪栓。圉人把火把一绕，雪花突地艳起来，红成一片。

"是狼。义马和狼在打。"胡七爷端起枪。

雪，密而实在。隐约中的两团影子在滚动，圉人觉得马户头的腿软柔如雪，弯了下去，用鞭把撑着。胡七爷的呼吸，粗重而急迫。他又将火把旋转了几下，雪依旧乱舞，萤火虫般跟着火把绕行。

打斗声归于寂静。雪的寂寞在山谷中坐大。三人奔了过去，圉人伸长了火把，义马咬着狼的脖子，血凝在血中，胳膊上的伤敷了一层一层的雪，在慢慢增厚。

"他竟然咬死了狼。"胡七爷朝天放了一枪。散弹落下，打穿了雪。飘洒的雪竟相落进散弹的洞中。

胡七爷扯了一把草,用嘴嚼碎,拂去义马伤口上的雪,把一团草汁敷在义马的胳膊上。

囤人抱起了义马。

山摇了一下,复归寂然。

"他竟然咬死了一头狼。"胡七爷推开门,把狼往地上一扔,又赞叹了一句。

囤人把义马放到炕上,查看伤势。马户头举了灯,站在囤人旁边。

义马的眼闭着,囤人探探鼻息,义马的呼吸均匀。他脱下自己的衣服,盖在义马身上。

门外的雪吼起来,胡七爷闩了门,把一截一截的雪关在门外。有一片雪顺门缝扑进来,化成了一滴水,很轻很薄。

囤人抽开门闩,一阵风把他裹在雪中。马户头在房子里转着圈。好大的一匹狼。突兀的狼牙让他的心收紧、发颤。他的上下牙咔咔咔地敲出声响,脸像窗帘一样滑动。胡七爷抡圆了巴掌,扇了过去。马户头的状态恢复正常,他听到了几丝哭音,隔着雪,他看到了囤人抖动的肩膀。

第二天清早,马户头看到一个雪人立在门口,胡七爷正拿鞭子抽打囤人。雪的呼吸急促,马户头回身看到待在屋角的义马,心跳像米粒般在沸锅中飞转。

这囤人,为何把义马抱到了炕上?

一团影子冲过来,胡七爷被扯倒在雪地。影子挥起双手,在揍击囤人。

是义马的母亲。

揍声嘭嘭。女人一口咬住了圉人的胳膊。胡七爷抡起了鞭子，圉人沉声道：不可。女人噗地把口中的东西吐到地上，是一块肉。圉人胳膊上的血涌出，在雪中分外艳红。

马户头跌倒在雪地。他瞅着那块肉。那块肉伤心地爬在雪上。他听到了那块肉的哭叫声。抬头看圉人，仍泥塑般立着。

雪，厚了又厚。

五十

马廷勷捏住茶碗，拎起碗盖，在杯沿上刮起来。卫兵的腿抖了几下，他听到了骨头战栗的声音。

那种声音是刀在骨头上刮出的。

卫兵斜眼瞅了一下马廷勷，他捏拎着盖碗，像在马背上拎着马刀般自如。一只桂圆飘到了嘴边，马廷勷噗地吹一口气，桂圆水漂般在盖碗中转起来。转到嘴边，马廷勷伸出舌头，那只桂圆鱼般滑进了他嘴中。卫兵听到了咔嚓的声音，几片桂圆皮飞出了马廷勷的嘴，子弹般落在地上。

卫兵弯腰拾起桂圆皮，托在手心。

"该去了？"马廷勷的手又滑动起来。卫兵有了尿意。马廷勷刮盖碗的声音重了许多。

"大人要去哪儿？"

"凉州。该到老子的新地盘去了。"

卫兵转身去叫副官。

兰州城野鸡般被撂在身后。

马廷勷回身一瞧,黄河蜿蜒成一条白线。

"他妈的它为啥叫黄河?我若占据了西北,就叫它马河。"

四下里窜出大片的笑声。

马廷勷一拨马,马一甩尾巴,队伍齐整出一种威势。骑兵们骑在光光的马背上,手中的刀宽大、扁平,"尕娃们,凉州可是个好地方,别把裤裆里的东西磨碎了。"

士兵们都举起马刀,向马廷勷致敬。

几辆马车上,箱子们挤挤挨挨,小山包样耸起,马走得轻松,马廷勷挥鞭抽去,箱子发出空洞的响声。

"怎么是空的?"

"尕舅,实的箱子都运到河州去了,这些,是给你在凉州准备的。"

"啊嚏。"三声喷嚏骤响,士兵们笑了:"总兵打喷嚏像在打雷。"

"打雷?打乾州时,总兵大人一声喷嚏响,对方以为是炮呢!"

"别扯,好好走路,总兵打完喷嚏,弄不好又该揪谁的小辫子呢!"

"不是到凉州后都要割辫子吗?"

嘴溜的兵丁挨了一鞭子。

马队过后是步兵,在一条忽高忽低的土路上疾行。

一座山横亘于眼前。无数片雪花飞驰而下。前军弥漫在雪中,马的嘶鸣扯乱一层又一层的雪。马廷勷吸了一口气:

"这是什么鬼地方,夏天怎么会下雪。"叫来随军书记官问询,书记官道:此为乌鞘岭,历来盛夏飞雪,寒气砭骨。这在此地是件很寻常的事。

"下雪,日他妈妈的。叫炮营架炮,轰它个王八蛋,让他在夏天给老子下雪。"

轰隆隆的炮声一响,雪中的炮花焰火般升起,雪泛出浅紫色,蝴蝶般四散。

"扎起火把,越到这种时候,越要鼓起一股劲。"

"已有人和马跌下了山崖。"

"把能裹的东西裹了。我就不信,宣统小皇帝都退了位,我们还过不了这个乌鞘岭。"

副官把一条毯子披在了马廷勷身上。马廷勷一耸肩,毯子被抖落到地上,"当年,阿爷凭一光板板皮袄就打进了长武,现在老子兵强马壮,还过不了一座鸟山。"

不时有哎哟声传来,马廷勷挥起马刀,在雪中狂舞,"再有哎哟者,不论官阶,一律推到山下。日他奶奶的。平常抢财宝玩女人都是光棍,遇到个山就这么尿性。"

一轮太阳刺破云层,雪停了。马廷勷瞧着齐整的队伍,脸上泛出紫笑。副官发现马廷勷的笑歪歪的。那些笑,从胡子里爬出来,胡子有黑的、红的、黄的、白的,笑也变得五颜六色。

他不敢吭声,跑过去告诉了三姨太。

三姨太告诉副官:"别吱声,到下一站住下再说。"

副官应了,让前军加快速度行进。

村子不大，几所院子豆子般散落。队伍驻足后，副官推开了一户周正的院子。一小批士兵拥进来，炕上围坐的一个女人跳起来，光滑的屁股筛子般抖动，副官恼了："滚。"女人抓了半截被窝，围着逃出门去。

"为啥不穿裤子？"

"家里只有一条裤子，男人穿着出去拾柴了。"

副官让士兵脱下一条裤子，扔给女人，"赶快穿了，给大人烧火做饭。伺候好了爷，裤子有的是。妈妈的，若不是乌鞘岭闹雪，没裤子穿的女人玩起来倒也干脆。"

他提起刀，对着炕沿剁去。充当炕沿的土坯摔在地下，断成几截。

几缕炊烟一起，马廷勷的嘴角突突地抽搐了几下。

"让马队加快速度，进驻凉州城后，好找大夫。尕舅一到，马上诊治。"副官催马前行。

"把那个女人也带了，到了凉州，尕舅不闹，我们闹。我们有的是裤子。"

五十一

落日下的凉州城生涩地泡在晚霞之中。

凉州县长王珏的肩上抖动着几缕夕阳，目迎着马车驰进南城门。他往前挪了几步，身后的官员们也挪了几步。

副官横着拱拱手，说镇守使大人在乌鞘岭染了风寒，无法和凉州的官员们见面，让他们先回衙，待镇守使大人康复了,再召见他们。

便回马而去。

王县长吸口气,转身走进城门洞。僚属们的衣襟在马家军的蹄风中抖动,他们觉得马家军不是走在街上,而是走在他们头上。

"是否去府衙拜见?"有僚属紧走几步,问王珏。

王县长抖落几丝凉风,径直回了县衙。

镇守使的办公地安置在原来的府台衙门。停了马轿,卫兵弯下腰,三姨太扶着马廷勷坐了起来。马廷勷翻翻眼皮,看到了照壁上的那只螳。螳努力张嘴的样子让马廷勷倒吸了一口凉气,他闭上了眼睛。

镇守使衙门沉静在一片黑暗之中。民国六年的东乡锁南镇苍蝇般飞到三姨太的眼前。公公马安良的影子忽闪着,她叫了一声。副官手里的烛台跌落在地。副官问三姨太为何尖叫,三姨太说她看到了公公的笑脸。

副官急速出门,找到王县长,央求他从速找几位大夫,到镇守使衙门来看病。王县长吩咐警察局的人去请王八少。警察回来说王八少已经睡了。副官一挥手,几位兵丁跟着警察来到王八少家。一条绳子一捆,王八少龇着牙被扯到马廷勷床前。

一搭脉,王八少说镇守使染了风寒,又急火攻心,无碍,要想康复,要用千里土作药引子。

副官问什么叫千里土。王八少说就是好马蹄子上的土。

副官说这容易,尕舅的马莫说千里,万里也行得,便让卫兵去抠土。

王八少摇摇头:"镇守使马蹄上的土沾得血腥味太重,做不了药引的。"

副官问谁家的马合适,他派人去杀了,砍了马蹄让王八少刮土。

王八少顺了一口气,说义马。

副官不懂,问警察。警察道了原委,副官还是不懂,让警察去找。警察说义马行踪不定,谁知他待在哪个旮旯。副官抽出枪,顶在了警察的脑门上,说连夜找不到义马,就割了他的头当尿壶。警察抖腿离去。

"义马——义马",呼叫的声音,雨般跌落在凉州城的大街小巷。马街的马户们举着火把,涌出了南城门。

"义马——义马",城内城外的喊声落在喊声里,摇熟了南城门外的几树桑葚。

在小马场深处,义马竖起了耳朵,看着一批又一批的火把赶来,他嘶鸣了一声。

义马坐在椅子上,王八少抬起他的脚,拍拍,几粒土应声跌落。王八少抽出一块手帕,让人扯住四角,他搓了几下义马的脚心,义马发痒,咧了一下嘴。副官看到义马的鬃毛在怪异地抖动。

扁头。副官忍住笑,看着王八少宝贝样把搓下的泥土掺进药中,长吁了一口气。

马廷勷醒来后,看到一团灰尘在光柱下缭绕。三姨太跑过去扶他，他摆摆手。

"我睡了几天？"

"三天。"

"谁施的药？"

"王八少。"

"王八少是谁？"

"凉州城的名医。"

"请了——"

三姨太叫来副官，说他尕舅让他去请王八少。

王八少抖颤着身子进来，马廷勷笑了，"看你尕娃还年轻着呢，我吃人吗？你抖什么抖？"

坐在凳子上，王八少屁股上的肉搐搐地跳动，他使劲挤压住屁股，屁股上的肉往外一摊，身子周正起来。

痰。急火。肝脏积瘀。风寒。

马廷勷喝了口茶，"糊涂啊。阿爷在锁南镇也是这种症状，可惜未遇到名医。"

"关键是药引子好。"王八少的声音平和了许多。

"什么药引子？"

"千里土。"

"土又不会走路，如何行走千里。"

"土是死的，人是活的。镇守使长年征战，鞍马劳顿，吸的血腥气多，土气少。肠胃少了地气，就像马胃少了空气。"

"马胃少了空气？什么意思。"

"马的胃就是空气。"

"别扯那么拗的东西，老子不懂。你说我喝了谁脚上的土?"

"不是脚上的土,是义马的,千里土。"

"义马是谁?"

"义马是国家的马。镇守使刚到,这义马——"站了半天的王县长拱手谢坐。

"别扯什么国家。大清一哎哟,袁大总统就坐了天下。他坐在金銮殿上给我赐了官。马是我的儿,有它,我就能挥刀冲杀。国家是什么?我弄不明白。马,坐到谁的身下就是谁的。这义马是什么马?"

"亦人亦马!"王县长起身告辞。

"扯淡。人吃饭,马得喂料。马就是马,和人搅到一起算什么。王县长,这粮草之事就有劳你了。"

"凉州连年大旱,刚恢复元气。今年算是风调雨顺。"

"风调雨顺好啊!"马廷勷抢住了话头。

王县长没接话茬,躬身离开。

"这尕娃是谁任的?还硬怪怪的!"

"是布政使赵惟熙任的。"

"先别管他。你说你用的药引子是那个什么义马脚心里抠出来的?"

王八少点头应了。

"老子征南伐北,你居然用个王八脚上的泥土给老子当药引子?"

马廷勷将茶杯扔了出去。

"马户。义马。日他奶奶,全给老子叫了来。老子倒要看看，这国家的马是个什么东西。"

圉人站在广场上，马廷勷眼前似乎立了一棵半蔫的树。他抬抬眼皮，看到三三两两的马户缩进了广场。

"这么多扁头，有趣。"马廷勷笑了起来。

义马来到广场后，圉人立在了他的旁边。

"这个扁头更有意思。这就是你说的国家之马？"马廷勷乜了一眼王县长。

"国家之马不可辱，镇守使不可造次。"王县长扯住了马廷勷挥起的鞭子。

马廷勷一甩鞭子，王县长陀螺般转了起来。

"还国家？国家就毁在你们这些满嘴跑火车的人手里。你看那糟老头子，如此污糟之人，能养出国家之马？"马廷勷仰天大笑。"还不能吐痰，不能骑？我征战多年，听过女人当炮弹的，还没听过在马身上不能吐痰的。"

"噗——"，马廷勷一口啐了出去。

圉人挥起手臂，把痰卷进了衣袖。

"日你奶奶，你敢拦老子吐的痰。"马廷勷挥鞭抽去，圉人的身子晃动了一下，又兀然挺立。

"老子选兵，选的是能骑马的兵。既然是国家之马，我先骑了。在这个地方，我就是国家。"马廷勷抬起了脚。

义马的耳朵竖了起来，往后一倾。

马廷勷放下了脚，"嘿！还真有点马的习性，惹老子——"

韩骧扑了过来。

"挡了老子的痰，又挡老子的脚，看你们还敢挡老子的刀。"马廷勷扔了马鞭,抽出了刀。

他一口啐在韩骧的脸上。

马户们向前涌动。

马廷勷撇撇嘴,把刀架在韩骧的脖子上。

"镇守使可骑我,不能骑义马。"韩骧挺直了脖子。

"骑你有什么趣味,你又不是国家之马。你不怕死?"

韩骧往前一挺,马廷勷从他眼里看到一匹马在急驰。他把刀往下一压,韩骧身子歪了一下,又直身而立。

"我先剐了你,再骑马。"马廷勷举起刀,抡圆挥了下去。

一颗头飞起来,韩骧的身子倒向围人。

"他爹。"韩骧的女人滚了过来。

"义马,就交给你了。"她望了围人一眼,迎着刀冲了过去。

抽出刀,马廷勷的脸搐动了几下,"扫兴。"他转身离去。

五十二

回到镇守使衙门,马廷勷把刀扔在桌上,刀上坐着的四只眼睛飞落于地。他接过卫兵奉上的大碗,喝了一口茶。大碗里又涌出两个人来,直视着他:一个是韩骧,头飞起来,身子不倒;一个是韩骧的妻子。那个女人,竟然直接扑到刀上,刀戳进肚子里,连眼皮都没眨一下。

浓茶如血,他扔了大碗。

"这地方的人不尿性。"他皱了一下眉,"凉州大马,横行天下。日他奶奶!"

五十三

　　义马失联了半月，马户头甩着一脸的汗珠来找圉人。圉人呆坐在马政司门前。伏在门前石头上的苔藓暗绿，几块几块分割成草原的模样。马户头咻咻地诉说。从墙缝里挤出的草挺着腰，把一截灰黄硬搭在一段枯木上。

　　"他要是还在凉州城里溜达，他就不是义马了！"圉人立起身，回到房间。马户头跟了进去，看着圉人把一本书用布包了，揣在怀中。桌上的一块银子，老鼠一样耸着身子。"王县长给的，他倒还有点国家情结。可惜，马廷勷把刀一挥，就把他的魂魄割了。"

　　马户头不懂。圉人咽口唾液，"他是第一个来马政司了解情况的县长。他说国家不能把希望寄托在义马转世上，要寄托在人的身上。现在的人都不是人了，还寄托个啥？"

　　圉人的胡须乱呲，嘴缩在胡须中。马户头伸出手，有了掏鸟窝的愿望。他想掏出圉人的舌头，看看他舌根底下究竟压的是什么？圉人说得越多，他越是糊涂。他只信奉一条：义马是他这辈子的命。

　　踩着圉人的脚印，马户头来到小马场。小马场里的草横生竖立，巴巴地寂寥在天空下。天上的云，草般飘浮，圉人野兽般穿行。在草场中央，一座坟前，义马静卧着，鬃毛像坟头一样直立。

　　圉人看着坟土上有几点血迹，弯下腰去，抓起一点有血痂的土，用指头捻了一下，嗅嗅，把土丢到坟上。探探义马的鼻息，气息粗细糅杂。"胡马依北风，长嘶向天涯。"他长叹一声，捏捏义马的肩，义马咧了一下嘴。

"去熬碗米汤来。"圉人拔了一根草。

"小马场里的人都跑光了，到哪里去找米找锅？"马户头搓搓手。

圉人把身上的褡裢解下，打开，取出一只砂锅和一条米袋，"拾点柴，找个没草的地方，架锅。"马户头应了。

"半月水米未进，还能挺住，义马的命硬啊。"圉人端起米汤碗，烫手，便晾在一边。抽了一袋烟，他用小拇指试试米汤，已温凉，便让马户头扶了义马，用小木勺灌。义马的牙管紧闭，圉人用手指捏住义马嘴角，一挤，义马的嘴裂开，米汤溪流般流向嘴里。

义马睁开眼，又合上。

马户头舒展了眉头：活了？

圉人拍拍坟身，让马户头把剩下的米汤绕坟洒了一圈。附近的乌鸦都赶了过来，抢米粒吃。

啾——，圉人叫了一声。

啾——，圉人又叫了一声。

义马的嗓中呼噜出几声响，他爬起来，跪在了父母的坟前。

"你带着他，去祁连南山找胡七爷。鬼晓得马廷勷还会弄出什么事来！"

"然后呢？"

"你安顿好义马，就回来。这些马户，造事呢！"

五十四

马廷勷半闭着眼,一只苍蝇跟着另一只苍蝇在窗棂前寻找出口,白纸糊着的窗已灰暗,上面的斑点也像苍蝇。他拍了一下桌子,盖碗抖动,几点水跳出来,在桌面上滚成蝌蚪。

"那个义马不见了?"

副官说:"我们找遍凉州城,也没见到他的踪迹。"

"那个叫围人的糟老头呢?"

"在屋子里睡觉呢。"

"睡觉,把他丢到牢里,让他睡死。"

副官刚要出门,书记官拦住了他。

"镇守使要想在凉州安稳驻防,就先别动围人和义马。他们在凉州人的心中,早已不是人了!"

"什么人不人的?动不动就国家国家,马啊马的,这和我有啥相干?"

"镇守使息怒。您虽驻守凉州,但国民政府也在盯着凉州。长武、乾州两战,我们损失兵员不少。现在犯不上和他们怄气,我们先得扩充兵马。"

"我们一路走来,从兰州到凉州,人烟稀少,怎么扩兵?"

"这不有现成的兵吗?"

马廷勷捋了捋胡子,"兵在哪里?"

"那些马户,不就是现成的兵嘛?"

"你是说那些扁头?"

"他们善跑，又有耐力，稍加调教，就会成为一营生力军。"

"你是想成立一个扁头营？"

"营的名字得您定夺。"

"你痛快点说，如何把他们归拢过来？"

"把马户们都弄到校场。按马家军的规矩，选出班、排、连长。发几块养家费，把他们送到大马场去练兵。"

"弄那么远干啥？"

"镇守使听我细呈，现在局势复杂，国民政府、地方势力都在抢地盘，我们要是训练出一支奇兵，在关键时刻能派上大用场。"

"也是。这事你和孖娃去处理吧。你们明天就整个扁头营出来。"

校场在凉州城西，四墙中间都有豁口，野草从豁口窜入，和许多不知名的花缀扭在一起。少了马蹄和兵丁脚步的践踏，草草花花们由着性子蔓延，往往有乡人赶了羊群，在校场里放羊。

副官带着兵丁进入校场时，一个放羊的把羊赶出了西豁口，被兵丁们拦了回来。

"挑出最大最肥的，我们祭场。"副官挥了一下马刀。

放羊的扑到羊身上，哀求，副官烦了，"再嚎，把你也砍了，祭天。"

放羊的哀声连连："军爷，这是东家的羊，你砍了，我就没命了。"

副官一脚踹倒放羊的，喝令兵丁绑了，"再号丧，你也挨刀。"

马户们从南面的豁口三三两两进来，看到绑着的羊，他们停顿了一下，又挪步向前。

马廷勷的马稳稳地立在校场中央。兵丁们赶着马户，围聚过来。马廷勷放眼一瞧，咧嘴大笑："这些扁头，聚在一起，也好看。这读书人，就是脑子活络。"他抡起马鞭，挥手一扫，书记官捂了胳膊，挤出半点笑容。

副官宣布规则时，马户们懵立着。太阳下来，他们的头发草一样茂盛，随风摇曳。他们望着六匹马站在跑道上，马甩尾巴，他们甩头。终于有人跟在马的后面跑起来。跑了几圈，有人捂着肚子，蹲到一边。有人随意跑动，伸手揪掐冒过膝盖的野花。只有一人，紧跟在马匹后面驰奔。跑了六圈，副官叫过那个一直跟跑的马户，宣布他为班长。

马户们不懂班长是什么，便围拢过来问。一听是官，一位马户捂了肚子，蹲在地上抽气，他要求再跑。副官骂道："跑你妈的跑。让你跑，你捂肚子。像你这样的货色，到了战场，准是怂包。"

他一脚踢翻了捂肚子的马户。

换了六匹马，马户们都要求跑。书记官要编组，马廷勷挥挥手：让他们混跑，这样才能发现善跑的人。

马廷勷把鞭一挥，六匹马绕圈疾驰，一大群马户跟着马飞奔。马在喘息，人在喘息。跑了六圈后，又换了六匹马，跟在马后的马户逐渐稀少。

再换六匹马后，只有一个马户跟在马后。他往前一趟，马尾扫过脸，他伸手拽住马尾，马一惊，跳奔起来。他双手绕在马尾上，随马奔跃。马嘶鸣一声，立在马廷勷面前。马户手一松，栽倒在地，又爬起来。

"这尕娃行，给他个副营长干干。其他，根据圈数，挑出来，给个连、排、班长。好！好！把这群扁头训练好，会成为一支独特的兵。"

"为啥不给他个营长干干？"副官问道。

"你尕娃是啥脑子！营长，要给自己人留着，才能镇住这些扁头。把他们编成班、排、连，给他们副职，连、排、班长你从其他营中挑出河州的马家人担任。马户们，我们现在还不能相信他们。他们头扁，脑子扁不扁还得看一段时间。"

书记官瞧着马廷勷硕大的脑袋。

马廷勷脸上的一块刀疤，鱼嘴一样张合。

躺在校场草丛中的那个放羊的人，挣扎着爬起来。空无一人的校场，只有几只麻雀在乱飞。"东家。"他叫了一声，从北豁口窜出校场，消失了踪影。

五十五

马廷勷刮动着盖碗茶盖，刺骨的声音让端洗脚水的卫兵的腿又抖动起来。盆子倾斜，半盆水洒落于地。副官一脚踹向卫兵，卫兵腰一匐，水洒完了，盆子还紧紧抓在手中。

换了一盆水，卫兵侧目一瞧，盖碗茶盖安静地压在茶碗上。他半跪着除下了马廷勷的靴子和棉袜。马廷勷一挥手，卫兵退后。马廷勷的两脚在盆中扑嗒着，像两只拔了毛的鸡。

揩了脚，马廷勷对副官说："我不舒服。"

副官说："尕舅，要不要请王八少来瞧瞧？"

马廷勷一拍桌子："我心里不舒服，你喊书记官来。"

"每次出门，我都会看到那堵照壁。一看到那个叫什么螳的东西，我就来气，好像它总是跟我瞪眼睛。"

"这还不简单，我让人拆了它，丢在护城河里，看它还张狂！"

"不可。"书记官咬咬牙，"这照壁已经立了百来十年，别人能忍，镇守使为何不能忍？我问过许多知情者，每当有新官上任，都要对着那只螳起誓，不贪不贿，清正为民。走时，虽然他们都对着照壁表白，哪个还不是都弄得箱满盆溢。像梅树楠吧，那时凉州连续大旱，他走时搜刮的钱财还不是胀烂了棺材。镇守使何必跟它怄气，眼不见心不烦嘛。"

"干脆我蒙了它？"副官拍拍衣服。

"蒙他个妈的，难道我还真怕了它不成。我不拿不抢，我做这个镇守使干什么？我河州的一大家子人怎么养活？我的军队的枪支弹药谁来提供？日他奶奶。走。"

副官和书记官跟着马廷勷来到照壁前。

"我让你再瞪眼珠子张狂。"马廷勷一刀砍去，刀反弹过来，震疼了他的手臂。

"我日你奶奶。"马廷勷抽出枪，对着螳的眼和嘴开了两枪。两个洞怪怪的展现在众人眼前。

马廷口仰天大笑："再让你瞪眼睛，你瞪啊，瞪！"

"尕舅，这下你舒服了吧？"副官把盖碗茶递了过去。马廷勷没接，他捋捋胡子："那个叫义马的是一根刺，还扎在我肉中。"

"那不更简单。派人杀了他不就一了百了了。"

书记官躬躬腰："镇守使何必动怒，义马只是一个象征。有他在，扁头营的精气神就在。"

"他能为我干什么？"

书记官无法回答。

"他不是国家之马吗？抓来他，我骑他走遍凉州，他下辈子转生成马，不也有我的一份功劳吗？尕娃，你过几天去趟大马场，看看扁头们训练的情况，顺便到南山去抓了义马来。"

书记官的嘴半张着，马廷勷挥挥手。副官和书记官都躬身退出。

"多嘴多舌。"副官瞪了书记官一眼："哪来的那么多国家的零碎？扯淡。位子坐在谁的屁股下，枪攥在谁的手里，谁就是国家。"

书记官怔在地上，看着副官布满灰尘的马靴远去。他叹口气，见县长王珏正对着照壁发呆。

"听到枪声，我还以为镇守使衙门里发生了什么事。"

书记官拱拱手，转身离去。

一只燕子掠过，王珏抬头看了一下天。他发现近期的云都很重，每朵云上都泛着一种红，红下面吊着几丝线，斜斜地摇荡。凉州城里莫名的腥臭一直在蔓延，令鼻子发颤。

燕子嘴里滴下一点口水，也是红的。

王珏被那滴红惊呆了。

五十六

　　书记官拐过县府街,一只大老鼠领着许多小老鼠洪水般涌来。大老鼠全身通黑,兔子般大,门牙像脱落的马齿。他呵斥了一声。大老鼠纵身跳起,扑向书记官。书记官转身便逃,脚踩翻了一块砖,他栽倒在地,爬到了临近的一个院落。老鼠们吱吱乱叫,声震凉州,蜂拥出城,沿街的摊点被啃得一片狼藉。揉揉脚,脚面已肿胀起来。一仰头,天上一大片一大片的红刺着双眼,书记官扶墙站起来,拐着脚冲向镇守使衙门。

　　"要变天?"书记官扶着门框吼叫。

　　"尿性。大清已变成民国了,再变,也不能像尿尿那般快吧!"马廷勷鼓起腮帮,一口茶飞出来,打湿了一只苍蝇。

　　"是老天要变,不是那个天要变。"书记官坐到了门槛上。

　　"变能变到老子头上。嘿!尕娃出发了吗?"

　　卫兵说:"一早就走了。"

　　"听说东关花园的核桃花又开了,看看去——"

　　书记官扶着门框,哎哟了一声。

　　"馒头?"马廷勷瞅瞅书记官的脚,"都肿成了馒头,一只老鼠把你都能吓成这样?还成天国家国家的。国家在老子的马背上,不是在嘴里!"

　　丢下几声笑,马廷勷跨马离去。

五十七

人们从惊慌中回过神来,又陷入惊慌之中。县长王珏从木头缝中爬出来,尘土中的凉州已瓦砾遍地。他奔到街上,地在颠簸,人在摇晃。街上三三两两蹲着的人,眼睛都直着,似乎眼前的一切与他们毫无相干。

往后一瞧,跟他的只有一个家丁。

"人呢?"一具尸体绊倒了他,他爬起来问道。

"全死了。"

"县衙中还有活着的人吗?"

"不知道。"

"镇守使呢?"

"他们虽然人多,但住得空旷,早跑到城外去了。"

"走,救人。"

"就我和你?"

王县长冲入废墟中。在一堵破墙边,有个男子在哭,他踢了男子一脚,问埋着的是谁?男子翻翻眼:"我妈。"

王县长凝耳听听,有微弱的呻吟。两堵墙歪斜着,一根木梁在晃荡。他拨拉着土坯,一只手露了出来,一摸,还有点温热,他抱住压在土坯下的一根椽头,狠命一抬。

"县长——"家丁眼睁睁地盯着那根木梁砸在了王珏的身上,那根压在土坯下的椽头翘起斜尖戳进了他的肚子。

"义马——",家丁听到了王珏留在世上的最后一句话。

五十八

　　副官拍打着哀号声。马廷勷问士兵的伤亡情况。

　　书记官说："除驻守城内的兵丁被压死三十多人，伤了五十多人外，城外的几乎没有伤亡。"

　　马廷勷咧咧嘴："只要兵在，一个凉州城毁了又算什么！"

　　"老百姓死得惨，听说王县长为救一个老太太，也被砸死了。"

　　马廷勷翻翻眼，吩咐副官去抢富户。

　　书记官抬手阻挡，马廷勷挥起鞭子，副官听到了书记官骨头的号叫。

　　"金东街，银北街。素日他们都叫穷，这回老天让他们把财宝都露了出来，此时不拿，啥时拿。"他叮嘱副官，一定要掘地三尺，把凉州大户们的金银财宝全部拿来。

　　"他们要是不给呢？"

　　"天都灭他们，我还在乎什么。不给者，杀；给者，也杀。我在给老天帮忙灭人呢！"

　　"你去，盯着点他们，记个数。这群尕娃，见钱眼红呢！"马廷勷挥挥鞭子，书记官斜了一下身子。他望望天，天阴成了裤裆，紧紧绷着，没一点透亮的地方。

　　"日他奶奶，杀。"马廷勷抡圆鞭子，向旁边的一匹马抽去，那匹马哀鸣一声，撒蹄而去。

五十九

囤人醒来的时候，胡七爷、马户头都望着他。他只记得轰隆一声响，各种木头都龇牙咧嘴发出怪叫，他伸手一扯，挂在墙上的布包爬到了他的身上。他刚一坐起，一窝灰尘伴着草末罩住了他。房顶上的泥皮倾泻而下。他弓腰向前爬去，一根梁头沉重地砸在炕沿，他晕了过去。

"是义马挖出了你，把你背回了南山。"

"义马呢？"

"他又跑了，到凉州城里去救人。"

"怎么不拦住他？"

"他腿快，拦不住。"

"你马上回凉州城，我死了也不能让义马出任何事。"囤人叮嘱马户头。"拽也要把他拽回来。我们管不了老天，但义马不能亡在我们手中。"

"给他多准备点吃的，人饿极了就像狼一样。让他多留点心，千万别让马家军看见。哎，谁知道凉州城又成什么样子了。"囤人咳嗽出几口痰，痰中裹满了土，带着腥味。

六十

书记官离奇失踪。马廷勷问副官，副官说他也不知道，也许卷着财物跑了。

"放屁。他如果爱财,就不会跟着我们东征西讨了。他记下的数字呢?"

副官递上了一个本子,"你按上面的核对了吗?"

"出入不大。尕舅,凉州的这些商户们就是有钱。我在衙门后院挖了十二个地窖,金银珠宝全都装满了。"

"你要严加看守,失了财宝,我扒了你的皮。有无那个义马的消息?"

"找了两天,没有。据说地震期间,他在救人。他跑得贼快,救了一个又一个。"

"谁又救他呢?派出人去,找书记官,活要见人,死要见尸。"

"尕舅,就那个看见血都会抖腿的人,在乎他干什么?"

"愣怂。他会要我们命的。"

副官不解,也不敢再问,便到后院去了。

六十一

书记官步行半月,到了兰州后,他找了一家偏远的客店住了下来。他满脑子的都是凉州城坍塌的情形,耳朵里灌满了哀音。他摸摸内衣的口袋,马家军抢劫金银珠宝的记录副本仍紧贴着胸膛。歇了一周,他挪着脚步,无力前行,便请店家雇了一辆驴车。来到省政府,守门的警察拦住他,问他找谁?他说找刘郁芬督办。警察问他何事?他说凉州地震,县长被压死了，马廷勷不救人，只管抢金银财宝。警察笑了："吃饱了撑的。压死个县长，再任一个不就行了。这年头，啥都不缺，就缺位子。你如果有钱，拉一驴车金银来，县长不就是你的嘛。滚——"

回到客店，书记官真的病了。他让店家找个精明的人去买来几张报纸。报上登的，不是兵灾，就是花边消息。过了两月，终于有报纸登载了凉州地震的消息。

《盛京时报》1927年8月16日五版载：凉州于本年五月二十三日晨刻，地忽大震，一时山谷崩裂，日暗无光，城市庐舍倒塌者十之六七，繁富之区，化为丘墟，数千年之古迹，同时浩劫。哭声震动天地，万井为之无烟，历来震灾未有若此惨酷剧烈者。兹经详细调查，仅武威（指凉州）一县，计压毙人口三万五千四百九十五人（原有人口八万多），牛马羊畜二十二万二千零九十五头，倒塌村庄一万九千三百九十九座，房舍四十一万八千四百四十二间，崩裂田地约十二万三千六百六十九亩余，其余杂物等件，伤损不可以数计……

过了几天，买报的又送来一张报纸，皱皱巴巴的，叫《字林西报》，上面登载了一封信："1927年耶稣升天节前的那个星期一，我将永远不会忘记，地震的恐怖不会从我们的脑海中抹掉。那个清晨，在没有任何警告的情况下，地狱的恶魔似乎出笼了：一种无法形容的声音，是从地下深处传来的可怕的雷鸣，是在天空中响起的栗人的回声……就在这一刹那，墙壁纷纷倒塌……云集的尘灰飞扬起来，增添了恐惧和混乱，一切处于黑暗之中。孩子们在尖叫。大地还在颠簸，房子全坍了，墙壁也倒了。可怕！真是可怕！不论我们转向哪里，见到的是一片废墟，听到的是极为痛苦和失望的叫喊声……在凉州以东和东南，教会曾有过几所出色的教堂，它们全毁了，教堂和建筑物被夷为平地，有许多教徒丧身其中……凉州城外的南山破坏惨烈，地下水喷涌而出，均为黑色，且有大量的硫黄。饥民无食，被毒气熏死者甚多……幸存的人们大都露宿于泥土地上，因罹患疾病而导致死亡的人不在少数。食物、衣服、用具等无不匮乏。又因电线及道路全为地震毁坏，与外界隔绝，故赈济也极为困难。大震过后，小震仍不断发生，人们缺衣少食，人人自危。"

查看日期，竟比刊发凉州地震消息的《盛京时报》早了近一个半月。作者为德国传教士浦登皮罗克，时为甘肃天主教会的代理大主教，地震时恰好在凉州传教。

书记官栽倒在炕上。店家大急，找来郎中。郎中诊脉后，说是急火攻心。出了店门，郎中让店家做好准备，说此人熬不过半月。

待书记官醒来，店家委婉问询。书记官惨然一笑："我之一生，报国无门。原想跟着马廷勷一施抱负，可惜，生不逢时。我知命不久矣。我身上的积蓄全留于你，我死后，你找个高点的地方把我葬了，要面朝凉州。还有一事相托，你将这份材料寄到省政府，有用无用我也只能尽尽心了。"

店家应了。书记官长叹一声："凉州啊凉州。"他爬起来，要了纸笔，写好信封，将那份马家军抢劫凉州大户金银珠宝的副本装了进去。

书记官死后，店家盯着他涂抹的几张纸。那几张纸上有血迹。店家粗通文墨，看到那些字句都带着哀音。他将那张纸收起来，焚烧于书记官坟前。那些字句楔子般楔进店家脑中，怎么抠也抠不出去：

> 断垣破壁。断首残肢。飞尘障空，数月不净。霹雳过后，谷应山鸣。黄尘数千丈，缭绕空中。天地异色，日月无光。号痛之声，远闻数里……

一年之后，店家发现甘肃的省报上才有了一则关于凉州地震的消息。

1928年8月13日，甘肃国民政府致电全国：甘肃不幸天降鞠凶……历年灾患频仍。去年夏间，河西一带又遭地震，城市为墟，衙厅圮毁，灾民三十余万……

店家领了儿子，把报纸烧在了书记官坟前，并叮嘱儿子，以后千万别跟读书人打交道。

儿子问原因，店家抓了一把土，撒在书记官坟前："要挖心啊！"

儿子又问，书记官写了那么多个义马，义马是个啥东西？店家摇摇头，望着奔腾的黄河水，哼了一曲：

早知黄河水断呢，造他妈的桥干啥呢！

儿子望着父亲，想，他的父亲是不是被书记官的魂魄附了体。他抓了一把土，朝父亲身子打去。店家咧嘴一笑，儿子发现父亲嘴里还嚼着"义马"两个字。

……

六十二

张东瀛向刘郁芬辞行。刘郁芬打开抽屉,从档案袋中抽出一个本子,"把这个带着,关键时刻能敲山震虎。"

张东瀛望着上面金、银、珠宝的字眼,都灰蒙蒙的,纸上还有零散的血渍,问是什么?

刘郁芬敲敲桌上的地图:"是凉州大地震后马廷勷纵许手下抢劫凉州大户们的家财清单。看看,这些军阀们,甘肃贫瘠,国民政府立足未稳,省政府向他借四十万元度急,人家理都不理。催得紧了,就称军饷都无着落,他的兵丁还穿的是破衣烂衫。这些金银,足够让马廷勷扩充一个师了。"

"不是已把马廷勷的老西军改成集团军的二十七师了吗?"

"换汤不换药,军队还在人家手中。你这个县长,要像楔子一样钉进马家军内部,待时机成熟了……"刘郁芬用手扫出砍头的动作,张东瀛点点头。"你去,人家的身上会多出一根刺,万事要小心。"

辞别了督办,张东瀛一路向西。

草和草的距离很远,乌鸦与乌鸦的距离很近。

一路的哇哇之声,瘆得他皮肤发皱。

残留的几间厢房做了办公地点。张东瀛翻看着灾情报告,眼前的凉州被泪水洇湿,汇成一个大大的饥字。他走出办公室,来到救济点。皱着眉头的乡绅们望着清水中翻滚的几粒米，眼球发蓝。见到县长，他们把一腔哽咽丢进锅中，任其翻腾。张东瀛叹口气，把小指头伸进锅中，他咧了一下嘴，几粒烂成破衣的米狠命地把身子往上翻。

他转身走向镇守使衙门。

那堵照壁仍坚存。镇守使衙门中的房屋坍塌了前院，后院还在，倒显出几份亲和来。卫兵进门通报，马廷勷说他不舒服，不便见客，回绝了张东瀛。

副官进门时，和正瞅照壁的张东瀛对望了一眼。他进门后，听见马廷勷把盖碗茶盖刮得山响，"这民国政府真他妈混蛋。老天压死了一个县长，刘郁芬就赶趟儿派来一个县长。老子冒死抢地盘，他倒会抢位子。"

"干了他不就行了。眼不见心不烦。"

"干了他容易。今天干了张东瀛，明天他就会派个刘东瀛，还会留下把柄。我没给刘郁芬借钱，已落下口实。他的副官在甘盐池被人杀死，又把脏栽在我头上。马仲英河州扯事，他疑我为主谋。杀了张东瀛，又会在国民政府眼里再揉一粒沙子，他们能坐视不理？"

"尕舅说的是，我听说冯玉祥已派了几个旅向凉州开进，莫不是针对我们的？"

"防着点吧。对了，义马找到了吗？"

"没有。祁连南山合拢后，水势退去，他就不见了影踪。"

"那个围人呢？"

"在马政司的废地上搭了个窝棚，每天都窝着。"

"你去一趟大马场，看看扁头营训练得怎么样了。刘郁芬还不知道咱们训练扁头营的事，要注意保密。"

"那些扁头,能行吗?"

"尕娃,你阅世不深。你以为你能在光脊背上骑马就威风了。那些扁头,挤压在心中的东西太多了,一旦外泄,比祁连南山合拢后暴发的洪水凶猛多了。"

六十三

张东瀛猫进窝棚,圈人让了座。

"义马呢?"

"不知道。"

张东瀛叹口气:"政府羸弱。军阀拦道。民心涣散。有义马在,至少精神还在。"

圈人的眼里闪出一道亮,又熄去。张东瀛摇摇头:"我在省城,每每听人说起,总以为一个国家弄个什么义马,不仅荒诞,而且愚昧。一路走来,从民众的眼里看不到任何光亮。如果眼球不动,他们就是活死人。能像义马一样活蹦乱跳,才是国家之希望。"

圈人直起了腰,"镇守使可天天在寻找义马,想灭了他。"

张东瀛拍拍圈人的肩,"有你,就有义马。"

圈人望着张东瀛直正的背影,抽出了烟袋。

六十四

国民军教导团团长刘志远带着一个连，翻越了乌鞘岭。进入古浪峡，峭壁连着峭壁，把人压迫在谷中。马迈蹄时，艰难地避让着各种石块。

六月的天像狗毛焐在了脸上，密匝匝地挤出一种腥臭。偶尔的一声哀叫，使一连人的毛发都会竖起来，拉枪栓的声音如抽动的风箱杆一样密集。刘志远望着山坡上黄黄的一撮花，让士兵攀援摘了下来，没有一片叶子。用手捻摁，花瓣却润湿，他嗅了一下，无味，再努力嗅一次，一股淡淡的香在鼻孔前晃了一下，便消失了。

多年后，刘志远才知道那种花叫干瓣花。

前面探哨的不断传声消息：有庄无人。有人无马。驴都不见。

刘志远歇息在一所村庄。村里的树都裸着身子，树皮被扒得精光，残留在树上的几片叶子枯干得连声音都懒得发出。进了一户人家，从炕上爬起两个人来，像两截烧焦的木头。士兵们问有无吃的，他们指指东墙角的炉灶。炉灶上的一口锅，半盖着锅盖。士兵掀了锅盖，一股腥臭扑鼻，用刺刀一挑，士兵哇地吐了一口，转身猛跑，到院外呕吐。别的人围拢，问他看到了什么，他不回答。把他拉到刘志远面前，他才颤声言道："团长，锅里煮着半个娃，手上的指甲还直戳戳地立着。"

"他们竟然煮了人吃……"大兵们拖了枪,逃离了那所村庄。

"吃人肉的不止他们一家!"连长倒吸了一口气。"我听人说过,吃了人肉的人的眼睛都会发红。"

"怪不得这一路走来,看到的人都是红眼,我还以为是风沙闹的。"

"我们名曰买马,其实是要探探老西军的虚实。古浪一带没有驻防的军队,到凉州地界就该小心一点了。"刘志远下了马,坐在一土墩上,他看到了一所庄园。

庄园有土夯的门楼,结实威武。

拍了半天门,门楼上有人喝问,连长说他们是国民军,到凉州买马,团长想在这里歇歇脚。

看到齐刷刷的枪,楼门上的人下了楼,向庄主汇报。庄主放下水烟袋,叹了一口气:"是祸躲不过,开门迎接吧!"

进得院来,别有洞天。前院缀着后院,两栏的房子古朴雅致,雕砖刻瓦蕴孕着一种富足。门匾上的福字苍劲有力。柱上的漆已剥落,但仍有一种气势。

刘志远道声叨扰,庄主客气一番,便上茶上酒上菜。

听了来意,庄主微叹一声:"地震过后是水灾,水灾过后是兵患。莫说马,我家的骡子和驴都被马家军拉走了。留马不留人,留驴不留头,稍有不慎,砍头就像切西瓜。"

刘志远问马被运到了哪里?

庄主顿了顿,"次的卖了,好的留在小马场。"

"小马场有多少人马?"

"马有五百多匹,人好像只有二十多个吧!"常常给小马场送米面的管家答道。

"别的兵呢?"

"好像驻扎在凉州北门外。有多少,我也不知道。"

告辞了庄主,刘志远记住了这个叫靖边驿的小镇。

他率兵昼伏夜行。到了小马场,他的眼睛一亮,几百匹马散落在小马场的草地上。他举起望远镜,望着一匹匹悠闲的马边啃草边甩尾巴。有一匹带着斑点的马昂着头,自在地把胯下的家伙一升一缩。他叫来连长,让他留一个排埋伏在草场。

"打赢,把马赶走。打不赢,也得把马赶走。"

连长不明所以,刘志远笑笑,"加快速度,向凉州城隐秘进发,把张县长偷偷叫来,我们商量一下,打他个措手不及。"

"行吗?"

"等张县长来再说。"

"太冒险了。"张东瀛摇头反对。

"兵贵在险。你看,张允荣厅长带着的三个旅已到永登,第一种马牧场的韩风璋场长也有几百骑兵,加上警察局的警察和我带的一个连,出其不意,胜算的可能性大。"

"老西军都是悍兵。好在马廷勷的副官已去追杀义马了。凉州城里防守空虚。"

"我们先吓他一吓?"

"怎么吓?"

"在凉州城里到处散布消息,说国民军的三个旅已向凉州进发，准备拿老西军开刀。马廷勷必会派人查问，我让手下兵丁扮成老百姓，在各个路口传话，饶是马廷勷胆大，也吓他个坐立不安。"

"能行吗？"

"马廷勷心虚。他一忤冯大帅，二逆刘督办，心里一直在犯嘀咕，我们拉虎皮作大旗，唬掉他的三魂七魄。待他醒过神来，我们已经占领了镇守使衙门。"

张东瀛低头不语。

"秀才不带兵，不知兵家事。出了事，我兜着。"

派出探听消息的人陆续回来。靖边驿、大河驿、丰乐驿都不见国民军。马廷勷刮着碗盖，笑了："张东瀛这小儿是嫩了点，吓老子，老子是吓唬大的吗？甭理他。再烦老子，把他赶出凉州城。"

竟搂着他新娶的九姨太去睡觉了。

满街的枪声一起，马廷勷爬了起来，卫兵慌张进来，说满大街都是国民军和警察，他们已占领了凉州外城，正向镇守使衙门奔来。

子弹在镇守使衙门里如麻雀般飞来飞去。姨太太们哭爹叫娘。马廷勷让卫兵备马，从后门打马而去，直奔北门。一哨骑兵，发马奔逐，后面的枪声追着枪声。北门外的驻兵看到镇守使飞马慌窜，也都跟着溃退。

占据了镇守使衙门的刘志远拷问丫鬟。一个脸上布满麻子的丫鬟领着国民军到了后院。

打开地窖，刘志远的脸金子般灿烂起来。

十余万两元宝。十余万两银圆。三百多根金条。珠宝、古玩、书画摆满一院。

"刘督办借款四十万元，马廷勷哭穷，分文不给。这下，马廷勷的脑髓被我们倒光了。国民军有幸。刘督办有幸。装了，连小马场的马一齐送往兰州。这下，省政府该肥饱一阵了。撤。"刘志远一枪崩了麻脸丫鬟。

问九姨太还有没有藏匿的财宝？九姨太双泪堆腮："别的，都运到了河州。"

"走！"刘志远押着车出了凉州城。

张东瀛拦住了他。

"刘团长，马廷勷是被吓跑的，他绝对不会善罢甘休。你走了，凉州城的防务怎么办？"

"不是有韩场长的几百骑兵和你的警察吗？"

"我们能拦住老西军的铁蹄吗？"

"你怕啥。张厅长率领的三个旅还在永登，谅他马廷勷也不敢轻举妄动。"

张东瀛拽住了刘志远的袖口。

"那三个旅不是已回防兰州了吗？远水能解了近渴？"

张志远推开了张东瀛的手："你想让这些金银珠宝仍回到马廷勷的怀抱里吗？省城救急事大，凉州城防事小。张县长，凉州城的防务就有劳你了。"

张东瀛盯着张志远离去的背影，扯嗓吼道："刘督办啊，凉州城又要遭灭顶之灾啊！"

六十五

凉州城安静得像草丛中被母鸡遗弃的那枚鸡蛋。

六十六

副官一见马廷勷换了大碗喝茶,便拍拍枪套:"尕舅,这次怎么杀?"

"见国民军杀;见警察杀;大户不开门献宝者,杀;小户不开门提茶供水者,杀;留分头者,杀;带天津、山东、河南口音的,杀;脸上有麻子的女人,杀。"

"尕舅,别的都有区别,要是不说话,怎么分辨口音,再说,杀起人来,谁还管口音?"

"你脑袋让驴踢了,黑、矮、瘦,高、大、胖,一眼就瞅清了。啥屌人?还问口音。"

"知道了,尕舅,见个子高的人,杀。"

"还有,抓不到义马,就杀了囤人。"

"那个糟污老头,他算哪壶?"

"杀了爹,儿子的气还会喘匀吗!"马廷勷抬起脚,副官退后一步,下巴上的肉动了一下。

西宁兵一到,马廷勷的神气粗了起来。

皇城滩上，万余名兵丁草一样拥集。扁头营夹在万余人中，鬃毛直竖，每个人脸上的兴奋都在躁动中扩散。

马廷勷举起刀，吼道："弟兄们，破了凉州城后，抢！奸！杀他奶奶的个天昏地暗。"

"把扁头营的枪全换成刀，让他们打头阵。"

副官理也不理扁头营兵丁们的咕囔。

"让西宁兵攻打南门，我们从凉州城西北角攻入。"马廷勷叮嘱副官。

"尕舅，他们的枪炮齐整，正好排排用场。"

"如果西宁兵先攻入凉州城，有你吃的肉吗？"

副官拍了一下脑袋，飞马而去。

义马撒开脚，直奔凉州城。

"马家军来了。"他扯住了刚出县衙大门的张东瀛的衣袖。

张东瀛往后一缩，义马往前一扑，稳住了身子。

"多少人？"

"黑压压的，多得像草，数不清。"义马松开张东瀛，向圈人的窝棚奔去。

"就你手下的几百人，加上民团和警察局的几百人，怎么守城？"

张东瀛走上城墙，对防守南城门的韩风璋说。

"先动员老百姓守城。派出报信的人还没回来，守一时算一时吧！"

张东瀛摇头叹息。

西宁马家军的炮管刚刚架设,扁头营的马户们已从西南的城墙杀入了凉州城。

这段城墙,他们从小就翻来爬去。

杀。他们举起刀,见人便砍。

杀。副官领着老西军,见人便开枪。

"我是你舅。"一个扁头举刀朝缩在墙角的一老人砍去,老人急声道。

"我管你是谁的舅。"一刀,老人的头飞起来,葫芦一样在地下滚。

杀。西宁军用炮轰开了南城门。

老西军在东街、北街挨户搜查。

西宁军翻箱倒柜,见不到金银,就把女人们摁倒在炕上。完事了便把被子点了。看着女人们在火中翻滚,他们哈哈大笑,说,烤人肉不好吃,女人的肉酸。

大街小巷乱窜的扁头们杀人杀得手软。看着满大街横躺斜倒的人,他们直怨马家军下手太快,没把这些人全留给他们。他们便在街上寻找还没断气的人,看到一个,一个上去砍一刀,另一个扑上去再戳一刀。望着女人们被马家军撕来扯去,他们哈哈大笑。

杀——他们举着刀,满城吼叫。

"再没活的了。"义马把一个吓呆了的姑娘放在草丛中,跑去找围人。他的脚腕像泡在血桶中抽出来的,脚底的红在一层一层加厚。

"马户们杀得最起劲,他们还在找着杀人。他们的眼是红的，刀是红的，全身都是红的。"

"张县长呢？"

"我再去寻找。"

义马返身入城。

韩风璋在西宁军攻入城后，便率着骑兵从西门撤走了。

身边的警察一个个倒下了，张东瀛的腿上已中了两枪。他领着几个受伤的警察在北门抵抗。

他的身后，一匹黑马一直跟着。

警察局长喝令两个警察把张东瀛扶上马，"我来抵挡一阵，你们护送张县长，能跑多远就跑多远。"他朝黑马的屁股上砸了一枪托。

黑马嘶叫一声，放蹄奔出北门。跟在后面的两个警察倒在乱枪之下。

"上北城门楼。"警察局长抹了一把血。残存的警察和民团团丁爬上了北城门楼。

枪声开始稀稀落落，副官看着一个一个倒在北城门楼下的马家军兵丁，翻了一下眼："烧。"

木柴的劈吧声和人的惨叫声呼应着。焦臭和哀音交织。副官和马家军兵丁立在北城门楼下，看着一个一个在火中手舞足蹈的警察和民团团丁跌下城楼。

"好看，这是老子看得最刺激的一场戏。火烧人舞，过瘾。"

副官叫过两个亲随，"去告诉镇守使，凉州城又是我们的了。"

"还有一个在奔跳,他还背着一个人。"有兵丁叫起来。

副官用枪头挑挑帽子。在漫天的火焰中,在断续掉落的木头间,一个人在奔跳着。

"是义马。"

副官吼叫:"老子找了他个把月,他倒不请自来,打。"

一排一排的子弹飞来,背在身上的人用力一挣,跌倒在楼板上。是警察局长。"义马,你去救张县长,他可能到了北门外的大麻地中。"

"我把你背出去再去找。"

"你背着我,我们谁也活不了。即使救不了张县长,你也得活下来。"局长操起一支枪,一拉枪栓,没有子弹。

几颗子弹奔来,局长飞身扑在义马身上。

"快走。"这是他留给义马的最后两个字。

没找到张东瀛的尸身,副官派出了几拨搜索队,"就是掘地三尺,也要找到他。找不到,我端掉你们吃饭的鸡巴。"

搜索队从四个城门冲了出去。

六十七

东乡的西瓜北乡的蒜,城郊的大麻赛扣线。这些歌谣和西瓜、蒜、大麻一样生长了百年。东乡的西瓜盛产在马儿坝;北乡的蒜出在洪祥,是紫皮大蒜;城郊的大麻,在出北门二里地后排开。每当六七月份大麻开花的时候,只要有风,凉州城便沉醉在一种奇异的香味之中。那种香,熏得人东摇西晃。得腿痛病的城里人，往往出城，捋了叶子，熬水喝。待得麻籽暴落，乡人们便砍了大麻，捆了，在太阳底下曝晒三天后，挖一坑，注入水，把大麻沤在里面。大麻的皮由绿变黄，便捞出大麻秆，直立在墙角。一俟冬天，农人们坐在院落，开始剥麻皮。这是项技术活。手艺高的，用指甲抠住大麻秆底部的麻皮，一扯，一根长长的麻线就缩成一团。一抖，抖出一种秀美。麻皮汇集，农家小院便成了麻的天下。长的搓绳，短的搓线。嗞溜嗞溜声，冲淡了些许冬天的冷气。把麻线换的小钱，积攒起来，年货就有了指望。

他们把这种麻叫年麻。

搜索队的兵丁汇集到了大麻地边。副官用手扇开刺鼻的臭香味，喝令兵丁进麻地搜索。啪啪的声音在麻地作响，那是麻秆被踩倒的呻吟声。腿部中枪的张东瀛斜靠在黑马腿上，黑马侧身倒卧，让张东瀛靠在身上。张东瀛觉得有一股温热遍布全身。他揪下几片麻叶，嚼碎，敷在伤口上。浓郁的香味围罩在鼻子周围。一只蚊子呼唤出更多的蚊子，它们旋成一团，形成一个蚊柱，扶摇在麻地上空。黑马的喘气声粗重，它用尾巴扇赶蚊子。蚊子毫不懈怠，一层一层往里涌。成群的苍蝇瞄准张东瀛受伤的腿，毫不顾忌地冲来。那是一种绿头苍蝇。张东瀛奇痒难忍，举手拍去，啪啪的声音一起，吸引过来几个兵丁。

张东瀛站了起来，黑马长嘶一声，立起身子，挡在了他的前面。

兵丁们举起了枪。

黑马倒地时，用力往外斜侧，一片麻秆扑倒，沉重的响声和黑马的哀鸣裹成一团。

副官抽出刀，张东瀛的头在麻地上空飞翔，几株麻头簇在一起，兜住了头。头摇晃了几下，跌落在麻地。

踏倒几根麻秆，士兵们挽成一篮形，把张东瀛的头往里一扔，将麻篮挑在肩上，离开了麻地。苍蝇跟了一阵，觉得无趣，仍回到了黑马倒地的地方，贪婪在一大滩血上。

义马嗅嗅鼻子，寻着黑马的味找到了张东瀛的尸身。他把尸身扛在肩上，回到了围人的身边。

围人脱下衣服，盖住了张东瀛没头的身子。他问明了黑马倒地的地方，让义马看守张东瀛的尸身，便拎着小包，找到了黑马。他剥了黑马的皮，咬着牙，把黑马的尸骨拖到一沙沟，埋了。

义马问围人剥黑马的皮干什么？围人没有回答。

张东瀛的头被挂在了南城门。头在木杆上左右摇摆。没有人观望，头很落寞。

扁头营的马户们在街上东游西荡，一听张东瀛的头在晃荡，便跑来看。看一阵，觉得了无趣味，便转向马街。

马街的房子在地震时损毁不大。他们扒开自家的房门，到炕上躺了。听到吃饭的号声，就懒懒地起身。

放下了刀，他们觉得自己什么也不是。

一天清早，他们出街时，街口被土坯封了。他们推倒土坯，看到了存活的凉州人脸上的鄙蔑。他们低了头，端了碗，碗里冒出一个个人头，一个一叫，其他的丢了碗，都冲到了街上。扁扁的头顶，原本耸立的头发灰灰地耷拉，远没了举刀杀人时的那种张狂。

张东瀛的头飞了。

副官问马廷勷是否追查，马廷勷冷哼一声：追那玩意干啥？你有闲心，赶快去追咱们的金银财宝。

它们已被国民军运到了兰州。

打兰州。马廷勷把手中的大碗扔了出去。

西宁军已走了，我们的兵力不够。

够不够在人。马廷勷伸手一挥，副官让卫兵再去拿碗泡茶。

圉人缝好张东瀛的头，挖了一个坑，埋了。他又在旁边挖了一个坑，把黑马皮轻轻放进坑中，又抱出。他把黑马皮抖平，裹在义马身上，让他在凉州城里跑一圈。

"要快，躲着点子弹，跑一圈后仍到这里来。"

义马冲进了凉州城，街上的人看到一直立的黑马在驰奔。到了马街，义马从封街的土坯上跃过，马户们看到一团黑和晃动的马头风一样掠过，半张着嘴，怔在地上。

埋了黑马皮，圉人和义马离开了草场。

"看见马户头了吗？"

"没有。地震前他找过我，说要去劝说扁头营的马户，以后就没见过他的身影了。"

圉人搓搓下巴，望了一下凉州城。

他发觉凉州城又在晃动。

六十八

　　午夜的马蹄声敲击，缩于马街的马户们的心花慢慢枯萎。他们捏着自己的手腕，手腕弯曲时，残存的血迹蚂蚁一样蠕动。一看见刀，他们便干呕。他们把刀或塞于炕洞，或插进开裂的墙缝。树叶跌落，躺在地上，他们拾了叶子，望着树叶上一滴两点的红，伸了手指，蘸点唾液，抹在树叶上。一滴两点的红又涌出，他们的眼里便溢出了泪水，在渐凉的风中，走成曲曲弯弯的溪流。

　　西宁镇守使马麒传来的消息像一颗枣，到凉州时已干瘪。冯玉祥大帅遥远的怒吼声在镇守使衙门前爆开，沙砾般溅在马廷勷的耳膜。派出侦察的士兵在永登看到稀稀疏疏的国民军在街上游荡，便快速回转。

　　"先攻永登，再打兰州。"马廷勷眼里的元宝在兰州城上空鸽子一样飞翔。金银缀成的双翼把云彩染成褐色。几张古画毯子一样飘悠，一张追赶着另一张。一张仕女图晃荡成九姨太的旗袍，罩在一块像树的云上。云不堪重负，垂直下跌，被另一朵接住。远远的另外两朵云，一朵追赶一朵，急急慌慌躲进省政府上空。

　　"呔！"他大叫一声。副官望着马廷勷。马廷勷的脸半边红，半边青，成了戏曲的脸谱。

　　"让扁头营再打先锋。"他又摔了一只碗。副官叫过卫兵，问马廷勷摔了多少只碗。

卫兵说：三十多只。这几天镇守使喝一次茶便摔一次碗。不过，摔碗比刮盖碗好。刮盖碗的声音，瘆人。

扁头营的马户们耷拉着头。他们握过刀的手，弯曲成马跃前的蹄状。捏在手里的那块银圆，滚落于地，石头般砸在脚面。他们咧着嘴，倒伏在头上的头发，乱蓬蓬成鸟窝。

"发给他们枪。"

背了枪的扁头营的马户们出了南城门。他们看到挂过张东瀛头的那根木头杆，仍炮管似的往上翘起。一位马户的腿一弯，跪在了南城门前，其他的马户也顿然仆地。他们发觉膝盖跪地的地方有血涌出。他们慢慢立起，握紧枪，一路向永登奔去。

永登城头，枪管蜂巢般密布。扁头营的马户端枪冲锋，被蜂一样密集的子弹扫落在城下。

守城的国民军士兵得到的命令是：见到扁头，赶尽杀绝。

攻打了三天，副官望着永登城里飘扬的旗子和青色砖上的弹孔，腿软起来。旗上的那种蓝和天空的蓝比照着，在风中猎猎出的气势，一浪一浪压来。他跳下马，扯过一穿蓝衣服的士兵，连击三枪。士兵栽倒在地，血急速渗出，洞眼旁的蓝衣服收缩，一大片蓝便成一大片黑。他抬眼望去，天还是那么蓝，但云的边上已有了红色。

国民军一个师的兵力朝凉州压来。副官收容兵力，把扁头营残存的士兵集中，全部枪杀在永登城下后返回凉州。

马廷勷耳朵里灌进去的都是隆隆的炮声。国民军到达凉州高坝的一旅士兵把大炮排开，炮管对着凉州城，轰轰开炮。

一发炮弹飞至镇守使衙门,两间房屋轰然倒塌。无边的灰尘落进碗中,马廷勷长叹一声,率部逃离了凉州。

六十九

圉人走在前,义马跟在后。

在圉人的眼里,凉州城是一块炸焦的面饼,黄中透黑。

在义马的眼中,凉州城像一块草饼,由各种杂草揉捏而成。

"我们去哪儿?"义马问。

圉人没有回答。

到马神庙的废墟,圉人抓了一块土,在手心里揉搓。手心热,土也热。他把土均匀地洒在义马的头上。义马抖抖鬃毛,几点土落在肩上。

到了马街,圉人驻足。在马街豁口处,新立了两根木杆,杆头上挽着绳,绳中间,吊着那块铁马掌。

圉人踮起脚尖,够不着铁马掌。他抱起义马,让他敲。义马重沉,圉人的呼吸粗深。

咣——当;咣——当……

圉人一趔趄,义马身子一倾,俩人栽倒在地。

圉人笑笑,站起来,扑打了一下身上的土。

"在每家每户都要转一圈,不管有人没人。"

义马进入马街,一股风吹来,他皱了一下眉头。倒塌的屋子边,一根两根的木头弃妇般哀怨。一小块破布,一头扎在土中，一头仰起，让风吹得乱转。到了自家门口，义马摸摸门框，门框冰冷。他跳进屋中，直奔炕上。炕墙边斜靠着两床被子，上面落了一层尘土。他从左边跳到右边，炕上被踩出一个洞来，挤出焦黑的味道。他用手一摸，脸上有了几道黑印。他发现了炕灰上的一根草：一头绿，一头黄。他弯腰扯了，伸进嘴里，一股炕灰味呛得他伸长了脖子。跳下炕，到了里面的小屋，一块肚兜搭在半截墙上，他伸手拽了，塞进搭后的前边。出了门，朝后一望，母亲的一双眼从门里飘出，望着他。他伸手一摸，什么也没有。他回身进屋，屋里到处升腾着母亲的眼睛，眼里的泪水停在眼眶，就是无法下来。他努力地叫了一声妈，没有回音。他狠命地在地上跳起来，脚底有一点痛。他咧咧嘴，在炕沿上踏踏实实地坐了一次。

再次出门，义马加快了脚步。大多屋都空着，有人探出头来，见到义马，努着嘴，把身子往后靠。义马便看到一个两个扁扁的头和毫无光泽的眼睛，他们偶尔一转眼珠，义马才能看到一丝活气。

围人从义马脸上看不到悲喜，便拉了义马离开马街。义马一回头，便看到母亲倚在马街口，向他招手。他挣脱围人，拾了一块石头，跑到铁马掌下，跳起来，敲了铁马掌一下。

铁马掌当的响了半声。

到了小马场，围人和义马从一大片蒿草中穿过。天旱，晒不死蒿草，马不吃，给了蒿草自在生长的空间。老的蒿草萎了，新的蒿草便生出。它们一直赶着扩充地盘，将韩骧夫妇的墓围了起来。

拔了坟前的蒿草，义马跪着，围人站着。

义马看到一双手从坟门口探出，他伸手进去，摸到了两只鸟蛋。围人打破鸟蛋，让义马喝了。抹掉手上的一丝蛋清，围人倏然一惊，他发现有两只乳房从坟内奋勇而出，他一屁股坐在地上。屁股下压了一簇白刺，他跳了起来，伸手一摸，手上被划了一个口子。

刺尖很锋锐。

到达巴子营，夜色走来，狗吠般向村庄弥漫。韩骧的房子没被震毁，墙上裂开的口中透进最后的亮光，几股灰尘在抓紧舞蹈。义马走进他住的屋子。围人找了铁锨，在地中挖了起来。地皮硬，围人用锨头剁松硬层，下面的土柔软，刨开酥土，露出一口箱子。

义马闻到了一股奇异的香味。

围人脸色凝重，他脱下衣服，掸拭灰土。灰土随着衣服四散，将香味弥散在房内。围人将箱子抱到桌子的正中，跪下，磕了三个头。他叫过义马，摘除了他的面帘、鸡颈、当胸、马身甲。解搭后带时，义马用手捂住了裆部。围人用力一抽，黑纷纷的毛丛中，一根蔫胡萝卜样的东西仍羞涩地耷拉。

打开箱子，围人取出一套衣服。衣服开襟连套，一抖，长长的，袖口、裤管缀着马蹄，围人一拉头套，马头伸直，一晃，有一只铃铛叮铃作响。

"该到你穿马衣的时候了。"围人庄重地抱起衣服。义马不习惯，围人让他坐到炕沿，把布马头套在义马头上，往下

国家坐骑

204

拉。后襟是活扣，囲人拉起义马，让义马把胳膊伸了进去，义马抖出双手一甩，袖口的两只马蹄狂舞起来。穿戴齐整，囲人粲然一笑："这分明就是一匹马么。"他让义马试着走走，义马一迈脚，向前趔了一下，"再走，习惯就好了。"

"穿了马衣，义马洪福。"囲人扯开嗓子，对天吼道。

在巴子营待了两天，义马走路顺畅多了。囲人在义马脊背下一拍，让他前肢着地。

"该到真正学马走路的时候了。"囲人拽了拽马尾，拍拍义马的屁股，"走。卧。义马吉祥。"义马扭头瞧着囲人的嘴，发现囲人嘴里跳出的话长着腿，一落地就奔奔跳跳。

清晨树叶般一舒展，囲人和义马便离开了巴子营。到红疙瘩时，囲人懵了。一场地震，让通往祁连南山的路都调转了方向。义马跳跃前行，转了一圈，他低垂着头，摇出一点无奈。

"有没有红色？"

"没有。只有黄，还有黑。"

"有没有高点的地方？"

"也没有。"

囲人叹口气，朝向南的方向走。

他抬头看天，义马也仰头看天。天呈灰色，云与云紧密相合，没有缝隙。

"别望了，天已不是天了。"

"那是什么？"义马问。

"老天不是原来的天了，但你的天还是那个天。"

义马不懂，望囲人。囲人收起一团泪。

"义马就是天。"他咕囔了一句。"义马的天在内心。"

义马更加糊涂。

"一直朝南，面向祁连。"

围人在前，义马在后。

祁连山遥远得像影子，围人和义马往前走，祁连山朝后缩。围人抓了一把土，义马缩缩头，围人笑了，顺手一扬，"方向对，一直向南，面朝祁连。祁连也是天。"

一座土山横亘在面前。围人让义马前去辨认，是不是野狼墩。

义马跳跃着爬上土山，绕山顶奔了一遭，跳下山坡，说好像是，又好像不是。

围人抓起一块干馍，让义马去找水。义马顺一土沟往前走，他听到了叮咚声。

在一悬崖下，一滴水停留半天，落下，打在一石窝里。石窝里有一汪水，水上漂浮着几只蚂蚁。

领了围人前来，围人让义马喝水。义马用手捧水，洇湿了马蹄袖。围人瞪了一眼，义马伸长腿，爬在石窝前。石窝眼小，义马的嘴一盖，便罩住了石窝。他爬起来，石窝里只剩下一小片湿。

围人拨拉掉义马嘴上的一只蚂蚁。他伸出手，望着悬崖，等半天，一滴水才落进手心。围人用舌头舔了。

"看，那是什么？"义马惊叫起来。

"似狼，像虎，又好像是一只小鹿，难道是四不像？"义马问啥是四不像，围人摇摇头："是传说中的神兽，不像，真的不像。"

"马见愁!"义马又惊呼了一声。

"不可能。草没了,马没了,马见愁早没了。"

"我给你捉来。"义马一跃,跳上土山。他转了一圈,回到圉人身边,"什么也没有。"

圉人揉揉眼,那个影子仍伏在山顶。

义马又跃上土山,摇着头回来。

圉人靠在半截露出地面的石头上。石头温热,圉人闭了眼睛冥想。

"是心魔!"他长舒了一口气。

义马靠卧在圉人身边,看着那滴费好大劲才能落到石窝中的水,很想去一脚踩翻石窝。

"我们等,如果天下冷子,我们就会断定它是白雨谷。找到白雨谷,一直向南,我们就能找到胡七爷。"

"燕鹰在吗?"

"胡七爷在,燕鹰就在。"

圉人站起来,又坐下。

义马痴痴地抬头看天。

七十

云追逐着云,朵大如马。

圉人眯着眼,对义马说:"看那些云,像不像马?"

义马仰脖瞅了半天:"看不明白。像,又不像。"

圉人笑了:"像,又不像,才是云的状态。"

一阵风下来，云变换了速度和姿势。

"天空好似马厩，只不过天大无边，可信马由缰。"

圉人吆着车，嘴里呼出的酸臭味乌鸦般盘旋。跟在车后的义马走一阵，抬脚看看脚底，小石子硌出的小窝一个连着一个。义马龇牙咧嘴，从圉人的包里抽出两块带绳的毡片。圉人跳下车，夺了毡片，复身上车。义马从旁边捡了块石头，瞄着圉人，几次想砸过去。圉人转身对着义马，义马扔掉了手中的石头，跛着脚跟随着牛车前行。

云拍打着云。

圉人揉揉眼，瞅了一眼还在望天的义马。

"云是云，马是马。云赶马逐。"

一大片黑云蜂拥而来，罩盖了几片发白的云。义马听到那几片白云的叫喊。

一钩月鱼儿般挂在天际。四周全是树叶拍打的声音。远远的一声马嘶，落在了义马的头上。他摇摇头，鬃毛上的月色抖散，全溅到圉人面上。

圉人努力地咳嗽了一声。

云骑在马上。一块云倒立着栽下，圉人一惊，那块云倏地展翅，掠过土山顶而去。几滴雨下来，跌在义马头上。义马抖抖鬃毛，听到了那块云的嗥嚎。

圉人脱了衣服，用一块布遮住私处，蹲在湖面上，朝身上涂泥。义马觉得好玩，也在身上抹起泥来。圉人叫过他，让他在脊背上抹。泥涂满全身时，圉人左手握着笼头，右手拉了皮绳，立在湖边。

义马频频下湖,野马们再也没有出现。他在湖中扑腾着。围人扯完了身上的泥,边擦拭着身子,边用指节敲打着凸暴的骨结。

几声雷滚过,四散的云收拢。又一声雷咔嚓劈下,围人浑身一抖,瞧瞧义马,仍兀自望着天空。

云熙攘暴突,雷声似万马扬蹄,在敲击天空。围人吼了一声:万马奔腾。

一阵雷鸣般的声音滚来,围人抽出刀,勒住了牛车。一群又一群的马从四面八方奔来。义马跳起来,在马群中打转。马群围成圈,把义马圈在里面。圈在逐渐缩小,把义马挤到了马背上。义马在马背上跳跃,他跳了三圈后,一声马嘶,马群回身奔行,霎时消失了踪影。

云层扯开了一道缝,有了片片的蓝。云边上的红,如韩骧女人的嘴唇。

围人从怀里抽出相马师留下的那本书,翻到折页的地方,大声朗读着:

南阳新野有暴利长,当武帝时遭刑,屯田敦煌界中,数于此水旁见群野马中有奇异者,与凡马来饮此水,利长先作土人,持勒靽于水旁,后马玩习久之,代土人持勒靽,收得其马献之。欲神异此马,云从水中出。

义马的耳膜动了一下,他侧目一瞧,发现围人变成了相马师。

一马当先。

千军万马。

老马识途。

金戈铁马。

秣马厉兵。

马到成功。

车尘马迹。

代马望北。

路遥知马力,

日久见人心。

草枯鹰眼疾,

雪尽马蹄轻。

夜阑卧听风吹雨,

铁马冰河入梦来。

……

　　圉人的嘴一张一合。义马从左一瞧,是相马师;从右一瞅,是圉人。那只嘴一张,一匹马便奔涌而出;一合,嘴鼓起来,两腮突突地跳,头便左摇右晃。再把嘴一张,一匹马又涌出。义马眼前出现了一匹又一匹的马。这些马,一落地便消失了踪影。望天,云消失了踪影,大片大片的蓝和地一同晃动。义马推醒了圉人。

　　圉人抹了一把口水,"我梦见了天马在驰骋。那匹天马就是你,后面掠着燕鹰。"

　　"我梦到了相马师,还有那一片湖。你的嘴里,跑出了一个又一个的马。真怪,一落地,便不见了踪影。"

　　"龙马半汉,落地即无。异哉!"圉人搓着脸,搓落了脸上的两片树叶。他一呼气,两片树叶蝴蝶般飘动。

"看,那片湖。"义马撒腿而去。

圉人紧靠石头,看着土山上升起一泓湖水。天蓝,湖水也蓝。他望着义马飞身入湖。湖中的义马幻化成马,四蹄踩风,掠过湖面。一声嘶鸣,天上炸雷般响过,无数匹马从天际涌聚,踩碎整片的蓝。义马裹在马群中,飘逸的鬃毛拧成龙角。马群绕湖,化作龙形,义马和龙并列,没身入湖。

圉人惊叫一声,拔腿向土山奔去。到了山顶,义马前肢拄地,眼里滚出几粒泪珠。圉人用手接了,用舌一舔,泪中有一种莫名的味道。苜蓿、雪山草、胡萝卜,大小马场的青草,凉州城大户小姐们的脂粉,相马师口中呼出的带点酸臭的气味全都涌来。

圉人拉了义马,回到石头边。

天寂静成一块刚裁好的婴儿尿布。

七十一

石窝中的水露珠般滚动。圉人拉过义马,将他的头按在石窝里。义马紧闭着嘴,唇触到那汪水,幸福得温润了一下。

"用舌头,舔。"圉人搓了搓义马的鬃毛。手掌如挏在了铁丝上。

"你不喝,我也不喝。"义马拧起头,圉人的手掌滑落。

"你先喝。"圉人拉住义马的马蹄袖口。

"你先喝。"义马把手一缩,围人拽着的马蹄袖,软软地耷拉成暴晒后的葵花叶子。

围人爬下,用舌头舔了一下。舌头上的湿润令全身兴奋起来,有一股劲催促着舌头,想把石窝中的水吸光。他抬起头,梗着脖子,把舌头缩回嘴中。义马舔水时,围人按住了他的头。义马的舌头快活地在吧唧声中舒展,待他挣脱围人的手肘,石窝底只剩下一层湿。那层湿依附着石窝,等待着下一滴水的到来。

太阳烂柿子般从云里滑了出来。南边的红咧着嘴,强行穿过一团黑云,找到了一窝蓝。北边的云追过来,盖住了那窝蓝。围人脸上的汗迷蒙了双眼,他用手一抹,手心成了一张树皮。他瞅瞅义马,义马大睁着眼,眼角上的迷茫爬来爬去。

"我看到了那只大奶,好大。就像那只土山包,大得让人眩目。"

"我看见了那只红狐狸。它的腿好细,就像大户人家小姐的腿。她们的屁股一扭,闪出的那块肉好白好白。"

"红狐狸跑了吗?"

"没有。它在山顶上跷腿呢!那双眼还会说话呢!"

"你听到它说啥了吗?"

"它在说,渴死吧,渴死吧。你的大奶呢?"

"大奶里没有奶水,如果有,我们吸个够。"

"那只狐狸在摇尾巴呢!它一摇一摇一摇,我得追它。"

义马绕着山跑起来,围人伸手一抓,栽倒在地。他用手揪住上眼皮,看着义马在地上爬。他也顺着义马的方向爬了过去。大奶般的土山阻住了他的去路,他用手一抓,抓了一把土,朝嘴里填。

啾,啾,啾。

啾,啾,啾。

一只鹰直扑而来,用翅膀扇倒义马,把爪下的一只包袱扔在圉人面前。圉人撕开包袱,抓起里面的水袋,拧开盖,朝义马脸上喷去。他张嘴想吐,嗓子已被土堵上。他用手抠着嘴里的土,抠了一阵,嗓子顺畅了。他喝了几口水,扑到了义马身边。

那只鹰用翅膀扇着义马的鬃毛。鬃毛很听话,朝一边倒伏。

圉人含了一口水,朝义马的嘴喷去。义马嘶的一声,跳了起来。

"燕鹰。"他拍拍鹰的翅膀。燕鹰扇动翅膀,朝西飞了。

"这觉睡得好沉,那只红狐狸的眼,勾人呢!"义马嚼着草饼,"你的大奶呢?"

圉人把脸一扭,"哪里来的大奶!"他朝土山包望去,土山包缩成一只乳房,望着他。他紧紧衣服,那只乳房上出现了韩骧妻子一双哀怨的眼睛。他蒙住了自己的眼睛,眼光却不听话,从指缝里使劲往外冲。

"鹰飞马逐,气息相通。想必胡七爷等不到我们,让燕鹰来寻找。如果再被迷一天,我们就葬身在这土山包下了。"圉人仰起脖子,吞了一大口水。

喉咙里轰隆隆响了一阵。义马学圉人仰起了脖子,圉人抬手按下他的头,让他把那口水咽了下去。

七十二

"我们怎么走?"义马把手中的几根草抛了出去。

圉人弯腰拾起义马丢弃的几根草,"往燕鹰飞的方向走,朝天的方向走。"

义马看到了那棵树,他跑到树下,用头蹭蹭树。树叶半黄半绿,黄绿间的纹理凸出一条黑线。"我记得这树在那边,怎么跑到了这边。"

圉人揪了一片叶子,叶子旋转了一下身子,将背面调给了圉人。

"全是地震闹的。这老天,硬是把南北的山调转了位置。"圉人把那片树叶插在义马的鬃毛中,树叶欢快地随着义马的毛发抖动。

一大片花扑面而来。花朵碎繁,六瓣对视,热热地铺了一地。义马低头嗅嗅,味道追赶着味道进入他的鼻腔,母亲宛然坐在花丛中,大襟衣服上布满花朵,一朵一朵向他招手。他跳入花丛,母亲的影子消失了,花朵们摇晃一阵,复归宁静。

一条雪线横亘于眼前,圉人跪在了地上。雪因山势而走,或高或低,亮亮地灼人眼目。圉人嘿嘿地笑着,笑声打弯了膝下的一团草。一片云飞倏于义马的肩膀,胡七爷爽朗地转过山角,朝天开了一枪。

义马觉得雪山缩了缩身子。

面饼、草饼摆在小方桌上。胡七爷和圉人对坐。义马立在炕边,他手里捏块草饼,用舌头舔舔。舌头终于等到了久违的气味,舌面润润地舒展,唾液里弥散出一股香甜。

"恍若隔世。我想这辈子我们的缘分还没散尽。义马好,你也好,我们大家,"胡七爷指指荡在木杆上的燕鹰,"都好。"

"天不灭义马。"胡七爷拉了义马出门。"你看那山崖!"义马抬头望去。一崖兀立,顶上的一棵松树从岩峰中伸出,半边树呈扇面盖下,树荫下的草葳蕤生姿。

"雪山草。"圉人奔过去,掐了几截草,放到嘴里慢慢咀嚼。

"造化弄人。地震后南山、北山换了位置。我怕雪山草消失,便让燕鹰盯着。地震后两山合拢,黑水漫山,那阵势,山吼地号。我站在山顶,两腿打战。那水势,似黄河惊涛。沿线村庄像一根草随波漂流。义马歇过脚的村庄里的人全被水卷走。水势过后,我半月没有缓过神来。我待在山顶,老是感觉眼里奔跳着水,心里翻腾着浪,那情势,杀人啊!"

圉人嘴角有绿汁渗出,他用手指抹了。

"跪下!"胡七爷喝令义马。

义马跪在草边。

"有草必有马,有马国就在。"

圉人的腿也弯了下去。

"草不弃义马。原先的景物已不在,唯有雪山草和那片山崖,跑到了这里,好像要陪我。我胡七何其幸也!"

圉人把头伸进草丛,额头触地,他看到两只乳房从草中缓缓升起,他闭了眼,雪山草围成幕布,网住他的头。他的头往里伸,两只乳房往里缩。围人的屁股翘起,衣服向前滑动,脊椎骨铜钱般抖动。

"魔怔!"胡七爷甩手一鞭,鞭梢上缀着的铜钱稳稳地落在围人后背,围人一惊,往后一仰,坐在地上。他扑闪着眼帘,看着义马用嘴舔吮草尖。

夜色糊了。围人和胡七爷坐在房前。

"喝两盅。"

"喝两盅。"

俩人便对饮。

"我老觉得你心中藏了很多东西。"围人盯着胡七爷。

胡七爷长叹一声,"这世上,谁又没有点藏着掖着的东西。如果不是山河倒流,我这辈子会把这一切烂在肚里。如果不是你们发现了义马,我早回了山东老家。"

围人在杯里斟满酒,递给胡七爷。

"你可知秦安安晓峰、凉州李于锴?"

围人长吸一口酒。

"晓峰先生维峻,在光绪十八、十九年,连上几十道疏,直陈时弊,力谏诛李鸿章、杀李莲英。慈禧老佛爷震怒,幸赖光绪帝曲意回护。遭革职后,发配至张家口。那道《请诛李鸿章疏》,字字如刀,句句似剑,每每想起,都令人回肠荡气。"

"我本山东一游侠,因慕大刀王五高义,拜其门下。师傅门下,有三剑、四棍、五刀,皆武艺高强之辈。维新变法失败，师傅从谭嗣同之死悟出：死一好官，国便减弱一分势。故而令门下弟子，择好官而护之。我因感晓峰先生铁骨，投之门下。谁知晓峰先生不想与武人相交，婉拒于我。师傅便令我远远保护。晓峰先生贬谪之时，师傅亲自护送，同行的人中，就有凉州李于锴。"

囿人一仰脖，一口酒昂然入口。

"于锴先生乃凉州宿儒李铭汉之子。马关条约签订前夕，他会同在京举子领先公车上书，颇得文名。"

"此亦为书生中之俊豪之士。他与晓峰惺惺相惜，在护送晓峰先生至张家口时，有《送安晓峰先生出塞》相赠。晓峰先生感其义，曾云：'叔坚先生以诗宠余行，送余出塞，冰天雪地，艰苦共尝，高义云天，千古罕有。'那个时候的读书人，国破而扶山河之志不灭，家亡而道德之心尚存。即使是马，也忠义护主，我的那匹无双——"

囿人低头呢喃："马，马……"

"无双伴我多年，身上中过洋鬼子一枪，后经京城名医精心疗治，留得一命，但元气大伤。送晓峰先生至张家口时，我把它安顿在京郊一农户家中。我们到张家口时，无双亦赶到，伤口迸裂，血流不止。张家口冬季寒冷漫长，它最终没能熬过那个冬天。"

囿人躺在屋前，手中握杯，仍在呼叫："马，马……"

"于锴先生放山东沂州知府，我伴其左右。他告老还乡，我护送他至凉州。义马的事，就是他告诉我的。我在凉州待了三年，听到过无数马的故事。义马的事，我颇为好奇。于锴先生曾言：没有好的政府，哪有好的官吏。没有好的官吏，再好的马也会被糟践。等了几年,不见义马出世,我心灰意冷,准备回山东老家。于锴先生便为我讲了许多凉州的人和事。他说万事有因,他隐约感到义马不久之后会在凉州出现。他说凉州自古出宝马,能出天马的地方,一定会有异种留世,只不过没到时候。后于锴先生病故,我便来到祁连南山,等着,熬着。那些日子,我夜夜梦见无双,它忽倏而来,又奔突而去。在它身后,晃动着凉州城。更令人感佩的是,于锴先生在凉州还有一壮举,在凉州大旱大荒之年,他用自己的俸禄为凉州三大姓免了三年赋税。这一人一马,让我绝了回乡的念头。"

圉人老泪纵横。

"我枉列三剑之中,可能帮不了义马,但义马自有天数。我帮不了,有人帮。谁帮,我不知道。造化弄人,凉州连年天灾人祸,但义马尚能独存。你圉人之功,可泣天歌地也。"

"当年光绪皇帝以有清近三百年之祖训而不杀谏官,保得晓峰先生一命。民国无序,大小军阀灯笼般晃来晃去。但愿下一任凉州之官,能明你苦心,给义马一个好的名分,让它完成使命。"

圉人抓起酒坛,仰脖狂饮。

"李鸿章平日挟外洋以自重,固不欲战,有言战者,动遭呵斥,问败则喜,闻胜则怒。中外臣民,无不切齿痛恨,欲食他鸿章之肉。而又谓和议出自皇太后,太监李莲英实左右之。臣未敢信。何者?皇太后既归政,若仍遇事牵制,将何以上对祖宗,下对天下臣民……"

胡七爷仰声诵读,山谷回响。义马纵身奔出,没在了夜色之中。

  天马徕，从西极，涉流沙，九夷服。
  天马徕，出泉水，虎脊梁，化若神。
  天马徕，历无草，径千里，循东道。
  天马徕，执徐时，将摇举，谁与期？
  天马徕，开远门，竦予身，逝昆仑。
  天马徕，龙之媒，游阊阖，观玉台。

"圉人，当年安晓峰先生《请诛李鸿章疏》如何？"
"胡七爷，当年汉武帝作《天马歌》，如何？"
"如刀似剑，恨不能割李鸿章之肉，饮其血而后快！"
"一扫匈奴，万蹄溅血。汉家天下世上马，谁能有此气象！"
"喝——"
"喝——"
俩人提着酒坛，追踪义马而去。

七十三

清晨的凉州城像一只剥了皮的羊裸躺着，身上还残留着没有收拾干净的几粒羊粪和几撮羊毛。圉人踩碎满地乱窜的风，在街中的一棵树下，他喘口气。街道干净得如刚上身的衣服，街心的几块修补的砖，纽扣一样凸出。三三两两的人，跟着街头支起的小摊弄出的味道，在左右摇晃。一座摊前围坐着几个老人，各自抱着羊头，用铁签在细细地剔着肉丝。一位老者用挖耳的小勺掏着羊脑，掏一点张开嘴，伸出舌头一舔，满脸的皱纹舒开，把风一缕一缕逐出。一丝阳光跌在羊头上，头骨的白晃出金色，他们呷一口酒，呼一口气，把无数的阳光残片收拢，又朝不同的方向散去。

围人吼了一声。

立在城门口的义马飞身进城。守门的兵丁眼前卷过一阵风。

"是老虎吗？全身还有斑纹。"

"不是，我听到了几声铃铛响，哪有老虎挂铃铛的。"

"碰到鬼了？"

"扯蛋，天都大亮了，鬼还能现身。"

俩人边嘀咕边等换岗的人。等换岗的一到，他们斜背了枪，去休息了。

"怎么又出现上次的情形。"一个回到家，还在回味城门口的奇遇。

围人和义马来到马街。那堵阻挡马户们的墙已被拆除。马街前挂铁马掌的木杆没有了踪影。围人找到了栽木杆的窝点，用手抠，窝点中的土还有点温热。他填平窝点，和义马进了马街。

马街的残垣断壁间立起了房子。不精美，也不粗糙。里面晃出的人的头都是圆的。堆草料的地方冒出几间出廊的房子，威猛出一种新色。拴在房前的狗，汪汪地叫。到了自家门口，义马看到了门上的铁锁。他推推门，门开启了一条缝，里面有一张方桌,几把凳子,都不是他家的。他用头顶了顶门,门咣当几声,引得旁边的人家伸出了头。

"他们走亲戚家去了,几天后才能回来。"

义马看着人家的圆头,甩动了一下鬃毛,说话的人哎哟一声缩了脖子,掩上了门。

主街道上摆着大缸,缸里贮满了水。间或有麻雀立在缸沿上,尾巴一翘一收地饮水。缸上的几个字红红的张着牙,似乎在嘶叫。

义马问哪几个是什么字。

"太平缸",缸的水面上映出了圉人的影子。水面的波纹把他的头切割成几块。眼睛、鼻子、嘴朝三个方向晃动。

马神庙的废址上竖起了几栋房子。走进一所院子,院子里的人很陌生,操着陕西口音,问他们找谁。圉人说找老庙祝。陕西人说哪有什么庙祝,他们盖房子时,挖出了许多骨头,那个道人肯定是个贪嘴的,有的猪头好大。

"你们不知道这里原来有一座庙?"

"哪能不知,懒驴的尿多,凉州的庙多,谁不知道。"

"你们敢在庙址上盖房?"

"怕啥?神仙走了,人就得住。说不定我也会当一回神仙。一场地震,神仙的塑像也被摇成了稀巴烂。"陕西人从屋里拿出一把拂尘。"我还以为庙底下能挖出啥好东西,费了半天劲,挖出了这么个破玩意,用来打苍蝇倒顺手。"

圉人和义马出了院门。陕西人追了出来,望着义马。

"你妈也是个懒婆娘,我只知南方扁头多,你这个扁头比他们可扁多了。"陕西人把拂尘递给了圉人,"没有了庙,拿这个去留个念想吧。"

圉人眼前的太阳碎了一地。

圉人和义马到乡下去寻找马神庙。圉人记得南乡的马神庙很是壮观。那座马神庙离小马场不远。走了半天的路,圉人的心情一直很灰暗。沿途的村庄里有一缕两丝的炊烟冒出,烟中散发着麦草、秸秆和驴粪的味道。路旁的秋洋芋直着身子,叶片肥厚。义马掐了几片,涩酸难咽,他吐出叶子,看到一只花色的鸟,追了几步,便停下,等待圉人。

南乡的马神庙只剩下山门的石柱,山门上的木料和支撑木料的石墩已不见踪影。石墩上的鸟粪白的发灰,黑的发白,一摊一摊。圉人沿着庙墙跟搜寻,马王神的头毫无表情地掩埋在土中。他用手刨开土,马王神的左眼空空荡荡。他抱着马王神的头,爬到废墟的高处,将马王神的头安顿好,用袖口拭去脸上的灰尘。马王神的右眼,透出一点亮,他找了一块土疙瘩,塞在了马王神的眼中,马王神的脸上便有了表情。

东乡的马神庙还在。里面的草高于人身。圉人和义马没在草中,草便波浪起伏。附近的村里有哭叫声,他们顺了声音寻过去。看到几个兵丁拉着一头驴前行,后面跟着一老太太在央求。一兵丁烦了,一枪托砸倒了老太太。看到义马,兵丁们涌了上来。

"这头,扁得像木锨,亏他的这张脸还能盛下眼睛、鼻子和嘴?"

哑人问他们抢人家的驴干啥。

一兵丁乜了哑人一眼,"马师长已升任了马军长,有兵缺马。没马,拉了驴去卖了,买马。看你个糟污人,问这么多干啥?不看在你老得拄不动拐杖和这个没人样的扁头相伴,拉你们去做壮丁。"

他们骂骂咧咧走了。

"天爷,雷咋不劈了他们。走了个马三少,来了个马大傻,专跟人过不去。"老太太望不到驴了,跺脚骂道。"马,马,马为啥让这群恶人骑了去打战。你打我,我打你,打来打去遭祸害的还是老百姓。你个老鬼和扁头,为啥不挡住他们。他们拉走了我的驴,你们倒在旁边看热闹,也不是好东西。"

老太太拍拍屁股上的土,踮着脚,向村里走去。

七十四

凉州城西小十字西南角,堆着一堆一堆的木料。木匠们绑了支架,在扯木头。锯来来去去,喀嗞喀嗞的声音吸引了义马,他偏着头张望。看绑木头的绳子松了,木匠提了斧子,把歪斜的楔子扶正,砸了几斧头。

哑人问木匠们在干什么。

一老木匠望了哑人和义马一眼,"在为马军长盖清凉池。"

哑人不懂啥叫清凉池,问老木匠,老木匠的一只眼歪斜,义马笑了一下,老木匠恼了:"笑,你这个扁头。黑乌鸦还笑黑乌鸦?"

老木匠穿着一身黑衣服。他吐了几口唾液,围人怕他吐到义马身上,挡在了义马前面。老木匠喝了一口水,"不懂了吧,人家马军长说没洗澡的地方,赶走了这里的住户,把房子拨拉了盖个澡堂子。不和你们闲扯了,误了今天的工期,要挨板子。"

"这个扁头就是义马。我见过的。"一扯木头的木匠喊道。

"义马,义马,是个没卵子的扁头。"另一个将胳膊往前一推,差点把另一边扯木头的木匠推下板凳。

义马行于街上,在一门前站住。门上吊着两片门帘,门帘中间,有两个圆圈。一圈内写着一个"新"字,另一圈内写着一个"知"字。义马不识字,他觉得那两个圈好玩,便掀开门帘进去。一个戴眼镜、瘦高个的男人猛地看到义马,往后一缩,书架上的书抖动了几下。他刚想询问,就见围人掀帘进来。围人的衣服古旧,脸上的风霜忽上忽下,瘦高个男人放下了手中的书,搬出一把凳子,让围人坐。围人摆摆手。瘦高个男人看义马直直地盯着一本书,他走过去,看到义马盯的是鲁迅的《呐喊》,便问义马:"你知道这本书吗?"义马不作答,仍旧茫然地盯着那本书。

"你上过学吗?念过书吗?"

义马摇摇头,眼睛一直没有离开过那本书。

"想过上学没有?"

"想过。"那两个字仿佛从遥远的地方飘来,如细细的蚊音。

"你喜欢这本书吗?"瘦高个男人从书架上拿下了书。义马偏了脑袋,看封面上那个人的头被瘦高个按在了手下,便嘶地叫了一声。瘦高个一惊,书掉在了地下。义马踮了脚尖,从栏柜外往里望。瘦高个弯腰拾起书,用手掸掸,鲁迅的木刻人头像又清晰了起来,义马咧嘴笑了。

瘦高个男人怔在地上。

"你以为他在看书,他是在看那个人的头发。"围人拍拍栏柜。

瘦高个男人瞅瞅义马的头发,又看看《呐喊》封面上鲁迅的头发,笑了。

义马的头发长而粗,鲁迅木刻像上的头发硬硬的,直戳向天。猛一看,还真有点相似。

瘦高个男人觉得今天格外有意思起来。

"先生也喜欢看书?"瘦高个从栏柜下抽出一本《新青年》,递给围人。

围人翻了一下,"这是啥书?"

旁边的店员想解释,瘦高个男人挥挥手,店员撇了嘴离去。

"我不看,线装竖排的才是书。这是字,不是书。上面那些蝌蚪也是书?"

"那是标点符号。有了标点符号,书就好读多了。"

"不就句读么,哪个读书人不懂,我实在看不惯这玩意。"

"那不是玩意,那是标点符号。"店员争辩道。

几丝风掀得门帘左右晃动。围人坐在凳子上,问瘦高个男人有无马的书；瘦高个男人说没有，他的书店里卖的都是启蒙书，还有关于新思想的书。看圉人皱了眉头，瘦高个男人说老先生爱马吗？

圉人把眼一瞪："爱。爱得吐血。这是国家最好的马。"他指指义马。

"这不是人吗？一个人头扁了怎么就成马了，这老先生也糊涂。"店员又插了一句话。

"你不说话能把你憋死。不懂就不要乱扯，谁糊涂？"圉人的胡子簌簌地抖动。

瘦高个男人道声对不起。

"你读过宋代赵令畤的《李幼清》吗？"

瘦高个男人说没有。

"怪不得你不知马。"

圉人一仰头，嗓音在店里响彻起来：

唐兴元有知马者李幼清暇日常取适于马肆有致悍马于肆者结縻交络其头二力士以木夹支其颐三四辈执挩而从之马气色如将噬有不可驭之状幼清迫而察之讯于主者且曰马恶无不具也将货焉唯其所酬耳幼清以三万易之马主惭其多既而聚观者数百辈诘幼清幼清曰此马气色骏异体骨德度了非凡马是必主者不知俾杂驾辈槽栈陷败粪秽狼藉刷涤不时刍秣不适蹄啮踩奋寒跤唐突志性郁塞终不得伸久无所赖发而狂躁则无不为也既晡观者少闲乃别市一新络头幼清自持徐而语之曰尔才性不为人知吾为汝易是锁结秽

杂之物马弭耳引首幼清自负其知乃汤沐剪刷别其槽
栈异其刍秣数日而神气小变逾月而大变志性如君子
步骤如俊乂嘶如龙颜如凤乃天下之骏乘也

满屋的古音绕梁，店员大张了嘴，看囵人停了晃动的头，长舒了一口气。瘦高个男人泡了一杯茶，递给囵人。囵人瞧着玻璃茶杯，看着满杯的茶叶在乱跑，"这又是什么玩意？看，我这没蝌蚪的文比汝那些有蝌蚪的怎样？李幼清知马，汝不识马，也难怪。韩愈的《马说》你该知道吧！"

"这我知道。在北京上大学时学过。"

"你用你的蝌蚪文背背！"

"世有伯乐，然后有千里马。千里马常有，而伯乐不常有。故虽有名马，名马，名马……"

"别名马了。你连《马说》都不会背，怎么知马，看老夫背之。"

囵人又摇头晃脑起来：

世有伯乐然后有千里马千里马常有而伯乐不常
有故虽有名马祇辱于奴隶人之手骈死于槽枥之间不
以千里称也马之千里者一食或尽粟一石食马者不知
其能千里而食也是马也虽有千里之能食不饱力不足
才美不外见且欲与常马等不可得安求其能千里也策
之不以其道食之不能尽其材鸣之而不能通其意执策
而临之曰天下无马呜呼其真无马邪其真不知马也

瘦高个男人脸上的汗蚯蚓般往下滴，他并拢双腿，向囹人鞠了一躬。

囹人一翻眼皮，"竖子不足与谋。"便拉了义马出门。

店员缓过神来，倒了茶杯中的茶，"这糟污老头倒有一肚子的货。那个扁头，与马有关系吗？"

"有关系！他们对马的审美与文化价值似乎超过了其传统价值。这个义马，值得正视。"

"先生，我们来凉州，是为了发展进步青年，宣传新思想。您怎么信起了这些东西。"

"这与信不信没有关系。承继传统未必是守旧。"

"你不会想让那个老头也追求新思想吧？"

瘦高个男人的脸凝重起来："我李德铭在追求信仰，人家也在追求信仰。你不听那位老先生说国家之马时的口气，自尊而高贵。义马的事，我听人说起过，并没在意。听了老先生的言谈，看了老先生的举止，我对这个国家还是充满了希望。那位老先生身上有一种精神，他让义马作了这种精神的载体，这正是我们这个时代所缺少的。"

店员歪着头，托腮望着在风中飘动着的门帘，"先生，我从没听到过您说这么多话？"

"竖子不足与谋。"李德铭走出栏柜，掀起门帘，追着囹人和义马而去。

店员盯着《呐喊》的封面，看着木刻鲁迅像的头发，想那个义马的头发若飘起来，是否也有鲁迅的那么硬，是否也能根根戳天？

七十五

满街的风在乱跑。一群人贴在街面上，跐了脚尖看墙上随风抖动的一张告示。义马凑上前去，围人把他拉到一边。围人看看告示，大意是说明天马军长要坐堂，凡百姓有事者，皆在离府衙前一里地等候传唤。围的人纷杂乱嚷，都说这马军长坐堂，好像大清皇帝坐金銮殿，一里地之遥，传话的人有多累。有人便怪叫：在凉州地界，姓马的可不是皇帝？前有马廷勷，把凉州弄得像锅粥，不知这马军长又要放什么幺蛾子。一老人拍了他一掌：不说话不会把你胀死，让你去王司井挑水，你倒在这里乱嚼舌头。说话者瞧见父亲那张抹了锅灰似的脸，挤出人群，挑了两只空桶，咣当着走了。

转过一条街，就见在扬起的灰尘中，一群人正在推几栋房子。有女人抱了孩子在哭，有男人从倒塌的房屋中抢出几床被褥。围人问他们在干什么，一人说：没长眼睛吗？看不见我们在拆房子。

"好端端的拆人家房子干什么？"

"干什么？怪他们没长眼睛，这几栋房子挡住了向马军长传话的路，不拆了它们，难道让马军长的话拐弯不成？"

"这是啥道理？"李德铭赶上前来。

"看你也是个读书人，不知道马军长的话就像天吗？"

"你们拆了他们的房子，让他们去哪儿？"

"凉州那么大，他们爱去哪儿去哪儿？你如果有房子在东街，赶快搬走东西，下个月马军长要在东街修三十大院。"

"三十大院是干什么的?"

"干什么的，让老屌快活的地方。这年月，一赌二嫖三抽，有这三样，不怕男人兜里的钱不往外流。"

"这也太霸道了吧!"围人的胡子翘了起来。

"霸道?你这老小子带着个扁头，看着就让人不顺眼。今日赶上爷高兴，懒得理你。拆完这些房子，我们还要去盖蝴蝶楼，马军长从兰州带来的十姨太，没地儿住呢!"

围人吐掉了扑进嘴里的几粒灰尘，带着义马转身朝北门走去。

"老先生要去哪儿?"

"凉州有十三座马神庙。城里的全毁了，南乡、东乡的也毁了，我和义马到北乡去，看看还有没有幸存的!"

"我陪你们去。"

"谢了。这是我和义马的事。"围人和义马迈步离去。李德铭叹口气，回了书店。

清晨在锣声中抹把脸，天就亮亮地舒开了眉眼。吃完早饭和还未吃早饭的人们三三两两，朝划定的地方走去。被拆了房子的人家背了铺盖卷，挤在人群中。有人挑了担筐，筐里装着的碗碟挤挤挨挨，在筐中缩头缩身地晃荡。

在划了线的地方，人们停住了脚步。那条横线是用面粉划的，一条白直直穿过。从横线的头延伸出两道白线，霸气地走到府衙门口的两根柱子前停住。白线两边，隔五米立着一位兵丁，刺眼的靴子和闪亮的刺刀，迫得围罩的人半眯着眼睛。府衙两栏，一栏的柱子上绑着十几个破衣烂衫的人，老的小的都把眼泪甩在地上。一栏旁跪着二十几个人，都赤裸着身子，头上顶着方砖，两只胳膊在瑟瑟地抖动。

一声锣响，有兵丁从府衙牵出一匹马来。两个兵丁在前面引导，后面跟着两个兵丁，手持旗子，旗子在风中猎猎，像狗在甩动舌头。

围人的眼睛直了。

那匹马腿上绑着四只沙袋，行走时，沉重的响声震地。围人低头瞧去，蹄上钉着的马掌比正常的马掌厚一倍，像穿了一只铁鞋。

围人叹了一声。待马走近，他走上前去，跨过了白线，被兵丁推搡了出来。他伸长脖子，眼里走出一片草原，一匹神骏踏蹄而来。头方，口光，腹臀如城郭。马眼里闪现的光泽，盛得下千山万水。马耳虽小，像竹筒般圆润。马鼻肥大，类于狮鼻子。马嘴白中夹红，像洞穴里伸出的一团火。其瘦不见肉，其肥不见骨……围人大叫一声，冲上前去，又被兵丁用枪托砸了出来。

围人顽强地立在人们前面，那匹马嘶嘶地叫了起来。义马头上的鬃毛根根直立，从眼里飞出的兴奋落在那匹马的头上。他跃身扑去，被围人拉住。那匹马转过身，围人瞧见了它臀部后面的一撮白毛。那撮白毛并不显眼，只有三根，缀成一撮。围人眼里的光泽渐渐熄火。

他沉重地叹口气。

李德铭问道："老先生为何前赞后叹？"

围人颓然道:"不可说,不可说。"便挥泪离去。

李德铭跟了过来,围人又叹口气,"我托你一件事?"

"你说。"李德铭来了兴致。

"听说马户头还被关在监狱。你若见到了马军长,求个情,放了他吧!"

"这马户头是什么人?"

"就是原来马户们的头。他在阻止马廷勷的扁头营杀人时,被关进了狱中。"

"有没有明显的特征?"

"扁头就是最大的特征。"说完,围人拉了义马,说北乡也没有了马神庙,他和义马要到西乡去找,"马神庙没了,马神没有了落脚的地方,义马的魂也就无处安身了。"

背铺盖的跪在地上,央求传话的兵丁:"军爷,你去求求马军长,拆了我们的房,我们到哪儿住呢?"

兵丁翻身跃上一匹白马,得得的蹄声远去,背铺盖的还未缓过神来,兵丁已骑马返回。

"马军长说了,出了南城门有一块地,自己盖去。"

李德铭挤上前来,让兵丁传话,请马军长放了府衙两栏关着的人。

兵丁又跃马离去。兵丁回来后,脸上有了笑意。

"马军长说,读书人求情,准。不过,马军长说,那些顶砖的人,不管好自己的鸡巴,在城里到处撒尿。在城里撒尿,就像在房中撒尿,骚气难闻,影响城里的景致。他让警察每人抽他们十皮鞭,再去找在城中乱撒尿的。找一个,顶他们的缺;找两个,赏;找三个,就让他们鞭打那些随处撒尿的人。"

挨了皮带的顶砖者扔了砖,兵丁叫过警察,让他们在撒尿者身上用红漆划了一个圈。

"马军长说,给他们身上做上记号,免得放了他们找不回来。"

看着脊背上的红圈,围观的人来了兴致,有人拍起了手。

"那些绑着的人呢?"

"马军长说,读书人能为他们求情,是他们的造化。马军长说了,军队是保国安民的。没马,就没气势;没人,无法成军。蒋委员长把他的一个师扩充成了一个军,让他就地解决兵员。两男抽一丁,三户买一马。这是蒋委员长制定的保甲制度。放他们可以,让读书人作保。只要他们凑足了规定的钱数,就放了他们。"

从人群里挤出几个人来,朝李德铭鞠躬。李德铭让他们赶快去想办法,几个人应了,抹泪离去。

太阳树叶般抖了几下,街上升腾出一股一股的热浪。传话的兵丁大声吼叫:马军长累了,散了散了。

有人问马军长何时再坐堂。兵丁笑了:"长眼睛的就看墙上,啥时贴出告示,马军长就会坐堂。"

看着转了身的李德铭,兵丁喊道:"读书人,马军长让你带着那个扁头娃和老朽去见他。"

"那位老先生到西乡去找马神庙了。"

兵丁恼了,"晚上给他传话,我不管他去找马神庙还是牛神庙,今日马军长心情好,别给脸不要脸。"

233

七十六

天阴成一盘菜,风钻进菜中,搅混了各种味道。

走进府衙的李德铭、囲人和义马听到了各自的心跳。

囲人迈进门槛之后,被一块高悬的匾额止住了视向。匾额上书"明堂"两字。下面,平地起一高台,台上巍然立着一把大椅,椅手红艳,椅背金黄。高台两侧,是木制的台阶,上铺红毯。椅中坐着的人,两手摁着椅子扶手,目视前方。身后,立着两个兵弁,皆黑衣白裤,手持长枪。长枪上的刺刃闪着寒光。囲人倒退几步,李德铭扶住了他。

义马瞧着椅背上人的脑袋,上面的毛发如铁丝般盘曲,满脸须发环绕。义马觉得那个人的头像一个露出地面的大萝卜。萝卜缨韧性十足,拔出泥来,即使根须中带泥,也那么嚣张。他咧咧嘴,想哭。

李德铭脑中转出"金銮殿"三字。他往前一跨,有兵丁拦住他,指指地下划的一条线。那条线,颜色深黄。

"读书人先说,今天还有什么事?"上面的人嘴一张,洪亮的声音在大殿中旋转,落在了李德铭的耳边。

李德铭说凉州连年天灾人祸,民不聊生,学堂废弛,请马军长休生养息,恢复学堂,让孩子们有读书的地方。只有这样,国家才有希望。

马军长说:"准。我马家军将领的子弟都随我而来,让他们读读书,一收野心,二明点事理,好。我已布告,在凉州城设一中学,四乡六渠各设一小学。学校校长由我任命,校名我已起好,叫青云学校。各校都从外地延聘名师,切不可误人子弟。"

李德铭谢了。

"至于那个马户头,我已从监中寻出,也带到了这里。"

马户头披着一身憔悴被带了进来,看到圉人和义马,他扑了过来。

马军长伸长脖子,望着马户头和义马,哈哈大笑。

"这一个扁头一站,有趣;两个扁头一站,也有意思。你们说的这国家之马原来是这么个玩意,好笑不好笑。"

圉人正色答道:"事关国家兴亡的大事,一点也不好笑。"

马军长沉声问道:"蒋委员长是不是国家?东北的张少帅是不是国家?我西北的马家是不是国家?"

圉人昂首争辩:"不是,你们都是军阀。"

马军长拍了一下椅前的方几:"现今的中国没有军阀,何来国家?我倒问问,胡七跑了哪里?"

"他在祁连南山!"

"祁连南山?我翻遍了山谷,哪来的人?"

义马弯下腰,从马衣的下摆抽出一张纸条,纸条上的字已模糊走样,圉人辨认了半天,才看到四行字:

义马康健　自此杳远　鹰老长空　地久天长

他把四句话读了出来。"这是胡七爷教会我的。"

马军长笑了:"你说这义马忠诚,我倒信了。你圉人守护了他多少年,他连这消息都瞒了。胡七跟我阿大相识,我阿大曾叮嘱我，见到胡七可把他留在军营，此人忠义。我找了他很多年，听说还在凉州。现在连他都走了，你让我找谁去？人，靠得住吗？连亲兄弟都靠不住。我来凉州，我胞弟连夜上书，说我目光短浅，不能守震河西。人都这样了，马又怎样，你弄个扁头就成了国家，岂不好笑！"

围人吼了一声，张臂往前一扑，被两个兵丁扭住胳膊。围人一甩，两个兵丁栽倒在地。

义马嘶嘶地叫着蹦跳。

两列兵丁围了上来，立在马军长背后的兵弁把刺刀横在了他的前面。马军长挥挥手，围过来的兵丁往后退去："好大的气性。我喜欢。你的国家之马要转世才行。你们那种轮回太慢。我要在河西立足，需强兵壮马。等到你的国家之马转世，谁知道世界又变成啥样了？"

李德铭挡在围人和义马前面，说："这是一种精神。在整个冷兵器时代，我们民族的属相是马。"

"你们的属相与我有何相干。既然是精神，就留在我的军队。"

李德铭大声辩道："不可，精神要留给国家。日本人已抢占了东三省，张少帅远避北京。中国，缺的就是这种强刚的不屈不挠的精神。"

"张少帅退与不退，他说了不算。他和老蒋是把兄弟。他退了，还得为老蒋背黑锅。我不是手中有这点兵丁，姓蒋的能把我放在眼里？"

"义马不是单纯的马。一开始我也认为荒诞。后来一想，他体现的是国家性格的一部分，这是现在我们最为缺乏的。

我们这辈子如果传承不了,还有下一辈。所以,义马的转世就有了特别的意义。"

"别扯那些文兮兮的理,我不懂什么传承与国家性格。我只懂得,有枪有炮,日本人也得让三分。说,你们那个义马留还是不留?"

"义马不能留,要留留我。"马户头护在了义马前面。

"留你有屌用。你连精气都没有了,留你干啥。义马如果不留,就杀了。与其给别人留精神,不如我先灭了他,长长自己精神。"

李德铭一拱手:"马军长息怒。义马的去留,自有定数。先别忙着说留与不留的问题。我们先说说别的。"

"你们扯淡的精神啊传承啊性格啊与我所求的不一样。对了,听兵丁说,那天这老头看到我的'盖西北',曾出声冷笑,究竟何意?"

围人怔了怔:"敢问马军长,此马从何而来?"

"从何而来?吓死你。此马是张少帅送的。这马曾在东北与火车赛跑。张少帅跟人打赌,赢了。这马比你们那个义马可精神多了。它一出蹄,只要前面有马,就永远不会停息。"

"那马不是不神骏,只是屁股后面有三根白毛,类于刘备刘玄德的的卢。"

"这我听说书人说过。的卢妨主,刘备不也好好的么!张少帅骑过这马,他不也好好的么!"

"此是后话。拥有此马者,免不了一个囚字,逃字。"

"你在咒我?"马军长站了起来。

李德铭拉住围人,"军长先消消怒气。围人已历咸丰、同治、光绪、宣统四帝，精于相马，他说的可能有一定道理。"

"道理都是你们一帮读书人日弄的。宣统能算皇帝？我的道理就是有军队就有地盘，有地盘就有一切。你说，我怎么个像张少帅一样，谁来囚我？我怎么个逃法？"

"此乃天数，我如何说得。"

"这不是更扯淡吗？说不得你怎么说出了。好，既然你们的义马厉害，就和我的'盖西北'比试一下，看看，谁的马会妨主？赶他们出去，定个日子，比试。如果你们的义马赢了，我就相信你们的扯淡精神与国家性格。"马军长指指李德铭，"你也和他们算在一起。如果义马赢了，万事可休。如果输了，连你一起砍头。"

马军长走下台阶。每踏一阶，台阶就发出空洞的响声。围人定眼一瞧，发现马军长的左肩高，右肩低，他叹了一声。

"你又叹什么？"马军长停住了脚步。

李德铭忙答道："他在叹'盖西北'的神骏。"

马军长狠狠踩了几下门槛。

"我们去干什么？"马户头问道。

"盖马神庙。"围人拍了一下义马的肩膀。

七十七

马街口寂寞空旷，围人坐在地上，义马立在他旁边。

"铁马掌。"义马仰头望了一下天。

囤人不语,用手指抠着铁马掌的形状。

"像。"义马跺跺脚。

囤人的指甲缝里塞满了土。抠出的土积了一小撮,他掏出布包,包了。李德铭瞧着囤人指甲缝里的血丝,掏出手绢,让囤人包扎,囤人摇摇头,把布包交给马户头,让他收藏好。

"你去央求一下马军长,让他给半月时间,我们好造庙。"囤人向李德铭鞠了一躬。

李德铭肃声答道:"我尽力争取。这么紧的时间,这庙如何盖?"

囤人抬头望了一下天,低头瞅了一眼地:"看造化吧!实在造不起来,只能以天地为庙了。"

到了书店,店员看着马户头,又望望义马,搬了一条长凳,让他们坐。

"你先绘图,木料、人工我想办法!"李德铭吩咐店员招呼囤人他们,"我先去马军长那里争取时间。"

店员张张嘴,话还未吐出,李德铭已掀帘出门。

囤人向店员讨了纸笔,画起了马神庙的轮廓。义马趴在柜台上,一绺一绺地瞅书。店员见状,把那本《呐喊》摆到义马面前,义马"嘶"了一声,他瞅着鲁迅木刻像的头发,又摸摸自己的头发,兀自笑了。

李德铭裹了一身凝重进门,囤人问:"行不?"

李德铭叹口气:"马军长只答应一礼拜时间。"

囤人站起来:"一礼拜是多长时间?"

"七天。"李德铭喝口水。"我们得分分工。马神庙原址上的陕西住户,我负责让他们搬迁。木料、粗工我找。问题是,架梁上檩的木工,砌墙挂瓦的泥瓦工,塑像的师傅,这么短的时间,到哪里去找?"

围人把含在嘴里的水咽下去,"四乡六渠,凡能上梁挂瓦塑像的,我去求。"

便带了义马、马户头出门。

"这七天里,你负责看管义马。"围人摸出两块银元,"去买上好的天果(枸杞)、新鲜的鸡蛋,加嫩苜蓿和胡萝卜,每天拌了让义马吃。另外,你督促义马,沿府衙、马街,出凉州城,到小马场,让义马天天跑一遭。记住,要避开马家军。"

马户头应了。围人又摸出三块银元,"你再去买一匹白马。要头轻、眼大、耳薄、口裂深、颈长适中、胸腰健壮、四肢强劲、体态骠悍。万不可找那种役马。你跟随我和相马师多年,想必熟知这一切。"

"找到白马后,细细涮了身子,包括蹄槽都要清理。洗刷后找一安静之地,亦用蛋清和天果、嫩苜蓿和胡萝卜喂它,量要比义马多一倍。"

望着马户头匆忙而去的身影,围人拥抱了一下义马,挺身而去。

店员看着李德铭悠闲地喝水,放下了手中的鸡毛掸子:"先生,我们哪里去找那么多的木料和砖瓦?"

"这事得着落在你的身上?"

店员睁圆了眼睛:"我又不是诸葛亮,能草船借箭?"

李德铭笑了:"愚民者,神也。如果用常规方法,不要说七天,就是七个月,我们也找不全木料和砖瓦。"

"你这不是拿围人开心么?"

李德铭正色道:"凉州地震后,十三座马神庙无一幸存。木料、砖瓦都被乡民抢拆盖了房子。你需扮了马神,不出两天,这些东西全部会被送来。"

"我,马神?"店员张大了嘴巴。

"神是造的,人是活的。我去借了义马的马衣,你只需在晚上穿上,找几户富人家,就说马王神托梦,两天之内,不还来马神庙的木料、砖瓦,人死畜亡。"

"这行吗?"

李德铭把茶杯里的水泼了,"行也会行,不行也会行。"

一夜之间,凉州城里的富户都见到了马神。马神跳跃,仰天长嘶,极言神庙被毁,马神震怒,尽管那是马三少屠城和地震之祸,但乡民毁庙也有其责。若不速修马神庙,凉州城里,又会添多少冤魂云云。

一家抬来木料、砖瓦,其他人家也纷纷效仿。原来没有抢夺马神庙木料、砖瓦的富户,派了家人、长工,到四乡六渠去收购。两天之内,凉州城废弃的马神庙前,木料成堆,砖瓦如山。

围人弯膝拜谢李德铭。李德铭扶起了他。围人问李德铭哪来的神力,竟使全凉州闻风而动,李德铭指指店员,店员笑了,扭头而去。

再问，李德铭答道："天机不可泄露。老先生只管督工便是。"

约定日子的第六天，有人向马军长报告，凉州城里出现了一座马神庙。马军长正在看马夫给"盖西北"洗澡。浑然一新的"盖西北"刨着马蹄，甩着尾巴上的水珠。水珠晶莹，马夫望爹似的瞅着"盖西北"，"盖西北"长嘶几声，扬扬蹄。马军长捋捋马身，出了马厩。

马军长径直走向府衙。他上了台阶，坐在阔大的木椅上，慢慢喝茶。

"明天，从府衙到小马场，全部布了岗哨。若有乱窜者，杀。"他拍了一下方几。

三泡台茶碗的盖跳了起来，又稳稳落在盖碗上，晃出的几粒水，黄豆般滚动。马军长用手指蘸了水粒，抹出一个"杀"字。

三座大殿拔地而起。

李德铭跟随着圉人，听圉人说古。来到正殿，圉人指着中间的马王神，说马神庙正殿一般塑殷郊或马援，唯有凉州，塑的马王神是金日磾。奉侍左右的，是土、羊二神。土、羊二神乃引路、开路之神。两配殿，左配殿塑坐姿马神一尊。神像骑一匹神马。此马乃天马。马神两侧塑水神和草神。水神供清泉，草神供好草。马神前塑两侍卫，何名何姓，已不可考。右配殿塑站姿马干三尊。三尊者，为相马、护马之神也。

殿内罩笼雾气，工匠们扎了草把点燃，熏烘马王神。马王神身上的水分渐退，有了神的意味，只是中间的一只眼空着。李德铭问何故，囤人笑笑："明日可见分晓，还得借助先生。先生两日将修庙诸料齐备，非神不可为也。"

店员抬起衣袖，捂着嘴出了殿门。

第七天一早，囤人在前引导，义马两掌拄地，两脚并行。到了正殿，马王神前的香鼎已烟气萦绕，义马一炷一炷燃香。囤人把一支蘸了色彩的笔恭敬地递在李德铭手中，让他点睛。李德铭望着马王神，马户头跪下，用背托起李德铭，李德铭用笔点了马王神中间的眼睛。马王神眼中顿时金光四射。

"跪。"囤人甩动拂尘，在义马背上拍打了九下。

黑压压的便跪下去一大片人。

囤人朗声高叫："神庙一起，马神合一；马神显灵，义马威武。"

"威武！威武！"跪着的人都吼了起来。

"清场。"囤人话音一落，跪着的人都倒退着出殿。

"闭门。"正殿门缓缓关合。留在殿中的只有囤人和义马。

手下人将这些情形报告马军长，马军长撇撇嘴，扔了三泡台茶盖碗："威武？明天看谁能威武！"

七十八

"真要比吗？"店员把书架上的《呐喊》取下，拭了拭封面。

"在这个地方,马军长说比,谁也阻挡不了。你怎么突然喜欢起鲁迅的书了?"

"不是我喜欢,是义马喜欢。"

李德铭拿过《呐喊》,放在栏柜上。

"让义马和'盖西北'比,本身就不合理。'盖西北'的神骏,谁也看得出。它能与火车比拼,义马又怎么跟它比试?"

"他们比的不仅是脚力,而是精神。我们所做的事,不就是要把不合理的变得合理吗?"

"我们能为义马做点什么?"

"你找几个人,在马神庙四周巡哨。"

"难道马军长要使阴招?"

"那倒未必。马军长志满意得,用不着使招。"

"我们为啥还要这样做?"

"防止有人借机起哄。义马现在最需要的是安静。"

店员把《呐喊》放回书架。夕阳肉球般滚了滚,天边便有了肉汤的香味。他吸吸鼻子,满室的书香里似乎也有了一点肉味。

"该来的总会来?"圉人让马户头在马王神座前燃起蜡烛。神像的色彩单薄,土黄色在烛光的映照下,平和而温馨。袅烟四起,直走斜游,从门缝里钻进来的风,低着身子,努力地吹着烟气。义马耸耸鼻子,使劲张了一下嘴。

"能不能让义马平躺着睡一觉?"

"不行。习惯一养成，就不能轻易改变。义马一躺，精神就会松弛。一松劲，明天比试必输无疑。"

"这真的不好比。那'盖西北'，是马中神品。"

"正是因为神品才要比。你不要说话，看看那些蜡烛的光焰。"

马户头看了半天，不明所以，圉人说："你伸出手指，朝上，再看看。"

马户头伸着手指转了一圈，"这些烛光怎么像手指？"

"你还不笨。烛光在无风之时，扶摇自动，像手指根根直上。它燃了自己，精神头却一直向上。"

马户头坐下，凝视着神像前的烛光，烛光根根向上，追逐着，把光和烟一齐逼直，努力地向上升腾。

"红布条准备好了吗？"

马户头从腰间抽出一根红布条，圉人一挥，烛烟斜了一下，又恢复原状。

夜静成了蜡烛。大殿里没有繁星的袭扰，马户头眼中的烛影游移成一匹匹马，在相互奔突。马王神中间眼里的彩点，花一样盛开。圉人把夜坐在屁股下，压着。夜不吭声，让时光一寸一寸缩短。

当一丝亮光漏进大殿时，圉人在义马的脖子上系了红布条。他弯下腰，扯扯义马脚上套着的牛皮掌，捏捏义马的脚腕，义马觉得一股热往上游走，他抻抻胳膊。

殿门一开，满天的亮进来。看着立在门前的李德铭和店员，圉人拱拱手。

"你去把那根木桩在府衙旁边栽了，把那匹白马拴在桩上。叫魄的童子找好了吗?"

"找好了。摇马皮的四个壮汉也让专人领他们去吃早饭了。"

"那间偏房,一定要清扫干净。把里面的蚊虫全部赶光。"马户头应了。

望着天边丝丝缕缕的红,围人叹了口气。

府衙门前的一道白线前,"盖西北"刨着蹄子。瞧着义马的马衣,马军长揉揉鼻子。他让马夫揭掉了"盖西北"身上披的红绸,拍拍马背。"盖西北"嘶鸣一声,声音清越。义马也嘶了一声,声音浑厚。围人让义马脱了马衣,只裹了搭后。义马身上的毛油亮亮地立了起来。

"千万不可跑在'盖西北'的前面,快到府衙前时,你再发力。"围人拥抱了一下义马,一滴泪跌到义马的脸上,义马嗅出了无限的感慨。

马军长举枪向天。

两道风掠过。风里裹着蛋清的味道。赛道两旁,布满兵丁。兵丁后面围观着一群又一群的人。人们鼻腔里冲进的是土香、麦香。到了小马场,"盖西北"回头,义马也回头。"盖西北"甩动蹄子,蹄音四溢,满蹄的草香飞溅;义马踏起的土香,质朴而厚实。小麦扬穗的香味、路边各种野花的香味在"盖西北"和义马的蹄下、脚下绽放。一道一道的影子往前扑。人们的眼神跟不上,便踮了脚尖,伸长脖子,静听耳膜里的蹄音远去。报信的兵丁跟不上趟,喘着粗气。两道影子掠进南城门,直扑府衙。义马将牙一咬,甩开了脚,

"盖西北"奋力扬蹄，一甩头，快了义马半步。义马吼叫一声，鼓起腮子，鬃毛柳叶般拂飘，栽倒在地。

圉人从包里抽出薄刀，一刀捅向白马的脖子。一股血涌出，端盆的两个壮汉接着血。圉人走刀剥皮，刀到处，皮哗哗地往下落。收了刀，圉人喝令四个壮汉抬了马皮，端血盆的两个壮汉紧跟其后。到了义马身边，圉人让马户头抱起义马，放入马皮，他把两盆马血倒入马皮内，飞针缝了马皮，让四个壮汉摇晃。哗啦哗啦的声音晃出，四个壮汉使着匀力，如抬着筛子筛面。待听不到哗啦声时，圉人扯开马脖处，看义马已成血人，便让四个壮汉抬了义马，直奔马神庙。到了偏房，圉人让四个壮汉轻轻放下马皮，让他们从速退去。他从小方桌上拿过火柴，燃亮了方桌中间的一根蜡烛，把桌旁的拂尘交给马户头，"从现在起，你要寸步不离，莫让蚊蝇钻进马皮。"而后，圉人躬身退出，咣地拍上了门。

一把大铁锁一响，圉人颓然萎地。

李德铭看到了马军长眼中的惊疑。

"好马不奔驰草场，就奔驰疆场。能与'盖西北'比拼，这还是人吗？"马军长收了鞭子，看着剥了马皮还直立的白马，他的眼前一片森凉。

圉人拜托李德铭，让他找人用布单将白马尸骨裹了，抬葬到小马场。他接过一碗水和一碗草泥，领着几个男童来到小马场。

小马场里的草静成夜里的蚂蚁。各种香味隐了身子，伏在草中。圉人抓了几把土扬起，无风，土就地散落。圉人把手里残留的几粒土丢入水碗中，用手指搅拌。水成为土色后，囿人转身，扯开了喉咙。

"义马，渴了来喝水。"

后面跟着的童子应和道："来了。"

"义马，饿了来吃饭。"

后面跟着的童子齐声道："来了。"

"义马，跑累了来歇歇脚。"

后面的童子同声吼道："来了。"

"来了，来了，来了。"声音一波接着一波，飘向马神庙。马神庙门前，已聚了一大群人。囿人放下碗，打开锁，面朝人群，呼道："魂来了，魄来了，义马的魂魄回来了。"

围观的人和童子们齐声应和："回来了，回来了。"

囿人进门，把碗里剩余的水和草泥倒进马皮，拉开门，摔出了那两只碗。碗在土中翻滚着，围观的人一哄而上，手快的抢了碗，挤出人群跑了。醒悟过来的人追着抢了碗的人而去。

马神庙前空空荡荡。

取来割下的马鬃和马左蹄，囿人拉过一只盆子，把马鬃烧成了灰。他架了一堆火，燎净马蹄上的毛，用手搓洗着马蹄。马蹄清亮，摆在桌上，像一块金子。旁边的锅已沸水翻腾。囿人把马蹄置于锅中。马蹄在锅里静卧一个时辰，慢慢浮起。他找来三块石头，用水洗了，将旧马神庙的一片瓦握在手中，掂掂，一遍一遍刷洗。瓦片的青白呈现，亮亮地照出人影来。他从怀里掏出一布袋，布袋里包着的两只白马卵兄弟般粘在一起。他把瓦片搁在石头上，燃起了火。瓦片传出嗞嗞的响后，圉人将白马卵放置在瓦片上。两只马卵滑向瓦片正中，它们慢慢缩了身子，圉人看到它们在摇摇地抽跳，色泽由黑变灰，待马卵成为两个圆球后，圉人熄了火，把烧焦的马卵放在一平石上，来来回回碾成末，倒于盛马鬃灰的盆中，等马蹄四裂开花后，他从袋里掏出义马用过的碗，盛了汤，交给马户头，让他每天用小勺灌义马三次。

"挽口，挽心。睾卵归位。好来好去。好去好来。"

马户头端着碗，看着圉人把袖子甩来甩去。

七十九

天好得像壶中的酒，清清爽爽。圉人和李德铭坐在马神庙殿前的桌边，喝酒。

风饮着酒，像送外卖。

圉人喝了一口酒，酒从嘴角滑了出来，溪水般顺胡子流淌。几滴酒粒，爬在胡子上，如挂在树上的露珠，晶莹剔透。

"我的心里空落落的。"他将了将胡须，胡须上的酒珠被抹到了手上，手心里泛出了淡淡的酒味。

李德铭替圉人斟了酒，圉人摆摆手，趴在了桌上。头大。壶小。李德铭坐着观赏那把壶。壶古朴雅致，上面的花纹里藏着泥垢，泥垢经酒浸润，酒意从里面摇着头，沿着花纹前行。他望了一眼大殿，大殿敞亮，里面的马王神坐像在烛光中把土黄色放大，向外弥散。他又望了一眼偏房，偏房门紧闭，屋顶的通气口，有苍蝇在一拨一拨地冲锋，罩在通气口上的几张纸在啪啪作响。

回到书店，店员把沏好的茶端了过来，说店里来了两拨人。一拨是马军长派的，要有关马的书，我说没有，他们骂骂咧咧，说书店不卖有马的书，开书店开什么？另一拨穿着西装，外罩风衣，礼帽斜挂，进门不说话，瞧着书，一本一本搜视，完了问还有没有藏着的，我说就这些。他们盯了半天，问你到哪里去了。我说你找囤人去喝酒了，他们嘀咕一阵后，走了。

"他们没有拿书？"

"没有，他们看到法捷耶夫《毁灭》封面上的那颗红五星，好像要割走似的。"

李德铭呷了一口茶，"他们鼻子灵啊，这个地方都能嗅来。谁说凉州是大后方中的后方，在他们眼里，前方后方一个样啊！"

店员问他们是谁？

李德铭闷声答道：义马啊义马。

便掀帘出门。

八十

马户头看到马皮动了一下，又动了一下。他弯腰瞅着，义马眼角里的几滴泪结成块，附在眼角边。马户头用手指摸摸，有点硬。砰砰的声音从屋顶传来，他抬眼望去，苍蝇们试图从开气孔的纸上钻进来，空小，它们扑打翅膀，无法穿越，浓重的气味牵引着它们的欲望，它们便一层又一层地垒叠，塔一样立起蝇柱。

锁好门，马户头来到殿前。围人的呼噜声像道士的锣，响一下停顿一阵。酒壶斜翻，无数的酒自然流游，在桌中汇集。他定眼瞧去，汇集的酒流在刻马的槽中，成为酒马。槽中的酒溢出，往外突走，在桌边的缝中流下，滴滴答答。马户头回到偏房前，坐在门槛上，斜靠着门框睡了。

八十一

义马在混沌中睁开眼。眼前的一切迷迷濛濛。暗连着暗，划着长长的线，各种线像小马场的草一样摇曳，风中的纸灰味把各种线搅成一团，一群一群布列着。一条小径曲曲折折，上面的树叶鹅卵般排列。树叶和他看到的迥异，上面的叶脉似被血浸过，红中发灰。他歪头望去，就见两个物件从弯道转了出来，一蹦一跳。看到义马，牛头笑了，对马面说：马兄，这是你的菜，我去小酒馆喝点酒，你拿了他，办完事后叫我。阎君问起，你就说我内急，跑茅厕了。

马面看着义马的头，哈哈几声，义马觉得阵阵寒气袭来，他缩缩身子，往后退退。马面拉住他，径直朝前走。义马在一座房子前停止了脚步，他看到相马师斜靠在一张椅子上，手里的《铜马相法》在哗哗作响。他往前一扑，相马师消失了。再往前走,几列房子奇形怪状,房不像房,屋不像屋。他觉得房里透着亲切,便挣脱马面的手,推门进去。母亲坐在凳子上,看到义马,张开双臂扑了过来,义马哽咽一声,发现母亲脚上系着一根细绳,绳上系着几个铃铛。母亲一动,铃铛一响,旁边便伸出几只矛头。义马挺向矛头,矛头便退却。他的眼前出现一道河,没有堤岸,水声潺潺。母亲的眼里布满欢喜,双手在河堤那边乱舞。父亲韩骧拽着母亲往回拉。母亲回身,咬了韩骧一口,韩骧的胳膊上了无痕迹。他看到母亲的嘴在蠕动,一句接一句的话跌在河中,成为泡沫。他伸出手,打捞着泡沫,抓一把看看,手心里空空如也,再抓一把,手心里仍空旷一片。他跳起来,奋身入河,一股大力袭来,把他推回河岸。他再次跳起来,一根绳卷住他,把他拉出了房子。

　　转过几道弯,一路阴风阵阵,全没了平素的暖意。风中挟裹的是腥,是臭,还有各种莫名的气息,碾压着他的鼻子。一座铁门打开,里面关的全是马户。马户们系着镣铐,一人一动,镣铐齐响。他发现马户们全身溃烂,有的骨头上爬满了黑点。一把又一把的弯刀不停地在他们身上砍着。骨头发出的声音像在敲击铁马掌。马户们看到义马,眼里的乞求汇集在一起,向铁门涌来,扁头甩动,似万马齐欢。义马抬起脚,铁门咣当紧闭,里面的镣铐声、呼叫声没了踪影。义马用头撞击大门,铁门凹弯,义马失去了着力点,在原地乱转。

　　好大世界,无遮无碍。死去生来,有何替代?要走便走,岂不爽快!

　　义马看到牛头踉跄而来,他躲在了马面身后。

牛头喝道：躲与不躲，有何区别。在世为人，回世为马。莫喝莫喝，莫喝莫喝。

马户头听到莫喝莫喝声，推门查看。义马的眼睁得很圆，正盯着气孔上面的苍蝇。他端过汤，舀了一勺，向义马的嘴里灌去。义马一甩头，勺子歪斜到一边。"莫喝莫喝"，牛头马面杳无踪影，眼前的马户头好像一个大苍蝇，在头前嗡嗡飞着。

八十二

李德铭裹在一群背着口袋或筒手的人中间，进了府衙。府衙的中门紧闭，两个兵丁标尺一样直立。两廊的办公房中，人群熙攘，问在做什么？说都在交壮丁的赎金和粮草费。问马军长在何处。答曰：在满城。

出了东门，李德铭惬悦在一片花红柳绿之中。大路两旁的柳树粗大如缸，树皮皲裂，状若雕刻的纹饰。

这些柳树叫做左公柳，是左宗棠入疆征讨阿古柏，驻军河西时所植。柳树后面，芦苇荡漾，苇花飘逸，间或有鸟弹过，弯出一片雪漫芦荡的意象。芦苇中间，一汪一汪的湖镜开碧天，湖中水草缠绕，偶尔冒出一两枝花，紧闭着荷苞。湖边有细溪在流，绿草在溪水的抚慰中，舒服自在。泉眼咕咕，大丽花般盛开。一叶一流，晶莹宛转。大湖之上，还有扁舟。扁舟自横，在水中轻荡。几头牛闷头觅草，远处有童子在戏水。牛哞童嬉，似于江南。信步而走，听到一声喝叫，李德铭收足一瞧,一座土夯之城兀立眼前。城阔而楼稀,有兵丁在楼上架枪眈视。喝令的兵丁问李德铭要干什么,他说找马军长。问是谁,李德铭答了。

城门上的浮钉熠熠,闪出一群一群的金光。过半个时辰,兵丁返回。说马军长吩咐了,如果是义马的事,最好别问他,该起庙起庙,该看病看病,缺钱到府衙支取。他要的是驰骋疆场的马,不要头扁了的人。若问教育,校舍基本完工,他已延聘陕西、河南、山西的名师,秋后就会来凉州任教。连阎锡山都打哈哈,说他挖了山西人的墙脚。若问自己,马军长让他该干的干,不该干的就去玩卵。县党部几次要查封书店,都被他挡了。马军长还说,几本书就能蛊惑人心,要马家军万名雄兵千匹骏马何用?不过,马军长说让李德铭把涉红的东西扔开。南方闹红,蒋委员长更怕北方也闹红。别让陕红又染成了甘红。

兵丁噼里啪啦打出一番话,见李德铭还未迈脚,他拉拉枪栓。李德铭回身,走了半里路,坐在一块石头上,回味刚才兵丁的话,眼前的景致有些恍惚,全失了往常的矜持。一路想着进了城,挪步来到马神庙。见殿前架着一口大锅,圉人正拿着一铁勺往锅里倒沙子,边倒边捡挑沙子里的杂物。

沙子在锅中沉底,圉人用勺子挖了,倒在一木板上,李德铭问他在干什么?

圉人说在烫沙。

李德铭立在锅前,看着一粒两粒的沙子在锅内腾翻,问烫沙干什么?

圉人挖了一勺沙,磕在木板上,说义马不能久卧,把烫好的沙子平铺，可除臭降温。李德铭不懂，又问，圉人让他从锅中舀沙子，他拿了一薄木片，把木板上的沙子刮平，"经太阳暴晒，夜风浸袭后，明早可用。"烫完两袋沙，李德铭手腕发酸。一辆马车咣当而来，裹铁的大木轮发出的声音，犹如人在敲鼓。到了锅前，大木轮咯噔咯噔停住。吆车的把式过来，抱下马户头。马户头脸色煞白，头上坟包般青肿。圉人问出了何事，吆车的把式擦把汗：见过拼命的，没见过这么不要命的。他从祁连南山背了冰块，飞步奔跑，栽倒时磕在了一块石头上。我正好路过，便把他拉了回来。

抬下口袋，圉人打开口袋系，抱出一冰块，用手指掸开一层土，手里的冰凉马上传导全身。李德铭也伸出指头摸摸，冰晶莹滑润，他望着圉人，骇然道：伏天运冰，冰居然不化，你倒真正成了神仙。圉人笑道：万物各有其道。伏天运冰，全赖于它。便提出一袋土来。李德铭用手指一拈，土柔软无骨，犹如美人肌肤。问是什么土，圉人说：这叫绵土。把路上人踏车碾的土扫了，用笞箩细筛，筛出的土便绵如薄丝，盛夏敷于冰上，可保鲜而冰不化。李德铭看着圉人开了偏房，侧身进门，把冰块一一抱进屋中，他想帮忙，圉人摆手喝止。

"义马怎么样了？"李德铭问圉人。

"气数至此，依定例得早做准备。求先生写一篇《义马诔》，好在义马转生仪式上用。"

李德铭知道多问无益，便离开马神庙。到了书店，店员说凡是与红有点关系的书都被穿风衣的人拿走了。他没有搭腔，让店员拿来纸笔，写了一个"马"字。停笔处，一个国家在马背上摇摇晃晃。枪炮齐鸣，成群的骏马于炮火中哀鸣。

他让店员换了纸笔，把铜砚打开，将墨丁在砚台中一圈一圈滑动。墨香扑鼻。他抓起酒壶，猛饮几口，奋笔疾走，店员只见笔飞，不见纸动。待落完最后一笔，李德铭吼叫一声，紧赶几步，倒于床上。

店员发急，问李德铭是否要请大夫。李德铭咳出一口痰，痰中血迹殷红。

"心病何由药医！去请围人。"

围人掀帘进门，见桌上的一张宣纸庄重平铺，上面龙走蛇腾，行行大字跃立纸上。他放声读了起来：

自古国有兵才稳，兵有马才胜。天用者如龙，地用者称马。汉武大略，以马定社稷。汗血归域，天马半汉。南宋高宗以十万铁骑为瑞，康熙朝将旗、蠢、马称为命脉。历代治国者，皆设马政。惟清廷暗弱，列强豺侵。马户翘首，国人痴梦。宣统年义马生降，全赖围人守护。循制严练，不离不弃。驰奔于大小马场，逐鹰于祁连南山。与盖西北并驾，实于国家争锋也。今气息延喘，仍心系国脉。苍天可鉴，伏惟尚飨！痛哉惜哉，旌表天地。

围人挥笔，在"实于国家争锋也"后面加了两句：唐时韩愈痛言马说，宋赵令畴借李幼清而惜马运。罢笔后扯起李德铭，俩人抚掌而哭。

八十三

  天静得像树皮一样。围人斜靠在马神庙殿前的木柱上，手里捏着一本册子。册子如皮袄面般滑腻，上面还有星星的斑点。李德铭瞅了一阵，才辨出上面的几个字：马道仪制。打开册子，有十五项仪程。他一一瞧去，每个仪程中的字都静屏呼吸，散发着幽远的气息。合上册子，他的手抖起来，似有千军万马从册子中驰出，得得的马蹄声似鼓槌般敲击，刀做的风割破面孔，砍成几瓣的云兔子般逃散在空中。

  "义马的时日不多了。我们得早做准备。按规矩，每年农历六月二十三日为祭马王神之日，每年农历正月初六为马日。六月二十三日已过，恐怕我们等不到正月初六了。"

  "看仪程，基本上都是常规，不需要做多少准备。"

  围人摇摇头："你是局外人，当然看不出这里面的玄机。譬如奠玉帛。首先要准备马衣。此衣须把上好的马皮沤熟了，然后缝制，颈处要缀玉环；马衣外要裹缝绸缎，这是两层衣。若遇政清年丰时节，要打造金心银肺。现在只能打造铜心铁肺了。马的四肢：前肢要用松，后肢要用柏。千年松万年柏啊。现今的祁连南山，松柏都被马军长砍了盖房修院。要伐，需得深入后山中。铁马掌需祁连镔铁，这倒现成。亏了胡七爷，他在南山潜居时，偶遇一铁，非金非银非铜非锡。这实为造化。此铁为上古镔铁，我让老铁匠看了。老铁匠竟喜得合不拢嘴，言他家做铁匠已历五代，口传有此铁，现今才有缘一见，便精心打了四副马掌。其他，均按祖制，倒也好说。至于四耳方鼓，原存在马神庙南殿，地震时被马户头抢出，埋在了马街。进俎用的马槽，铁匠已打好。"

"需要我做什么？"

"老朽已力不从心，先生年轻，又有感召力，望先生能到祁连后山，找寻千年松万年柏，其他就不劳先生了。至于献牲用的鸡、羊、牛，都由马户头去操办吧。他也老了，为背冰救义马，又耗了精气，病秧秧的。义马用过的面帘、鸡颈、当胸、马身甲、搭后，我已收拾齐整。"

李德铭将《马道仪制》恭敬地交付圉人。

回到书店，店员说那些穿风衣、戴礼帽的家伙每天都来转悠，每次都要查问你的踪迹。李德铭取了外衣，嘱咐店员守好店，店员问他到哪儿去，李德铭抽口烟，说去祁连后山。

店员发急道："先生，我们掺和此事，有必要吗？"

李德铭把一口烟吐得老长："这里没有任何群众基础，借助这个事，我们可以在老百姓中多少树立点威信。再者，这种祭马的传统，今生我们可能就仅遇这次了。至于县党部的人，他们没抓住把柄，我们安心开好书店便是。"

"能安心吗？就这几本书，都被他们翻得乱七八糟！"

李德铭笑笑：只要不累，就让他们去翻好了。今天，我先要陪圉人去趟小马场，选择祭马的福地。

出了南门，景象异于东门。路两侧的树稀疏，但草群葳蕤。路沟里没水，漫出的草高过沟沿，鲜活出一沟的绿意。几株柳树远没东门外柳树高古，身上疙疙瘩瘩，枝干苍劲，旁逸出丝丝柳风。麦子已收割，麦茬金黄出一畦一畦的色泽，齐整地排开。散落在里面的麻雀，跳跳蹦蹦。偶尔飞来飞去的喜鹊、乌鸦立在田埂上，把眼前的黄剡开，一俟蚂蚱掠翅，便倏然而起。远远近近的房屋或由黄土夯筑，或用土坯盖制，在晴宇下像不成文的方块字。一座突兀而起的大宅院，院高楼耸，问围人，说是原两江总督牛鉴家的庄园。耸起的楼是瞭望楼。路遇的农夫都行迹匆匆，大裤裆门帘般扇动，每一张脸都呈古铜色，皱纹里均能盛风积雨。

进入小马场，李德铭的视野被拉长。草一群一群朝前涌，间或有马嘶传来，围人慨叹道："现在的大小马场都是马军长的。那些嘶鸣的马，全是马家军骑兵的。"

在相马师坟前，围人老泪滂沱。他坐在坟前，向相马师诉说义马与"盖西北"比拼的经过。坟头无言，一只喜鹊立于坟尖的石头上，翘着尾巴张望。围人的诉说深沉而清晰。李德铭的眼前，义马与"盖西北"并驾齐驱，马蹄扇起的风在得得鸣响。

"没枉费你一片苦心，义马创造了奇迹。"围人把腰弯了下去。那只喜鹊喳喳两声，远去了，翅膀上映着的白，拉近了与祁连南山积雪的距离。

围人在一汪湖水边停止了脚步。湖不大，湖水里泛出的蓝很稠，与天色一致。少了鸟雀的干扰，湖水兀自平静。湖里的芦苇无风自动，跃出水面的青蛙拨动水面，涟漪出的波纹觉得无趣，很快收住了冲动。湖边有一棵榆树，一棵桑树。残留的桑椹枯黑着身子，毛毛虫般掉落。榆树上的一窝小斑鸠，正在缩头晃脑。

"此地合适。"围人用脚划出了一个圈，"遥望祁连，呼应喔洼，天蓝地碧，草水齐备。佳矣！"

李德铭选了一个角度，倒退了几步，他揉揉眼，发现圉人成了一匹老马，围着圈疾行。他赶上前去，圉人卧在圈内喘气，手指在一笔一划滑动，他顺着笔顺揣度，理出了四个字的脉络：脉断艺绝。他慨然长叹。

"献牲用的鸡、羊、牛都有讲究。一般献牲，鸡用全鸡，羊、牛用头。《马道仪制》记载的献牲：鸡要用一年的白公鸡。羊要用两年的羯羊。牛要用犏牛，它是牦牛和黄牛杂交的牛。牦牛力大而稳，黄牛力旺而忠。那一块——"圉人指着湖边高出的一块草地，"适合舞马。这些年来，再没有舞过马，借这次义马转生之时，尽力地舞一回吧。"

"什么叫舞马？"

"舞马又称马皮舞，有专门训练的马来表演，说白了就是斗马。斗马时牵一匹雌马立在赛场中央，雄马为争雌马，极尽踢、咬、摔、压之能。可惜，时下没专人来驯养舞马，只能由人来替代了。"

"这次能看到完整的舞马表演吗？"

圉人垂下目光，嚷嚷道："无法复原了。也无法看到真马表演了。舞马时以一人居中，展挥重约三十斤、长七米的巨鞭，八人演扮马绕圈。扮马者身背将架，披红挂绿，并缀有数枚铜铃。将架上绘关羽、张飞、黄忠等人的肖像。执鞭者需全力甩鞭。首次甩鞭，拜刘备；二次甩鞭，拜诸葛孔明；再次甩鞭，拜关羽、张飞、赵云、黄忠。后取消拜将，将巨鞭武技和扮马将架者结合，以人跑为主，以斗为次，可惜，马户们已绝种，只剩马户头了，这马舞便名存实亡了。"

"那么重的鞭子，能甩得动吗？"

"能。凉州自古有紧皮手，专练舞鞭。每年土地封冻之时，要甩鞭惊地，以求五谷丰登。这次舞马，能舞鞭的只有马户头了。"

"马户头只剩半口气了，如何舞鞭？"

"这是他在人世间做的最后一件事了。你没看见他每天都搂着鞭吗？该回了，好在马军长没派人来干涉。"

"他的心思没在这里。他正忙于招兵买马。听说他的兄弟一直在觊觎他的地盘。他这位兄弟，可是他的亲弟弟啊！"

"兄弟？"圉人怆然一叹："国将不国，兄弟也将不成为兄弟了。义马，义马，何其贵矣！"

八十四

雨跑进雨中的时候，李德铭放下了手中的报纸。日本人向华北推进的消息一日多似一日。报纸的标题粗黑，各种消息也如雨点般在啪啪落地。危情化作愤懑的足音，在疲惫中一路前行。出了书店，雨仍不紧不忙地滴答。街道两旁，家家户户的门口都摆着盆子，盆有木的铁的。无盆的门前，有柳木桶。一位老人扶着拐杖，坐在桶边，望着天。李德铭问他在干什么，老人看看天，瞧瞧桶，说在接天雨。问接天雨做什么，说为义马洗天澡。再问，老人乜了他一眼：好不晓事，义马现在不能动，只能接了天雨，端到屋中去洗。看着桶底那点水，李德铭说："这哪能够呢？"

老人将拐杖在桶沿上一敲："不急，尿雨一下，这是信号。你看天边那几片云，被风赶着，赶过来雨就会大。"

李德铭望着一朵一朵的云在天空聚集，问啥叫尿雨。

老人说："看你是个读书人，连尿雨都不懂。人一泡尿有多长，多大。这老天的尿可长呢！它这是在考验人的耐心呢。"

为何家家户户都接雨？

老人又敲敲桶沿：义马之恩不能忘啊！马三少屠城前，义马驰奔报信；屠城时，义马冒死救了许多人。凉州城幸存的人中，大多都受过义马救助。地震、兵灾，谁把老百姓当回事，唯有义马。现在，对老百姓来说，只有牵扯到义马的事，他们才热心。

转过大十字，拐到东小北街，就见铁匠炉前，铁匠裸着身子，裹着狗皮裙，正在抽动风箱。火星四溅，铁匠边抽风箱边用铁钳翻着一块铁，火候一到，便挟了铁，搁在砧子上锤打。

"莫笑火爆如灰鬼，十个铁匠九不穷。今为义马打心肺，穷了富了都不悔。"铁匠奋臂吼唱。

李德铭立在旁边看着，铁匠锻打一阵，举着一块有了形状的铁，问李德铭像什么东西？

李德铭说是心。

铁匠笑了，又从旁边挟起一块铁，问这又是什么？

李德铭摇摇头。

"亏你是读书人，连肺都不认得。也罢，虽流年不利，但义马尚存，偏偏让我赶上了这个时辰。铜心铁肺连马嚼，我好大的福气。"

"这明明是铁心，怎么是铜心？"

"你们这些读子曰的，都不晓得变通，心肺相连，就是个说法。去去去，到一边去，别妨碍我干活。"

一阵雨扑来，铁匠越打越欢。雨从肩膀流下，在狗皮裙上不停留，一直往下跑。

铁锤砸得雨点乱飞。

皮匠双手搓着一块皮，皮在他手中来去卷舒。地下堆着几块皮子，有几张皮上的毛低头缩身，羞羞地拧在一块。皮匠用手抻抻，皮收缩自如，他的嘴角溢出了笑意，示意李德铭在一张包有皮子的小板凳上坐下。

李德铭瞧着满地的皮子，看到带有毛的一张皮旁放着一把鱼形刀，铮光亮闪，便弯腰抓起。

皮匠扔下手中的皮，奔过来夺了刀，往地下一扔，用脚踩了几下，又吓吓地啐了几口，怒视着李德铭："你把书读到驴槽里去了，不知道匠人的刀具是匠人的命么，胡乱动什么？"

李德铭连忙道歉，皮匠缓了脸色："不知者不为怪。每个匠人的工具，都有匠人的气息。生人一握，气息就会走乱，影响手感。亏得今天我不用鱼形刀，放它一天，杂味才会走掉，明天为义马裁辔头，就不会走形了。去去去，该干啥的去干啥，别打搅我们为义马做事。几辈子碰到这档事，不容易啊！"

皮匠望着密织的雨："看，老天都在帮忙呢！一听义马要洗澡，老天都不敢落后。做完辔头，再问问圉人，还能为义马做点啥。"

冒了雨来到马神庙，圉人正和木匠们在一起看木头。木匠敲敲几根松、柏，极赞李德铭。说这先生做事就是靠谱，他选来的木头，粗细适宜。木匠划开柏树的皮，一股芳香扑出，满殿都清醇起来。木匠扳着手指算算，做马鞍用的榆木，做马腿用的松柏，都够。"余下的，够做一个马槽了。"看到李德铭，木匠竖起了拇指，圉人拉着李德铭在殿中转了一圈。见一圆形的木座立在后墙，李德铭问圉人这做何用？圉人说："请马王神时，把坐像抬到上面，就不怕损伤了。"

雨赶着雨，殿前的一层雨水接近门槛。外面的喧哗声和雨声一齐涌来。圉人拉了李德铭，蹚着雨水来到偏房门口。

涌入庙中的人或端盆或提桶，在雨水中排了队。圉人从殿中提来一个木盆，塞进李德铭手中："义马有幸，碰到一文曲星。今天就有劳先生为义马洗天澡了。"

李德铭端着盆子，问怎么洗。

圉人指指义马：朝他身上泼。一直朝一个方向泼。

圉人一一接过盆或桶，朝李德铭端着的盆里倒水。待盆一满，李德铭便朝义马身上泼去。排在最后的是那位老人，他提着桶，一步一步往前挪。挪到跟前，圉人接了桶，让李德铭歇歇，他直接提桶泼了进去。老人笑了，望望李德铭，抹了一把泪，提桶走了。

"你去殿中歇着吧！我要去替义马拭身。"圉人进了偏房，马户头掩上了门。

看着马户头臃肿的腰，李德铭问他是否病了。马户头撩起衣襟，李德铭看到了他腰里缠着的鞭，问为何要把鞭缠在腰间。

马户头庄严起来："这叫焐鞭。用身上的体温，用心把鞭焐热。鞭随人性，也有灵气呢！"

李德铭看到鞭头上那枚闪动幽光的铜钱，用手去摸，被马户头拦了。

"先生莫摸。此铜钱叫醒忠钱。是起惊醒作用的。有农夫遇到牛偷懒，在鞭梢上拴了铜钱，一鞭抽去，牛身负疼，便不敢偷懒。马夫在马鞭上拴了铜钱，再顽劣的马，也吃不住三鞭。此鞭梢上的铜钱，是在舞马时，专抽舞马时的偷懒者。若被鞭抽了，被抽的人会被人瞧不起。"

"今天遇到的都是学问。"李德铭向马户头讲了在铁匠、皮匠那里的遭遇，马户头捧起盆中的雨水喝了一口，"道有其道，行有行规。你去歇息吧！别进大殿了。木匠做活，切忌人在旁边观看，怕人偷艺。"

"我还想看看裁缝是如何缝马衣的呢。我听围人讲，你这腰里缠的鞭与紧皮手的鞭有不同之处呢？"

马户头摸摸鞭："紧皮手的鞭是五牲鞭，这鞭只用牛皮。紧皮手的鞭抽地，这鞭抽马。人马一理。里面的道道多，我也说不清楚。裁缝铺你就别去了。反正那天，马衣上身，你会看到的。什么事都别太好奇，好奇会害事的。"

说完，便拉住了衣襟。李德铭看看天，天上的云像马户头的腰一样臃肿。

雨停了。只有房檐上雨槽中的雨还在一滴两点往下落。李德铭到书店换了衣服，店员用鸡毛掸子掸着栏柜："今天那个穿风衣的又来了。说县长讲了，这阵子不再来检查了，要我们全力配合围人做好义马的事。并说在义马转生那天，县长也要去祭奠。"

李德铭用毛巾擦拭着头发上的雨水。

"害事是个多么精准的词啊，这地方。"他把毛巾拧了又拧。"马无胆囊，心肺为重。"他又把铁匠的话默诵了一遍。

八十五

那只麻雀是如何飞进马街的屋中的，义马不知道。门一关，麻雀便乱蹿起来。梁上的灰尘往下掉，落在炕上，像染了色的雪片。母亲拿鞋扔了过去，麻雀发急，飞得更欢。它的头撞在窗上，发出的砰砰声令母亲很是不爽。母亲爬起来，挥起衣衫砸去，麻雀叽喳着又飞到梁上。梁上的灰尘雪花一样往下落，呛得义马咳嗽起来。落在围床上的灰在义马的抖动中再度溅落于地，浮在地上。母亲叹口气，下炕开门。亮光扑进来，无数的灰尘跳动，麻雀倏地飞下，振翅出屋。义马的眼里失去了追逐的目标，望着一圈一圈的灰尘在光柱下纷纷扬扬，闹嚷着拥挤着向门外突去。

那种花开在沟沿上，地埂边。应该是巴子营最早的迎春花。花呈粉色，圆圆的后脑勺上凸出一根细细的茎，像小姑娘扎了一根独辫。巴子营的孩童可以毁损任何在春天盛开的花朵，唯独不糟践这种花。这种花开得早，谢得迟，叫九九花。据说是遭后娘虐死的孩童的冤魂所化。微风一吹，花头摇动，发出凄音，驻足静听，再硬心肠的人也会滚下一腔泪来。义马掐了一朵花玩耍，母亲赶过来，拍了他一巴掌。

马莲花一开，巴子营的夏天就来了。马莲叶子宽扁，花色蓝得像天，花瓣绵润，掐一朵，褪去花梗上的皮，倒吹，吹出的调子像哨音。义马趁相马师睡觉时，偷跑出来，掐一朵吹奏，怎么也吹不响。父亲韩骧笑笑，褪掉花梗的那层皮，啾啾的声音便悦耳传扬。相马师倚在门框，盯着义马在田埂上跳跃。义马吹奏着奔回家，看到相马师，把花藏在身后，呆立在门口。相马师咧了一下嘴，义马搞不明白他是在笑还是在哭。

那只猴儿，挨了母亲锥子的小猴，是义马童年中最深刻的记忆。与猴儿相依为命的日子，是义马最快乐的日子。小猴动辄抓起义马碗里的草团，咬一口，呲着嘴，把草团扔出去，把一根胡萝卜递过来，义马咬一口，小猴咬一口。它那毛茸茸的身子让义马在夜中尝到了一丝暖意。他到了小马场，小猴便失去了踪影。问相马师，说去了它该去的地方。小猴该去的地方在哪儿？义马无法知道。他只知道那只小猴眼睛突噜噜一转，便会惹出一桩事来。

那个穿红绸绿裤的小姑娘，挎着篮儿，在巴子营的苜蓿地里扑捉蝴蝶。蝴蝶飞，她也飞。红绸绿裤的影子一闪一闪，好似天上的星儿一晃一晃。小手纤嫩，扇起的风中有了香味。问母亲是谁家的孩子，母亲说是巴子营富户家的女孩，出来玩。那篮子里的花，是她摘了编花篮的。小女孩掐了一朵苜蓿花插在头上，紫茵茵的苜蓿花摇曳着，把众多的快乐弥洒在田野。望着绑在腿上的沙袋，义马奔过去，也掐了一朵苜蓿花，插进绑沙袋的布缝中。小女孩笑了，一口白白的牙里跑出清香。义马被清香牵引着往前跑，圉人的一声断喝，把那股香截断，香气歪斜落地。义马眼中的一包泪从眼角流出。那一畦畦的苜蓿地里，翻飞着红白的蝴蝶，一对一对，上下舞动。

城好大啊！人好稠啊！义马行进在街上，一群孩子围了他，唱道：扁头长，扁头短，扁头吃的是草团团。鸡肉香，大肉嫩，扁头靠着门流口水。头发长，腿儿细，扁头吃的是隔夜食。跑东家，蹿西家，扁头是个没娘娃……那群孩子边唱边跳，有个拿着鸡腿的孩子，硬把鸡腿往义马嘴里塞。马户头赶过来，驱走了孩童。义马望着那群孩子，冲了上去，抢了鸡腿。那个孩子哭号着来夺，追不上义马，便跳脚骂起来。圉人劈手夺了鸡腿，还给那孩子。义马用舌头舔舔手指，鸡腿残留的香味让他幸福了一个晚上。

和燕鹰在祁连南山一齐飞逐，让义马享受了无穷的快乐。鹰在飞，他在追；鹰卧杆上，他立炕边。祁连山的风猛，吹得鹰毛倒伏；吹得他身上的毛根根直立。一只兔子在雪中觅食，它用爪刨开雪，里面嫩汪汪的草带着寒意。兔子的牙像他的门牙。兔子的牙叫兔牙，义马的牙叫马牙。鹰不管兔牙马牙，俯冲而下，用爪掠了兔子，飞身翱翔于蓝天。兔子在抖，义马的心在跳。

雪山草，是义马这辈子吃的最惬意的草。草汁多而嫩，嚼起来，有新鲜玉米秸秆的味道。汁水悠长，长得义马睡觉时还在舔嘴。地震后的雪山草没了地震前的滋味。那只在山包上闪耀的红狐狸，嘴尖，尾长。眼中的狡黠一闪，摄人的东西便出来，引得义马心神不定。那个叫马见愁的家伙，只闪了一次面，就再也没有出现。那一群一群的马，总是不把义马当回事。它们吃草逐奔，看到义马，嘶鸣着，用身子护着小马驹，不让义马近身。义马想去找妈妈，妈妈却像影子，在草尖上晃来晃去。

富户人家小姐的旗袍一闪，义马眼里便有了一方嫩白。那种嫩白无数次跑进义马的梦中，变成了穿红绸绿裤的小姑娘。小姑娘篮中盛的是花，义马想把那些花扔掉，把那块嫩白放进去。他挎着篮子，在草原上飞驰，将那块嫩白的香撒在草场上，让那群公马格斗。地震，兵灾，让那群穿旗袍的小姐不见了踪影。街口晃动的旗袍下的肉肥厚，发出的香腻臭，让人呕吐。那些日子，义马嗓子不停地发痒，慌得圉人忙忙地用鸡蛋清让他润嗓。鸡蛋清有种淡淡的腥，拌在草团上，草团就有了清幽的香味。

圉人找到的湖，远没有渥洼池的大、静，但很安闲。湖有湖的命，草有草的命，人有人的命。义马想到牛头的那番"好大世界，无遮无碍。死去生来，有何替代？要走便走，岂不爽快"的话，嗓子里噔噔地响了起来。

　　马户头一惊，叫了一声，圉人赶过来，看到了义马眼里的草场。草场里有一匹马在驰骋，蹄声得得，一只鹰在马蹄后掠过，溅起的风扇得气孔上方的纸啪啪作响。

　　马神庙里涌进一群人，是县政府的警察。圉人愕然立起。就见被称为县长的一位年轻人向他拱拱手，说他初来凉州，有些事还未来得及着手。义马之事，原本是国家之事。政府代表国家，既然是国家的事，他就有责任配合圉人做好这件事。

　　县长的后面，跟着李德铭。

八十六

　　李德铭一夜未回，店员半宿未眠。

　　铿！铿锵。

　　咚！咚咚！咚咚咚咚咚咚咚。

　　店员凝耳静听。先是锣声，而后是鼓声。锣声清越，鼓声似与寻常的鼓不同。寻常之鼓的音闷重，此鼓音轻曼，仿佛从渺远而来，一到耳边，则回旋而去。店员披衣出门，随鼓音到了马神庙。就见一四耳方鼓立在庙前，一条大汉，铠甲披身，挥槌敲鼓。旁边立着两个孩童，一持大锣，一执小锣，随着鼓音击锣。

进了庙门，两旁已立着许多人，都垂着手，紧闭着嘴。蹴到殿前，一方桌卓然而立。方桌上摆有一盘，盘中供着一心一肺，宛然有血色。店员心悸，疾步后退，被李德铭挡住。他抚着胸口，半晌不语。李德铭道：那是铜心铁肺，祭供义马的。问书店的门是否锁好，店员蠕动嘴唇，言已落锁。李德铭引店员到殿中，见皮匠、裁缝、木匠、铁匠围着一木架，肃手屏气。义马四肢着地，唯头昂扬。木架旁，马户头身缠重鞭，犹如关帝旁立着的周仓。面黑鞭沉，令人生畏。木匠手抱四条马腿：二松二柏，幽香四溢。近睹，宛如真腿，腿上毛细如发。定眼瞅之，皆为刻绘。皮匠身前，堆着一盘皮带。裁缝左手持针，右手握线。针粗如锥。他的两个徒弟，一捧马衣，一捧线团。围人身着长袍，两眼紧闭，手持古卷，好似老僧入定。

店员身浸其中，问李德铭书店今天是否开张。李德铭沉声不语，引店员复出殿门，让他再次观赏四耳方鼓、铜心铁肺、松柏马腿、舞马之鞭，又指着铁匠、木匠、皮匠、裁缝，让他悉心观记。店员不解，李德铭叹一声："我们可以想象未来，但再也无法复制在这个时代消失的东西了。你我此生，可能也就睹此一回壮观景象了。"

店员看到定立的警察和背手站在围人旁边的县长，问县长为何也如此安静。

李德铭把店员拉到一旁，耳语几句，店员茫然回顾。李德铭让店员在这三天之内都随他而行，办完这件事，他们再做别的。店员问马军长是否也会参加义马转生祭祀，李德铭摇摇头，只对店员说了一句："放下屠刀，立地成佛；放下佛经，立地杀人。"并言此为鲁迅手书给日本人清水安三的一幅手札上的话，再问，李德铭又道："如果时代复康，一切皆有可能。"

便离店员而去。

店员对着围人发怔，只听围人高喝一声："扮相。"

木匠、裁缝应声向前。木匠把手中的木马腿举起，轻轻一掰，木马腿即成两片，夹到义马腿上，引来了几声惊叹。

"检查义马身上，清除所有带铁器的东西。"皮匠上前，从马头摸起，全身无一遗漏。他问木匠制作的木马腿中是否带有铁钉，木匠恼了，挥拳击去，被围人喝止。

"着衣。"围人又叫了一声。

裁缝上前，被皮匠挡了。皮匠抖开皮带，缠在了义马的木腿上。

皮匠退后。裁缝将马衣往义马身上一披，飞针走线，缝合了连缀处，旁边传出来几声喝彩。

"上头——结尾。"

木匠端着木马头，置于义马头上，店员惊呼一声。他从李德铭拿来的画像中曾看到过天马的雄姿。马头一罩，义马仿佛天马再生。他再也无心观看木匠是如何安置马尾的，跑出殿外，仰头望天。天上的云朵都变成了马，正昂着向西。店员耳膜边悬响着的马蹄声，激越而又昂扬。

有人往路旁的树上挂着白幡，店员一路跟过去。沿小马场去的路上的树枝上，白引着绿，蜿蜒前行。

找李德铭，不见身影。店员又进入庙中，有人塞给他一个碗，店员问干什么？那人望了店员一眼："去吃义马饭。吃了义马饭，此生无灾恙。"

再问，那人白了他一眼，端着碗到一边去了。

八十七

繁密的星星像糖汁一样粘贴在天空，与挤挤挨挨的人腿摇曳在店员的心中。一拨人进来，一拨人涌出，香灰挤出香炉，不停地往外溢。店员被挤出马神庙，他的双眼发涩。

警察们背着枪，满街乱晃。

繁星渐稀，马户头动了一下。县长问围人是否开始，围人从怀里掏出《马道仪制》，双手递给县长。县长从烛光中看着这本脏成抹布一样的册子，未接，从口袋里掏出一张纸，在围人面前晃晃。围人咬着牙，将册子揣回怀中，接过了县长手中的那张纸。仪程是用钢笔写的，字体清秀娟丽，一条一条分列，共有十五条，与《马道仪制》记载的出入不大，便把那张纸还给了县长。

"起。"

县长可着嗓子喊了一声。

马户头解下鞭，甩了一鞭，旁边立着的人都退出殿外。抬义马的六条汉子，抬马王神的八条汉子，抬草、水两神的四条汉子，全部皂衣黑裤，头上的帽沿中插着野雉翎，脸上涂着油彩，小鬼般狰狞。

鼓手大喝一声，抡圆鼓槌，敲击四耳方鼓。鼓声急密，犹如万马腾奔。

抬义马的六条汉子抬起木架，挪到一边。抬马王神的八条汉子把马王神移到木座上，马王神摇晃了一下，一条汉子从腰里解下绳子，往马王神脖子里一丢，两边的汉子把绳往木座下一抽，马王神像囚犯般被绳子扯紧，身上的泥绘簌簌掉落。草、水两神个头矮、轻，一汉子将它们抱出，放在木座上，怕摔碎，依样用绳子捆了。

围人跪下，低低祷告一番。马户头扶起围人，俩人出殿，后面跟着抬马王神，水、草两神的汉子。待他们出殿后，抬义马木架的六条汉子缓缓放稳了脚步，也出了大殿。

外面呼声雷动。县长骑着马，跟在抬义马的木架后面，看着围人和马户头庄重地移步向前，他下了马，有人便接了缰绳，吆喝着让人们让道。

到小马场选定的区域，周遭已围了木栅栏。马王神归位后，草、水两神立在两侧。抬马王神和草、水两神的汉子依次退出。抬义马木架的汉子们把木架停放在马王神对面。围人指挥他们，将木架抬到垒好的柴堆前，让他们卸了木架，一匹马便赫显在人们面前。

李德铭出殿门时，被人挤丢了鞋。向外涌的人一直朝前推挤，他被人流挟裹着到了小马场。他抓住一根木柱，站在了围人旁边。

不同口音的男人们不断向柴堆上扔柴，店员看到外乡来的人都一根两根的背着柴,到木栅栏外卸下,举过头顶,再扔向柴堆。店员找寻半天,看到一位慈眉善眼的老人,前去问询。老人怔了怔:"外乡人吧?我们几辈子才遇到有义马转生的大事。这不叫背柴,叫攒材。柴越多,火越旺,义马转生的越快,我们也越能积福得运呢!"

说完,把柴举过头顶,随人流去了。

县长又高喝一声。

圉人把义马穿过的面帘、鸡颈、当胸、马身甲、搭后交给李德铭,让他按顺序一一焚化在义马面前。

李德铭的鼻腔旁冲上来一股味道,非常怪异。他屏住呼吸,待衣物全部烧完,他听到了火堆中的一声响,圉人向他摆摆手,他退了回来。

圉人递过来九炷香,县长接了,对着烛光点燃,再递给圉人,圉人让马户头把香插进了马王神前的香炉里。

四位大汉抬来了一只木槽,一只铁槽。木槽里盛着水,铁槽里盛着草料。

圉人上前,撮起几滴水,朝义马弹去;抓起一把料,扔在义马前面。

一童子端着一个方木盘,方木盘里端卧着一只烫剥得干干净净的大公鸡。鸡身上涂了彩,五颜六色。圉人引导着端鸡的孩童到草神面前献了。

县长从口袋里又掏出一页纸,高声诵读:

泱泱中华,胄衍礼绵。其脉盛延,其俗代传。

马者，甲兵之本，国之大用。清末以降，马政颓废，人弱马喑。枪炮虽淫，精神何附？吾族复兴，实赖民心。今倭人紧逼，全世皆惊。凉州乃千年宝地，物厚俗贵。凉州大马，曾横行天下。义马一脉，留布甚广。值吾族兴亡之际，义马之举，尤为卓异。马之忠也，人之义也。盛德鸿规，典循启泰。今军民同祭，实盼上下一心，共襄国难。哀哉义马，伏惟尚飨。时中华民国二十四年。

县长诵读完备。围人望了望李德铭，李德铭挥挥手。

两条汉子抬了木板进入栅栏。木板上的羊跪着，两眼堆着哀怨。围人引导两条汉子将羊供献于水神面前。

围人拍拍手。有人用方盘端了酒上前。

县长饮一杯，围人饮一杯，李德铭饮一杯，马户头饮一杯。李德铭叫过店员，让他把酒坛端到栅栏外，让众人饮。众人骚动着争夺，警察拦不住，一枪托砸烂酒坛，酒水洒了一地。众人弯腰哄抢坛片。未抢到的，抓一把酒泥，抹在脸上。

一声锣响。六条汉子抬着另一个木架，木架上绑着的牛被绘饰得金光四射，身上披着五色彩带。围人吆喝几声，导引六人将牛抬到马王神面前。

牛一到，羊和鸡，便畏缩在草、水二神面前，像犯了错的孩童。

四耳方鼓声再次响起，十六名身着长袍的孩童排着两队进入栅栏,到了义马前面,孩童们排成四行。他们的脸上被涂得五颜六色,看不到一丝笑意。圉人面对孩童,把双手一挥,孩童便齐声吟唱:

> 天马徕,从西极。涉流沙,九夷服。
> 天马徕,出泉水。虎脊梁,化若神。
> 天马徕,历无草。径千里,循东道。
> 天马徕,执徐时。将摇举,谁与期?
> 天马徕,开远门。竦予身,逝昆仑。
> 天马徕,龙之媒。游阊阖,观玉台。

童音绕栅栏而行,远远地飘向天际。

"他们唱的是什么歌?"县长问李德铭。
"汉武帝刘彻的《天马歌》。"
"有这些歌吗?"
"有,已经流传了千年。"

待孩童们退出,县长又喝叫了一声。

马户头吁口气,大吼一声,将鞭舞起。鞭梢掠地处,响声清亮,县长耳膜旁的风飞来荡去。在呼喝声中,鞭气逐渐弱下来,马户头沉重地栽倒在地。圉人跑过去,摸摸马户头的鼻息,抬起衣袖,擦掉马户头嘴角的血丝。

马户头的脸,平静中展绽着笑容。他的手里,还紧握着鞭把。

随着县长的一声断喝,圉人点燃了木柴。木柴蒸升出一股火焰，义马的身上火光闪动。人们排了队，把举过头顶的柴火扔向义马。那些已经把柴扔进柴堆的人，则举了双手，作扔柴状，围着义马绕行。

围人抓起李德铭的手，握了几下，指甲掐进肉中，李德铭咬着牙忍受。他看到围人眼中的光逐渐炽烈，股股热气冲出。围人张张嘴，没有说话。他摇摇李德铭的衣袖，向人群走去。围着义马绕圈的人让出位置，围人领着众人，一圈一圈地转。待义马的身躯逐渐消失时，围人大叫一声，纵身入火。

众人惊呼着，呆立着，火中升腾出一股烟，飘摇向上。有人说像马，有人说像人，还有人说是围人和义马一起飞向了天际。

八十八

大胡子带兵找到县长时，县长正坐在一堆灰烬前，脸上挂着泪痕。大胡子一脚踢向灰堆，几粒灰扑向马户头，马户头爬起来，扑向大胡子。大胡子一脚踹向马户头，李德铭上前拉住了他。

"你这尕娃号天抹泪的，死的又不是你的阿大。走吧，马军长请你。"

县长望了一眼李德铭，李德铭拿着手绢，擦拭着马户头脸上的灰点，马户头嘴角的血已结痂，口疮般堆积。

县长叫过一个穿风衣、戴大礼帽的高个子，耳语几句，高个子点点头,从速离去。

一团风下来,吹着灰堆。点点的灰旋着往上升。那些抬轿的、抬神像的人,在大胡子领兵到来时,纷纷扔下手中的绳、杆,跑了。李德铭拽住一个年龄大的,问他们为何逃跑。那人一脸惊慌:"我们比不了你们这些读书人,马家军抓人,根本不管你老不老少不少的。今天趁这个机会,他们一抓就会是一大群。"

李德铭问这些神啊鼓啊的,怎么办。

那人急了,挣脱李德铭的手:"我连自己都顾不住了,还管什么神啊鬼啊的!"

李德铭又拉住一个脱了舞马服的人,问义马怎么办。那人将舞马服扔进灰堆,"义马都成灰了,还要舞马服干什么,你如果舍不得义马,等他转生后再去找他吧!"也消失了踪影。

县长一走,李德铭找了一只碗,抬起马户头的头,慢慢灌水。马户头睁开眼,望了一眼还冒着一丝两缕烟的灰堆和零乱在一边的神像,又合上了眼。

李德铭问他如何处理义马和围人的尸骨。

马户头说:"好去好来,就让他们这样待着吧!这地方,很适合他们。"

"让风刮了怎么办?"

"义马已成了国家之马,神形都转到了另一个世界,与尸骨关系大不了。围人如果不跟随义马,他是不放心的!"

"这些神像怎么办?"

"老百姓都跑了,没人抬它们进庙,就让它们待在这里好了。这地方有草有水,还有义马的魂魄,它们也不孤单。"

马户头哽咽着说完这些话,又晕了过去。李德铭端着碗,用手指蘸了水,朝马户头脸上弹洒。洒了一阵,摸摸鼻息,还有气息,他背了马户头,一步一步朝凉州城而去。

他的身后,跟着几个穿风衣的人。

县长进了府衙,立在两栏的兵丁齐声嘿了一声。县长的腿哆嗦了一下,抬头望去,马军长坐在高台上面,手里托着三泡台茶碗。

"马匹准备的怎么样了?"

县长问什么马匹。

马军长拍了一下方几,"你们不是把义马转生成国家之马了吗?转生出来的马呢?"

"我配合圉人他们完成了义马转生的祭奠仪式,哪里来的马匹?"

"那我不管,既然你口口声声提什么龙马精神,提什么国家之马,现在就是你为国家效力的时候了。据报,徐向前部正准备渡河,向河西进犯,我让人数了一下,那天参加义马转生仪式的有一千多人。这一千多人,每人出一匹马,每家出一个人,就能组建一个骑兵团了。"

"一千多人里,九百多都是来凑热闹的。"

"我管那么多干啥!这九百多人是不是国家的?"

"任何一个子民都是国家的,你马军长也是国家的,但你代表不了国家。"

"这么说，你能代表了国家。那好，你就率县府的人去景泰黄河口岸，先和共匪打一仗，也算为国家出了一点力。"

"县府里大多为文职人员，连枪都没摸过，怎么打仗？"

"那就不是我能管的事了。限你三天，一千匹马，一千个人，按时送来。如有怠慢，按战时条例严惩。"

"驴都被你征光了，再征，就是狗了。三天，莫说马，就是鸡，我也凑不够数。"

大胡子挥起鞭子，朝县长抽去。

"瞧你在义马转生仪式上的得意样，那声音拉得比尿还长。一碰到正事，就成这熊样。"

县党部的几个人冲了进来，"你敢打县长？"

"在这个地方，县长算个毛。"大胡子又举起了鞭子。马军长挥手制止了他。

"让他们走。"

"阿爷，他们三天能办到吗？"

马军长笑了："能办到就说明他的能耐大。这回蒋某人要蚀我们的血本了。他们打了那么多年，现在居然跑到了我们的地界上，看来不打是不行了。"

"二阿爷能派兵吗？"

"他派兵？他恨不得我拼成光杆一条。"

"咱们真打还是假打？"

"只要他们不攻打凉州城，我们就在外围撵他们走。"

"他们又不是兔子，怎么撵。"

"他们可不是兔子，他们是老虎！不过，再厉害的老虎下了山,它还能逞威风吗?你算算时间,等他们打过来,就到了冬天。我们不打他,他们破衣单衫的,老天爷也会冻死他们。你马上调派人手,把沿途老百姓家中的东西全拿光,他们没得吃,没得喝,我们打胜的把握就更大了。"

大胡子出门叹了一声:"谁说大阿爷脑子糊啊!我看他比二阿爷还聪明,只不过没有二阿爷狠罢了。"

瞧着县长身上的鞭痕,县党部的人问如何对付马军长。县长挥挥手,"徐向前西征,在河西能对付他们的只有马家军,我们得让着他们点。"

"那些马匹、壮丁,我们从哪里去找?"

"他们哪里是让我去找人,找马,他们是要逼我们离开凉州城。"

"都怪那个圉人和义马。没有他们的乱折腾,我们还能安闲些。"

"安闲?我从没认为圉人他们在折腾。你们不懂,他们身上体现的确实是一种精神。国家已成这个样子了,再没点精神和血性,凭蒋委员长从天空中飞来飞去督战和抢地盘,是解决不了问题的。"

"我们现在做什么?"

"紧紧盯住李德铭,看他在做什么。"

"他就和一个店员,能翻起多大的浪?"

"你们还是不懂。你们搜来的书中,有一本叫《星星之火,可以燎原》的小册子,看过吗?"

"我们可是见红的东西都收了,别的东西我们看不懂。"

"你们要盯紧点李德铭,千万不能让他跟马家军搅和在一起。"

"那义马,真的能转生成国家之马吗?"

"滚!"县长把手中的杯子扔了出去。

八十九

李德铭把马户头背到马神庙,马户头仰起头,指指那间偏房。

偏房的门敞开着,地上堆着几摊沙子。他想去找点铺的盖的,马户头摇着头,指指沙子。李德铭放下马头户,把沙子抚平,将他放在了沙子上。

马神庙里空寂一片。

出了马神庙,就见店员捂着脸,在满街找他。

"先生,所有的书都被抄走了,那些穿风衣的正在到处找你。"

"你先去照顾一下马户头,我去找马军长。"

马军长正在画虎。画案上,铺着一张四尺宣纸。马军长握着粗毫毛笔,笔管上系着一根绳子,有一个兵丁紧盯着马军长的手,在他身后拉绳子。笔头随着绳子在滑动,最后一笔,马军长把手一抬,兵丁把绳子拉得紧了,毛笔头被拉到了宣纸外面,马军长扔了笔,喝令把拉笔的兵丁砍了。

拉笔的兵丁大叫饶命,马军长的眼皮眨都没眨一下。

看到李德铭，马军长笑了："国家的马来了？你们的心愿也了了，你也该离开凉州了吧！我可不希望外面在飘红，又有人在凉州城里放火。送客。"

马军长把那张宣纸揉成一团，扔到了门外。

书店的门帘只剩下半幅，"知"字被撕了半边，只存有一个"口"字。店里的栏柜被砸得稀烂，一只杯子缩在墙的一角，倒扣着。地上散落着一张纸，李德铭拾了起来，纸上有几只鞋印，印痕陷在纸上，宛然若刻。他捡起被踢在一边的笤帚，扫起了地。

几个穿风衣的拥进来，推揉着李德铭而去。

店员远远地跟在后面，一直看着他们进了监狱大门。

九十

马家军的羊皮袄一上身，冬天就真正来了。风一日烈似一日，所有树上的叶子都被厉风掠尽。店员被抓来，和其他居民一道往城墙上搬砖头和抬木料。那座残存的北城门楼在晴空下巍峨耸立，楼阁上新绘的色彩灰黑一片。

城楼三层的垛口上面架了几门炮，炮管根根向天。

县长找到店员，让他去问李德铭，囡人在小马场空地上用指甲抠出的几个字是什么？

店员扑打了一下身上的土，说既然你们抓了先生，为何自己不去问。放了他，不更好？

县长望着在城墙上缩手呵气的凉州城人，没有搭腔。店员问马户头死了埋在何处？

县长说："马军长说了，死了就扔到护城河里。"

"他可是为义马奔波了一辈子啊！"

县长望着店员抬木料的背影，叹了一口气。

穿风衣的问他叹什么？县长把呢子大衣紧了紧，说我们该离开凉州了。

穿风衣的问关在狱中的李德铭怎么办？

"留给马某人吧！反正陕北离这还远着呢。等打完这一仗，谁知道凉州又会变成啥样子。"县长笑了笑。

出城门时，守门的兵丁竟然向他们行了礼。到了一岔道口，县长加快了脚步，朝小马场走去。

穿风衣的赶上来，"县长，那是焚化义马的地方。走兰州，应该拐到那面。"

县长停了步，坐在路边的土堆上，望天。风追赶着云，一直在跑。依稀的枪声，远远地响着。他回望了一眼凉州城。

凉州城城墙被加高的部分，在风中摇摇晃晃。